Sabrina Philippe est psychologue, chroniqueuse et auteure. Après *Tu verras, les âmes se retrouvent toujours quelque part*, elle a publié *Petit Manuel de navigation pour l'âme… de la part d'un gardien de phare*, ainsi que les romans *Et que nos âmes reviennent*, *Au nom de toi*, *Mes derniers mots seront pour toi* et *Nos folies invisibles*.

DE LA MÊME AUTEURE

Petit Manuel de navigation pour l'âme
Flammarion, 2018
et *« J'ai lu », nº P12759*

Et que nos âmes reviennent...
Flammarion, 2019
et *« J'ai lu », nº P12675*

Un développement très personnel
Flammarion, 2020
Repris sous le titre
Au nom de toi
« J'ai lu », n°13913

Tous fake self !
Ce monde virtuel nous rend faux
G. Trédaniel, 2022

Mes derniers mots seront pour toi
Flammarion, 2024
et *« J'ai lu », n°14379*

Nos folies invisibles
Mazarine, 2025

Sabrina Philippe

TU VERRAS, LES ÂMES SE RETROUVENT TOUJOURS QUELQUE PART

Eyrolles

Cette édition Collector, à tirage limité,
a été imaginée et réalisée par les éditions Points.
Ce titre est également disponible en édition courante.

ISBN 979-10-414-2389-7

À Christiane, à Félix
Pour Samuel

Note de l'auteur

Il y a des personnes qui nous touchent plus en une fraction de seconde, en quelques heures, en un sourire que d'autres ne nous toucheront jamais en une vie.

Il y a ceux que l'on reconnaît d'un regard, et ceux que l'on apprend à connaître.

Il y a ceux que l'on aime d'instinct, dont on aime tout, du sombre au clair, de l'odeur à la peau, des paroles aux silences, et puis il y a ceux dont on s'accommode.

Il y a ceux qui ne nous font plus poser qu'une question, et d'autres qui nous en font poser des centaines.

Il y a ceux que l'on évalue, et ceux que l'on voit.

Il y a ceux qui collent à nos pensées, et ceux qui s'y agrippent.

Mais pourquoi ?

J'ai rencontré tant d'hommes et de femmes dans ma vie. Ils m'ont fait part de leurs sentiments amoureux, de leurs doutes et de leurs souffrances, avec toujours ces mêmes questions : pourquoi aimer, comment aimer, ou ne plus aimer ?

Mais certains d'entre eux ont vécu une histoire d'amour si extraordinaire, si forte, qu'ils restent dans l'incompréhension des sentiments qui les animent. Quand cette histoire prend fin, les souvenirs persistent, s'éternisent, se ravivent sans cesse. Parfois, ils se croient fous.

Parce que vivre sans cet amour-là leur semble impossible, ils s'enferment dans la peine, dans l'attente, souvent dans le renoncement. Ils vivent cette rencontre comme une malédiction et la séparation qui en résulte comme une punition.

J'ai écrit ce livre pour leur dire qu'ils ne sont pas fous. Ce que vous vivez n'a rien de pathologique ; ce que vous vivez, certains le vivent aussi ; ce que vous vivez, je l'ai vécu.

La psychologie n'explique pas tout, il y a d'autres lectures de ces incroyables amours, il y a d'autres réponses…

Ces amours-là sont des cadeaux.

La peine n'est que le premier rivage d'un long voyage que je vous invite à entreprendre en parcourant ces pages...

1

AVANT

Il y aura des matins et des étés,
Des orages, et des flammes.

La première fois que j'ai traversé le pont pour aller sur l'île, j'ai su que je ne m'étais pas trompée. C'était bien là qu'il fallait vivre, dans cet « entre-deux-rives ». Je venais d'emménager au 14 du boulevard Morland, dans un appartement que j'avais voulu vierge de tout passé. J'avais tout vendu. De la vaisselle aux tableaux, j'avais bradé les meubles, jeté les draps. Après avoir vécu plusieurs mois dans le décor immuable de notre mariage, bien après son départ, j'avais décidé qu'il était temps de ne plus être la gardienne d'une histoire qui n'existait plus. J'ai tant pleuré.

Chaque soir, laisser couler les larmes d'une absence si rude. Lit vide, draps défaits, mon corps replié. J'attendais que le sommeil vienne, et il venait enfin comme un cadeau, repos. Au fond, je pensais que mes larmes le feraient revenir. La peine est souvent le dernier lien avec celui qui n'est plus. Alors on s'y accroche, aussi douloureux que cela soit, on s'y agrippe à cette souffrance, jusqu'à épuisement. J'étais épuisée. J'avais mené trop de combats pour faire vivre encore les vestiges de ce nous solennel.

J'avais lutté pour qu'il ne parte pas avec elle, elle avait lutté pour qu'il me quitte. Elle avait gagné. J'avais lutté pour qu'il revienne, elle avait lutté pour qu'il ne regrette pas son choix. Elle avait gagné, encore. Alors j'avais lutté pour ne pas oublier, et dans ce combat solitaire, enfin, j'avais triomphé. Mais ce lourd trophée, porté à bout de bras, me fatiguait un peu plus chaque jour. D'autant qu'à chaque fois que je le croisais, je devinais chez lui l'exaltation des histoires débutantes, même s'il faisait quelques efforts de tristesse. Alors, sans que je m'en aperçoive, la coupe commémorative m'a échappé des mains, et elle s'est brisée là, un matin.

Un jour, au lever, j'ouvris un tiroir, le tiroir d'une commode d'un bleu artificiellement passé, un tiroir qui s'ouvrait bien mais se refermait mal, un tiroir où mes affaires étaient mêlées à celles dont il ne voulait plus. Assise par terre, je regardais ce curieux amalgame d'un passé lui aussi artificiel, et que je ne reconnaissais pas. Aurais-je voulu associer un souvenir à ces étoffes et ceintures que je n'y serais même pas parvenue. Et pourtant, ces derniers mois, j'avais su me reposer avec tant d'aisance dans la coquille de ma peine. Mais il me sembla, ce matin-là, avoir perdu aussi ce petit confort inconfortable des larmes et des mouchoirs, de la valse des images blessantes.

Pourtant, il y avait dans ce tiroir tout un film de souvenirs faciles. Un petit haut turquoise en crochet, que je portais le jour où il me vit la première fois. Moi, je ne l'avais pas vu. Je me souvenais bien de ce jour-là, de la pluie au dehors, de la voiture dans laquelle il monta, et de moi, assise à l'arrière. Il se retourna et vit mes yeux clairs. Il m'avait aimée au premier regard – il me l'avait dit, plus tard. Et c'est pour cette raison que j'avais gardé le petit haut turquoise.

Parce qu'au fond, je ne me souvenais pas vraiment de son visage, ce jour-là. Je tenais donc dans mes mains un souvenir qui n'appartenait qu'à lui, dont seul le récit constituait une émotion commune. Je me suis levée, je suis allée chercher un grand sac, et puis j'y ai entassé toutes les affaires de la commode bleue, y compris les miennes parce que je les avais choisies pour lui. Et puis les sacs se sont accumulés dans l'entrée. J'allais d'un meuble à l'autre. Je prenais les objets, je les reposais, j'y retournais encore. Et je finissais par les jeter. J'essayais de m'émouvoir, mais je n'y arrivais plus. Cette nuit-là, je n'ai pas dormi, je n'ai pas pleuré. J'ai vidé. Vidé ma peine et ma mémoire.

Quand il m'a semblé qu'il ne restait plus rien, j'ai pris une douche, je me suis maquillée, j'ai enfilé le seul jean, le seul pull que j'avais gardés et j'ai appelé Simon.

Simon, un garçon simple et sympathique que je connaissais depuis peu, à qui j'avais plu je ne sais comment lors d'une soirée écourtée comme tant d'autres. Il m'avait appelée plusieurs fois, j'avais préféré écourter aussi. Mais il me fallait de la vie, de la vie en moi, autour de moi. Dans ce nouveau vide, il fallait que quelqu'un s'anime pour m'animer, me réanimer. Alors je l'ai appelé.

Il est arrivé sans tarder sur son scooter. Je l'ai attendu en bas de chez moi. Il est venu souriant, désirant. Je suis montée derrière lui, et il a roulé vite ; le vent semblait chasser mes pensées. J'ai aimé ça, la vitesse, le vent. Il m'a emmenée au cinéma – je ne me souviens plus du titre du film, c'était une comédie. Je regardais les couples autour de moi qui se parlaient, s'échangeaient des sourires, ou profitaient en silence de la présence de l'autre.

À cet instant, j'ai voulu me fondre dans ce décor dominical. J'ai pris la main de Simon. Il m'a souri. Il avait un beau visage un peu poupin, un début de bonhomie qui ne se confirmerait qu'avec l'âge, bien que je sache déjà que je ne serais pas là pour le constater. Il avait mis du parfum, il sentait bon, les plis frais de sa chemise ressemblaient à des draps. J'ai pensé à son lit, à mon corps dans son lit. J'ai pensé qu'il fallait que mon corps inerte s'agite un peu. Il a déposé un baiser dans mon cou et je le lui ai rendu.

Nous avons quitté la salle en silence et roulé encore jusqu'à son petit appartement d'étudiant qu'il n'était plus. Il n'y a pas eu de gêne entre nous. Mus par cet accord tacite, nous sommes devenus amants.

Plus tard, je me suis félicitée intérieurement de cet événement qui faisait à nouveau de moi une femme désirable. Il m'a demandé si je voulais rester, j'ai pensé aux sacs dans l'entrée, et j'ai dit oui. Nous nous sommes endormis, et au réveil, enfin, il n'y a plus eu de larmes, juste du café, posé au bas du lit. Je lui ai expliqué que je devais vendre tout ce que j'avais. « Même la voiture ? » a-t-il demandé. Oui, même la voiture.

Il m'a dit qu'il connaissait des gens pour ça, qu'il pourrait m'aider à quitter la banlieue, celle des couples en sommeil.

J'ai expliqué : « Je veux qu'il y ait de la vie autour de moi, des voitures, tout le temps, des gens qui marchent, qui se pressent, qui parlent ; je ne veux même plus de dimanches. » Il a ouvert un plan de la capitale. Il a dit : « Alors c'est là qu'il faut être. » Tout en fumant ma première cigarette, j'ai pensé qu'il avait sans doute raison. Et puis il a fallu que je me dépêche, parce que ce jour-là encore, il fallait que je parle d'amour.

C'était mon métier, l'amour, en parler, l'écouter. L'amour dans toutes ses variations, du coup de foudre à la rupture, de l'adultère à la solitude. J'en connaissais toutes les gammes, toutes les fausses notes. C'était venu comme ça. Étrangement, au fur et à mesure que mon mariage se décousait, on m'avait demandé d'éclairer les cœurs de mes conseils. Il faut croire que je le faisais bien, avec conviction, parce que j'étais devenue connue pour ça. Je passais plusieurs fois par semaine à la télévision, j'avais écrit un livre sur le célibat, je recevais d'innombrables courriers de couples au bord de la rupture. Paradoxe, paradoxe de ma vie solitaire où je pleurais le soir, et apportais des sourires sur des visages inconnus le jour. Pourtant ma peine me permettait souvent de mieux comprendre celle des autres, d'entrer en résonance avec eux, de mieux les orienter.

Encore aujourd'hui, je ne sais pas comment j'ai pu avoir ce courage d'y croire pour les autres, de m'émerveiller de leur bonheur devant une caméra. À cette époque, je recevais souvent ces témoignages heureux comme des coups de poignard dans mon propre cœur, et ceux moins heureux comme une confirmation cruelle de mes fréquents déboires en la matière.

Je m'en sortais néanmoins avec les honneurs. La procédure, toujours la même, était très simple : je commençais par passer au maquillage – je me regardais rarement dans la glace, ce à quoi je pouvais bien ressembler m'était égal, ça ne changeait rien. Lorsque j'étais prête, j'allais sur le plateau. On attendait le présentateur. Parfois longtemps, très longtemps. Quand il arrivait, l'émission pouvait commencer. Il me saluait d'un signe de tête. Je ne le connaissais pas, ni personnellement ni professionnellement. La production avait simplement décidé que je passais bien à l'antenne, il avait approuvé. Cela suffisait. Sur le plateau, il me traitait souvent avec une complicité amicale de surface. Quel que soit le sujet, j'avais toujours quelque chose à dire. Je m'étonnais moi-même de cette ressource. À chaque question, j'avais une réponse. Je ne préparais quasiment rien. Je me concentrais simplement sur chaque invité, je leur donnais des conseils. Parfois, le présentateur me félicitait pour une réponse, une remarque qu'il jugeait juste. Et puis voilà. L'émission terminée, il repartait dans sa loge, je repartais chez moi. J'enchaînais parfois plusieurs tournages, ce qui était à la fois exaltant et épuisant. Mais j'aimais cette fatigue : ce besoin vital de dormir me rendait plus vivante encore.

En fait, j'avais du mal à saisir que ces heures passées là, sous les projecteurs, allaient être diffusées en public. J'étais toujours étonnée quand on me reconnaissait dans la rue, ça me rappelait de façon souvent inopportune quel drôle de métier je faisais. Peut-être qu'au fond, les ravages de ma vie privée ne me permettaient pas de penser que je puisse avoir une quelconque légitimité à parler d'amour. Mais la conviction avec laquelle j'en parlais devait compenser ce manque d'implication personnelle.

Cette distance faisait de moi mon propre cobaye. Chaque émotion pouvait m'être utile dans cette autre vie. Et c'est ainsi que j'accueillis mon nouvel amant.

Alors, ce jour-là, comme les autres, j'allais parler d'amour, le cœur et le corps un peu plus légers, plus denses aussi de par ces nouvelles émotions, ou plutôt ces anciennes revisitées. Au fil des jours, je me laissais porter par la simplicité enthousiaste de Simon. Je dormais chez lui, je passais rarement chez moi, j'achetais ce qu'il me fallait, au jour le jour. Je m'habillais avec les vêtements des tournages. J'avais l'insouciance d'une fille en vacances, en vacances d'elle-même. En dehors de mon travail, je ne pensais qu'à des choses très simples, comme la façon dont je souhaitais me nourrir, celle dont j'avais envie de faire l'amour le soir même, ou encore celle dont j'allais occuper mon week-end ou ma soirée.

Très vite, j'ai cherché un appartement dans l'arrondissement que Simon avait mentionné. Très vite, il a vendu mes meubles, les tableaux, la voiture. Très vite, j'ai déménagé.

2

AVANT CE JOUR-LÀ

Il me faut tout détruire,
Sentiments et souvenirs…

Un matelas, une table de jardin, deux chaises et un piano, voilà ce qui meublait mon petit appartement au cœur de la capitale. Il y avait une cheminée aussi, et j'attendais l'hiver avec impatience pour que crépitent les flammes. Quand tout n'est plus que vacuité, il faut remplir. Nous nous accommodons mal du vide.

Remplir l'espace, c'était assez facile : j'ai acheté, du neuf. Ces premières fois répétées, encore et encore, me procuraient des sensations agréables. Premier café dans la tasse, première nuit dans les draps, première douche et première fois le corps dans cette serviette. L'espace, c'était facile ; mais l'esprit est beaucoup moins docile. Au début, j'ai vraiment cru que je l'avais vidée, cette mémoire, vendue aux enchères, comme le reste, qu'elle avait trouvé le passé pour acquéreur. J'étais pourtant bien placée pour savoir que ce n'était pas si simple, mais je voulais tant y croire.

C'est venu, revenu, après l'amour.

Quelques jours après mon installation, Simon était resté dormir. Je lui rendais son hospitalité avec plaisir. C'était bien qu'il soit là, parfois. Une nuit, il m'étreignit avec fougue, comme toujours, mais, imperceptiblement d'abord, puis plus nettement ensuite, je m'aperçus que je ne ressentais rien. Physiquement, mon corps ne réagissait pas. C'est après, après que j'y ai repensé, les yeux grands ouverts, pendant qu'il dormait, j'ai repensé au corps de l'autre, à son odeur, son corps déshabillé puis habillé, habillé dans un souvenir, souvenir de nous, larmes.

Saleté de peine, juste endormie, qui se réveillait là, en pleine nuit.

Après plusieurs heures passées à fumer jusqu'au petit jour, l'insouciance qui avait teinté ces dernières semaines disparut. On change plus facilement les draps que l'homme qui s'y est reposé.

Je décidais néanmoins de ne pas rompre, seulement d'espacer nos rencontres, même si je trouvais de moins en moins de plaisir en chacune d'elles. Simon restait le paravent, la digue, qui empêcherait le passé de me submerger. S'il était clair que sa bonne humeur naturelle ne m'était plus communicative, je m'efforçais néanmoins de sauver certaines apparences. Il n'était pas dupe, mais il le cachait bien lui aussi. Désenivrée, j'avais froid sur son scooter, froid dans mon lit, comme quand l'automne revient doucement.

J'avais pourtant appliqué l'un des conseils que je prodiguais si souvent : fuir la comparaison, s'éviter toute pensée néfaste, vivre le moment tel qu'il est. Difficile exercice. Si difficile d'ailleurs que je passais de plus en plus de nuits seule.

Si la peine était toujours là, elle était néanmoins plus sourde. Mes larmes n'avaient plus aucune utilité, il n'y aurait pas de retour. Notre passé s'éloignait comme un paysage que l'on quitte à bord d'un bateau. Les petits souvenirs devenaient flous, les autres se déformaient lentement.

Finalement, je ne savais pas trop quoi faire de cette nouvelle tranche de vie. J'avais peu d'amis, de connaissances, j'en avais perdu beaucoup dans la bataille. Parfois, on m'appelait, mais là encore souvent, trop souvent, c'était pour me demander mon avis, mon expertise sur une situation amoureuse. Et je jouais le jeu, n'ayant moi-même pas grand-chose à dire. On s'était réjoui de ma nouvelle relation, pensant clôturer là de longs mois éplorés. Je n'avais même pas envie de me lancer dans de quelconques explications. Nouvel amour, nouvel appartement : certes, ces cartes d'un nouveau départ étaient entre mes mains, mais comment fallait-il les jouer exactement ?

Beaucoup de ceux qui me connaissaient pensaient que j'avais une vie incroyable et mouvementée, que j'allais à des fêtes, que je sortais, que je côtoyais des personnes connues, que j'étais demandée. Avec le métier que j'exerçais, c'était pour eux une évidence.

Mais je n'étais jamais invitée à ce genre de fêtes, je voyais peu de monde et je m'ennuyais rapidement en présence des autres.

J'étais devenue sauvage, par obligation un peu, par lassitude beaucoup. Et comme une enfant face à un jouet cassé, je ne savais plus comment assembler les morceaux de ma vie.

Pendant le mois qui suivit mon installation, je n'eus pas vraiment le temps d'explorer mon nouveau quartier. Je m'étais promenée dans le Marais comme une touriste, et je m'étonnais de la proximité de mon domicile quand je rentrais. J'étais tout autant étonnée de longer la Seine quand, la nuit, je revenais de mes tournages. C'était ce que j'avais souhaité : du monde, dans la rue, partout, tout le temps, même le soir ; cette agitation permanente de la ville qui me permettait de me sentir vivante parmi les vivants.

Je n'avais pas cette impression lorsque je travaillais. Les studios étaient en sous-sol, sans lumière du jour, le temps n'existait plus. Lorsque je descendais les marches qui menaient aux plateaux, aux loges, je passais la frontière d'un autre monde. Un monde d'apparence, d'images. Les gens cessaient d'être ce qu'ils étaient au-dessus, ils n'existaient plus que pour ce qu'on allait faire d'eux. Leurs vies n'avaient plus le même relief, leur histoire n'était plus la même histoire, ils rentraient dans une facticité qui mimait leur existence. Invités, maquilleurs, techniciens, tous se retrouvaient coupés de leur quotidien banal. Moi aussi d'ailleurs, je n'étais que la projection sublimée de moi-même. Sans doute là se trouve l'addiction pour ce genre d'activités. Ce n'est pas tant les projecteurs, ce qu'on y fait dessous, derrière, avant de s'y retrouver. C'est tout simplement que la vie au dehors n'existe plus de la même façon, qu'elle devient dérisoire. Miroir déformé de ce que je suis, je suis autre, je suis différente, je suis artificiellement mieux, et quand je parle on m'applaudit. Mais ce n'est pas vraiment moi qu'on loue à ce moment précis et là se trouve le piège narcissique.

Je n'y avais pas succombé. Ce n'était pas une question de force ou de lucidité. Mais lorsque je remontais les marches pour sortir des plateaux, c'était comme si le moment passé n'avait jamais existé, une sorte de rêve. Le lendemain, je ne me souvenais déjà plus de ce que j'avais entendu, de ce que j'avais dit. Pour moi, c'étaient ces moments qui me paraissaient dérisoires. Et puis, j'étais en manque de vie, pas de chimère.

Mais le présentateur, lui, je voyais bien qu'il faisait durer plus que de raison chaque tournage, qu'il ne voulait pas retourner là-haut, que le monde tel qu'il était vraiment ne l'intéressait plus depuis longtemps.

Je ne peux pas le nier néanmoins, lorsque je ne travaillais pas, lorsque Simon n'était pas là, l'angoisse crépusculaire me saisissait souvent. Un flot de questions se bousculait dans mes pensées. Où était le sens de chaque journée, de chaque heure, de chaque parole ? Ma vie, privée de cet amour déchu, me semblait désormais vide, un vide que des objets, des meubles, des tasses ne combleraient jamais. Mais pourquoi ? M'étais-je trompée moi-même à me perdre dans cet autre, au point d'en oublier l'essentiel, ou d'essentielles questions ? Quel sens donner à ce travail qui ressemblait de plus en plus à une vaste mascarade, à laquelle je participais avec un enthousiasme feint ? Cette mascarade ne s'étendait-elle d'ailleurs pas à l'ensemble de ma vie ?

J'avais grandi sans père et j'avais essayé sans cesse de réparer cette injustice ; mon enfance n'avait pas été insouciante. Le mariage avait été pour moi un nouveau pas vers cette réparation, puisque, enfin, un homme m'aimait assez pour me donner son nom. Mais ce nom, finalement, ne m'appartenait pas. C'était un emprunt que j'allais devoir rendre. Il en était de même avec la médiatisation, dont j'avais attendu, au début du moins, cette reconnaissance qui m'avait tant manqué. En vain, toutes ces tentatives se révélaient caduques aujourd'hui. Alors quels choix me restait-il ?

Je ne trouvais pas de réponse, assise là sur mon canapé neuf, parfois pendant plusieurs heures. Je rompais fréquemment ces interminables monologues sans voix en jouant un peu de piano. Mais la musique m'emmenait alors plus loin encore dans mes réflexions, car mes doigts couraient sur les touches sans que cela me demande une concentration particulière. Mes nuits étaient courtes. Je me couchais tard et me levais de plus en plus tôt. J'enchaînais les cafés dans ma petite cuisine en attendant que l'heure fût plus décente.

Un de ces matins-là, j'eus envie de briser cette monotonie naissante, de me promener, de voir la capitale à l'aube. Vite habillée, je sortis et marchai quelques minutes. Il y avait ce pont, là, devant moi. Je le traversai. J'avais oublié que l'île était si proche. Et si belle. Combien d'années s'étaient écoulées depuis que j'étais venue ici ? Voir la ville d'une autre rive. Le soleil se levait doucement sur les vieilles bâtisses suintant d'histoire. Les bateaux glissaient sur la Seine. J'arpentais les rues, sans qu'aucun point de vue me déçoive. J'étais saisie par cette belle rencontre ; il y avait bien longtemps que je n'avais éprouvé ce sentiment. Il y avait un joyau, tout à côté de chez moi, un trésor au milieu de l'eau. Plénitude du silence des ruelles étroites et vides qui menaient toujours à la Seine, de part et d'autre.

L'île n'était pas grande. J'aurais voulu m'y perdre, mais je revenais sans cesse sur mes pas pour ne pas la quitter. Je décidai de parcourir l'artère principale qui la divisait avec une quasi-égalité. Austère en son début, elle s'ornait peu à peu d'échoppes semblant être là depuis tant d'années, lui donnant un aspect chatoyant en son issue.

Je tournai à droite et me retrouvai devant un café à l'angle d'un quai. Il était ouvert et semblait attendre que quelqu'un lui fasse honneur. Délaissant la terrasse, j'écartai le rideau de velours pourpre qui permettait de conserver la tiédeur du lieu. J'eus, par ce geste, l'impression de faire mon entrée sur une scène de théâtre. Le large bar, les hauts tabourets pourpres également, les murs chocolatés, conféraient au lieu une intimité propre à chacun mais accessible à tous. À part le serveur qui me salua, l'endroit était désert. Choisissant un siège central, je me sentis glisser dans un bien-être rare ces derniers temps. Je commandai un café que, pour une fois, je dégustai avec plaisir. Je trouvai là, enfin, en cette matinée de septembre, de la chaleur tout simplement.

Deux hommes entrèrent à leur tour, des habitués manifestement. Ils n'eurent pas besoin de passer leur commande, les cafés fumants les attendaient sur le comptoir. J'en commandai un second, je ne voulais pas partir. Ils parlaient de leur travail, de personnes qu'ils connaissaient, d'une en particulier qu'ils n'aimaient manifestement pas. Et, comme souvent, le rejet les unissait plus sûrement que l'attrait.

Un homme âgé et barbu fit son apparition, et s'installa directement au bout du bar. Le serveur l'appela par son surnom. J'appris par les quelques mots échangés qu'il s'agissait du boulanger. Il me fit un sourire que je lui rendis, car son visage et ses yeux, bien que tristes, dégageaient une certaine douceur.

Et ils arrivèrent comme ça, les uns après les autres, tous des habitués. L'heure n'était pas encore aux touristes. Ils se connaissaient, se saluaient brièvement, et me lançaient un regard interrogateur au passage. Cela faisait déjà presque une heure que je sirotais le deuxième verre d'eau accompagnant mon deuxième café, concentrant mon regard sur la tasse vide, laissant mon oreille se promener de droite à gauche et se régaler de cette compagnie matinale inhabituelle.

Et puis elle entra, accueillie par quelques bonjours discrets. En me retournant, je croisai son regard clair et bleu et je vis qu'elle était elle-même interpellée par le mien. Les yeux clairs se reconnaissent-ils pour avoir eu des origines communes ? Elle se dirigea vers une petite table, près d'une fenêtre qui offrait une vue imprenable sur le pont et l'Hôtel de Ville. C'était manifestement sa place, un peu à l'écart. Elle non plus n'avait pas besoin de passer commande, le serveur s'empressa de lui apporter sa tasse avec un sourire respectueux.

J'en profitai pour me tourner à nouveau et l'observer à la dérobée. Des cheveux blancs tirés, des traits fins, un maquillage léger, un tailleur sombre, une écharpe, et des cigarettes déjà posées sur la table. Quel âge pouvait-elle avoir ? Plus de 60 ans sans doute, mais pas beaucoup plus. Cependant, sa taille encore svelte la rajeunissait certainement. Elle dégageait une sorte d'aisance, d'intelligence tourmentée qui m'intrigua.

Sans m'en apercevoir je m'étais trop attardée à la regarder. Elle m'adressa un sourire entendu. Apparemment, cette observation ne la gênait pas. Je lui rendis son sourire accompagné d'un petit signe de tête, et me retournai à nouveau.

Ce furent mes jambes qui m'indiquèrent que la position assise dans laquelle je me tenais depuis de trop nombreuses minutes devait s'interrompre. En quittant le bar à regret, je lançai au serveur un « au revoir » qui, je l'espérais, recouvrerait pleinement son sens. Écartant la portière rouge, je saluai une dernière fois la dame aux yeux clairs. Il fallait maintenant traverser la rive, et accomplir les tâches pour lesquelles on me rémunérait.

Mais j'avais trouvé en ce lieu, sur cette île, un mélange d'énergie et de sérénité qui m'avait tant manqué ces derniers mois. En marchant sur le pont, l'image de cette femme s'évanouit doucement, tandis que je m'interrogeais sur sa vie, et sur la mienne. Si la circulation me ramena brutalement à des pensées moins poétiques, je sus que j'avais trouvé ce que j'étais venue chercher quelques semaines auparavant, sans deviner à quel point je ne me trompais pas.

3

CE JOUR-LÀ

Ta lumière révèle ma lumière,
C'est en te cherchant que je me suis trouvée.

Ce jour-là commença comme les derniers. Je marchai tranquillement pour atteindre l'île, découvrant encore mon quartier comme une vacancière, les yeux écarquillés, le pas léger, prête à offrir mon regard aux bâtisses d'un autre temps. Je traversai le pont, me réjouis de ce fleuve aux reflets ensoleillés, heureuse d'aller à ce rendez-vous que je m'étais fixé avec moi-même. J'allais rejoindre mon café donnant sur le fleuve, mon café aux tabourets pourpres et aux murs chauds, où j'avais décidé de prendre une pause matinale quotidienne. Ce serait là que commenceraient mes journées, invariablement. Il y aurait au moins un rendez-vous dans ces heures sans but, un rendez-vous avec une tasse, suivi d'une cigarette. Un petit rendez-vous bien confortable. Je marchai donc le long des quais pour atteindre ma récompense après mes nuits trop froides et solitaires, et m'engouffrai avec délice dans la tiédeur du lieu.

Je m'assis au bar et le garçon déjà habitué à ma présence s'empressa de me servir. Et comme les autres jours, je m'emparai du journal. L'été s'étirait un peu mais serait bientôt rattrapé par l'automne ; le cycle immuable des saisons me rassurait toujours, au moins une prédiction qui se passait du hasard.

Je commençais à connaître les visages alentour, les habitués. Parfois, des bribes de phrases glissaient sur le zinc ; j'en attrapais une et la retournais agrémentée d'un commentaire neutre suivi d'un sourire. Puis je replongeais les yeux dans ma tasse ou dans les nouvelles du jour. Ce rendez-vous, je ne le souhaitais qu'avec moi-même.

Pourtant, ce jour-là, la vieille femme aux yeux clairs entra comme chaque matin et s'installa à sa place telle une élève à son bureau. Je la saluai – j'en avais pris l'habitude –, mon regard s'attardant toujours sur son visage. Et elle me répondit, elle aussi, avec un petit signe de tête entendu. J'en conclus à cet instant que j'étais en passe de faire partie des habitués. La veste en laine écrue qu'elle portait ce matin-là illuminait particulièrement ses traits, ce qui conduisit peut-être mon regard à s'attarder plus qu'à l'accoutumée. C'est en tout cas dans cet espace-temps infime qu'elle m'adressa la parole pour la première fois.

– Vous habitez l'île ? demanda-t-elle.

– Non, et vous ?

– Oui, à deux pas d'ici.

Sa voix assurée traduisait un léger accent qui la rendait plus fragile qu'elle ne paraissait.

– Souhaitez-vous un autre café ? lança-t-elle comme une invitation à la rejoindre.

– Oui, bien sûr, répondis-je, et le coup d'œil discret que j'adressai au serveur, pour lui indiquer que je changeais de place, me conforta dans l'impression qu'elle me faisait là un honneur. Je ne l'avais en effet jamais vu sympathiser avec quiconque. Je pris mes affaires et m'assis en face d'elle, lui présentant mon plus beau sourire en signe de remerciement.

– Je vous connais.

Ces trois mots effacèrent instantanément toute grâce sur mon visage. Déçue, je lui adressai un rictus poli. Je n'aimais pas qu'on me reconnaisse, parce que suivaient alors des questions, pire des réflexions, sur le monde télévisuel, sur le présentateur célèbre que je côtoyais, parce que justement on ne cherchait plus à me connaître, et que ce rapprochement n'avait rien à voir avec l'attrait de ma personne. Triste solitude des élus médiatiques qui ne m'avait pas encore atteinte en ce lieu.

– Vous êtes charmante, reprit-elle avec son léger accent indéfinissable, vous êtes charmante, mais vous ne savez pas de quoi vous parlez.

La phrase tomba comme un couperet inattendu, transformant ma lassitude faciale en un étonnement soudain. Mon ego me permit d'afficher peu après un air amusé.

– Ne prenez pas mal ce que je vous dis là, s'amusa-t-elle à son tour, vous vous exprimez bien, vous êtes claire et directe. Je ne vous ai pas vue souvent, mais vous êtes très convaincante lorsque vous parlez. Et puis, vous êtes jolie…

Tous ces compliments n'effacèrent pas les premiers mots prononcés, mais adoucirent la perception que j'en avais eue.

– Mais… je ne sais pas de quoi je parle selon vous, lui répondis-je, en me cachant encore derrière l'amusement.

– Lorsque vous parlez d'amour, non. Vous parlez très bien du couple, du fonctionnement des hommes et des femmes, de ce qui les rapproche ou les éloigne. Mais l'amour, ça se voit, vous ne savez pas ce que c'est.

– J'ai mon expérience en la matière, lui dis-je, elle vaut ce qu'elle vaut. La vôtre est sans doute plus conséquente, je le conçois. Mais j'ai entendu plus de témoignages sur ce sujet que l'ensemble des personnes assises ici. C'est une autre forme d'expérience.

Ma voix était devenue sérieuse, professionnelle.

– Mais si vous saviez ce qu'est vraiment l'amour, vous n'auriez pas ce regard-là.

Elle alluma une cigarette, et me fixa en aspirant la fumée.

– Non, ce n'est pas ce que vous pensez, reprit-elle. On a dû vous dire maintes fois que votre regard était triste, on m'a souvent fait la même remarque, les yeux bleus traduisent si bien la mélancolie. C'est surtout, et elle aspira une autre bouffée, que votre regard cherche ce qu'il n'a pas encore trouvé. Vos yeux ne sont pas tristes, ils sont constamment déçus.

La bienveillance qui se dégageait d'elle quand elle parlait me mit en confiance. En d'autres circonstances, sans doute aurais-je été sur la défensive, mais là ce n'était pas le cas. Et pour une fois, c'était bien de moi dont on parlait.

– Je l'avais trouvé, lui répondis-je, mais il est parti, pour une autre. Nous étions mariés, je pensais passer le reste de mes jours avec lui, mais ce n'est pas ce qu'il souhaitait. On ne peut forcer personne à nous aimer.

– Mais non, dit-elle en se reculant au fond de son siège, mais non et vous le savez bien. Ce n'est pas de cet amour-là dont je parle. D'ailleurs, je vous entends souvent employer le terme d'« âme sœur » lorsque vous évoquez l'amour, mais vous ne devriez pas ; je vous assure, c'est un peu ridicule. L'âme sœur, lorsque vous la trouvez – si vous la trouvez, parce que peu de personnes sur cette terre ont cette opportunité, ou parfois cette malchance – l'âme sœur, cela n'a rien à voir avec les bluettes qui sont servies dans vos émissions.

Bien que ses paroles aient été animées par le feu de la vérité, je me demandais bien ce qui lui permettait d'avoir cette assurance sur le sujet. Ne souhaitant pas prendre le virage de l'indiscrétion, je me permis de lui demander quel métier elle exerçait, ou avait exercé.

– Je suis écrivain, j'écris encore mais moins. J'ai longtemps été journaliste. Je traitais les sujets politiques, historiques aussi. C'était il y a longtemps maintenant. Tout ça ne m'intéresse plus du tout. C'est toujours la même roue qui tourne : quand vous pensez être au cœur de l'actualité, vous n'y êtes déjà plus. Quant à l'histoire, il faut attendre quelques décennies pour qu'elle se révèle pleinement. Le dénouement est maintenant trop long pour mon âge... Vous écrivez ?

– Oui, parfois. Enfin, j'ai publié un livre l'année dernière, mais ce n'était pas un roman.

Vu ses dernières phrases, je n'osai pas lui dire que cet ouvrage constituait une sorte de manuel pour sortir du célibat.

– Vous avez écrit sur l'amour alors, pour en parler comme vous en parlez ? lui demandai-je un peu plus enhardie par cette activité commune.

– Non, dit-elle en baissant légèrement la tête, non, je n'en ai pas le droit. Et son regard fixa le pont au dehors, la Seine, ou peut-être quelque chose sur le pont. Je me retournai pour voir de quoi il s'agissait mais je ne vis rien, alors je revins à son visage. Et puis elle ajouta : il me l'a demandé. « Tu n'écriras pas sur moi, n'est-ce pas ? » C'est comme ça qu'il l'a dit. J'ai toujours respecté sa parole.

Bien qu'elle me regardât maintenant, je n'osai pas la questionner. Mais il fut certain pour moi, à ce moment précis, qu'elle était détentrice d'une histoire, d'un savoir, qui attisait ma curiosité.

– Oui, j'ai aimé de cet amour-là, poursuivit-elle semblant répondre à ma silencieuse question, et j'aime encore. J'aimerai jusqu'à mon dernier souffle, car il ne peut en être autrement, ici ou ailleurs.

Ces mots, prononcés par cette femme d'un âge avancé, me bouleversèrent. Même si je ne comprenais pas vraiment de quoi elle parlait, car il était évident que le sens profond de ses paroles m'échappait, la justesse de sa voix fit taire la mienne.

Le temps s'arrêta dans le café aux murs chocolat, il n'y eut plus personne de visible autour de nous, plus de table ni de tasse. Je fus happée par son émotion qui se mêla à la mienne.

Comme pour briser cette intimité impropre au lieu, au temps, et à la jeunesse de cette rencontre, elle dit en souriant :

– J'y suis allée un peu fort avec vous. J'en suis désolée mais je ne sais plus faire la conversation pour parler. Les banalités m'ennuient.

– Les banalités constituent la majeure partie de ce que j'entends à longueur de journée, lui répondis-je. Puis j'ajoutai : il va falloir que j'y aille.

Je n'avais pas envie de partir, mais je sentais que le moment était venu.

– J'ai été heureuse de vous connaître, ajoutai-je en me levant, reprenons cette conversation quand vous le souhaitez. Je suis là tous les matins…

– Oui, moi aussi, même si je ne viens pas pour les mêmes raisons que vous. Ou peut-être que si, finalement... À demain alors.

Cette invitation à la rejoindre le jour suivant facilita mon départ. Je lui tendis la main pour la saluer. La sienne ressemblait à son visage, elle ressemblait à sa voix, dégageant une harmonieuse dissonance. Je sortis un peu prestement, à peine freinée par la portière rouge. C'est une fois dehors, alors que l'air frais me dégrisait un peu, que je m'aperçus que j'avais manqué de politesse en ne réglant aucune de mes consommations, ni les siennes.

Puis je me souvins des différentes obligations qui allaient rythmer cette journée, jusqu'au soir où je devais retrouver Simon, et cette dernière pensée m'ennuya. L'authenticité d'un instant met souvent en lumière la facticité des autres. J'eus pour la première fois la force, ou plutôt la lucidité, de penser que cette relation m'était sans doute moins indispensable que je ne le croyais. Pire, qu'elle n'avait plus grand-chose à nous offrir. Depuis un moment déjà, elle était mourante et nous restions comme des proches au chevet d'un malade, refusant l'inéluctable.

4

AU COMMENCEMENT

J'ai connu des hivers calmes
et des matins brûlants.

« Il y a très longtemps, aux portes du désert, nous nous sommes assis sur un rocher. Nous étions tous deux vêtus de blanc, le soir tombait. Il m'a parlé ce jour-là, il m'a parlé du ciel. Longtemps j'ai écouté sa voix, jusqu'à la venue des étoiles. Il avait avec lui une tablette d'argile, et il m'a montré comment tracer les signes. Il m'a montré ce que les femmes ne devaient pas savoir. Chacune de ses paroles coulait comme du miel sur mon âme.

Il y a très longtemps, nous étions vêtus de blanc, tous deux, et le soleil réchauffait nos visages. Il a pris ma main, et nous avons marché à travers la foule. Je n'avais pas le droit d'être avec lui, d'être à ses côtés comme l'aurait fait sa femme, sa femme que je n'étais pas. Alors je baissais la tête et me laissais guider par ses pas. À mon tour, j'ai su tracer des signes, comme il me l'avait appris. Nous nous retrouvions toujours sur ce rocher, quand la nuit tombait.

Il m'a dit que la situation devenait dangereuse pour moi, qu'il ne voulait pas bafouer mon honneur. Pourtant, nous nous sommes embrassés. Ce soir-là, ses lèvres se sont jointes aux miennes, et son corps au mien, nous nous sommes aimés. Il m'a dit qu'il ne pouvait plus me voir ainsi, qu'il était déjà uni à une autre. Mais que son âme et mon âme étaient liées pour l'éternité, qu'il me retrouverait car les âmes vivent bien au-delà de l'existence humaine.

Je lui ai dit que je ne pourrais pas vivre loin de lui, que depuis qu'il m'avait parlé, chaque jour, j'attendais sa venue. Qu'aucune de mes pensées ne pouvait s'éloigner de son visage, de sa voix. Et que s'il fallait vivre sans lui, je préférais mourir. "Personne n'échappe à son destin, si tu dois mourir, tu mourras." Et comme il l'avait dit, ils ont lancé des pierres sur moi. Et les pierres ont touché mon visage et mon corps. J'attendais que la mort vienne me chercher, pour le retrouver, ailleurs. Et la mort est venue.

Voilà le plus ancien souvenir de nous que je puisse me remémorer », me dit-elle.

– Il y a longtemps ? Je ne comprends pas.

– Oui, très longtemps. Je sais que vous ne comprenez pas.

C'est ainsi que nous nous sommes retrouvées le lendemain matin, quand je me suis assise en face d'elle, et que je lui ai demandé de me parler encore. J'ai dit : « Vous voulez bien me parler encore ? » Je m'étais torturé l'esprit sur le chemin qui menait à l'île, il y avait eu un peu de colère, des interrogations. Mais quand j'ai passé la portière rouge, quand j'ai vu son sourire, son attente aussi, je me suis juste assise pour qu'elle me parle, encore.

En passant la portière rouge, j'ai décidé que, pour une fois, je ne ferais qu'écouter, seulement écouter, que je n'aurais pas d'avis, que mon esprit ne formulerait aucun jugement.

Quand bien même serait-elle folle, sa démence semblait bien plus riche que ma réalité.

– Ce que je viens de vous dire, il m'a fallu de nombreuses années pour le savoir, le comprendre. Il m'a même fallu plusieurs vies. Celle-ci sera donc la dernière puisque je sais enfin.

Il n'y avait rien à répondre. J'ai simplement baissé les yeux, tentant de saisir le sens réel de ses propos, encore une fois.

– Je vais trop vite, ajouta-t-elle.

– Un peu, oui.

– Que voulez-vous savoir ?

– Ce que vous avez vécu pour parler d'amour ainsi, voilà ce que je voudrais savoir.

– Je ne sais pas si vous êtes déjà en mesure de comprendre, mais vous n'êtes pas là par hasard, vous êtes venue chercher quelque chose, et il semblerait que ce soit moi qui puisse vous le donner.

– Vous avez apparemment une connaissance que je ne possède pas, lui répondis-je.

– Mais vous ne pouvez pas posséder cette connaissance !

Et son rire trancha sur le ton des confidences que nous semblions échanger.

– La connaissance choisit de vous éclairer et non sans dessein, vous pouvez me croire, mais la véritable connaissance ne se possède pas. Vous ne l'enfermerez dans aucun livre.

– Si vous me racontez votre histoire, peut-être m'éclairerez-vous ?

Cette réflexion sembla lui convenir. Elle saisit une nouvelle cigarette puis l'alluma en me regardant.

– Oui, c'est juste, je dois partir de mon histoire. Mais je ne sais pas si j'y parviendrai, et puis ce sera un long récit...

– J'ai du temps, tout mon temps. Votre confiance force mon honnêteté à votre égard… Je ne sais pas ce que je fais ici, assise là en face de vous. Et dans quelques heures, je ne saurai pas davantage pourquoi je serai plantée face à des caméras pour parler de l'amour au travail, ou des relations adultères. Je me demande ce que je fous sur cette terre. J'ai aimé un homme, il est parti, j'ai déménagé, je travaille, j'ai un amant mais tout cela n'a aucun sens. Du moins, franchement, j'ai beau chercher, je n'en trouve pas. Tous les matins je me lève en attendant le soir, tous les soirs je me couche en espérant l'aube, et entre ces moments de veille, j'ai froid. Et le seul lieu où j'ai pu trouver un peu de chaleur, de répit, le seul lieu qui ait créé une attente, si petite soit-elle, une agréable sensation de retrouvailles, c'est ici, le matin. Et votre regard me réchauffe aussi, sans doute à cause de la flamme qui l'habite. Et ça me fait du bien de vous écouter, parce que j'espère trouver, à travers vos paroles, une raison de croire que demain sera différent d'aujourd'hui. Peut-être que je me lèverai un jour en espérant que les heures ne défilent pas trop vite. Alors, pour ce qui est de mon temps, ici et maintenant, si vous avez une idée quant à ce que je pourrais en faire, n'hésitez pas !

J'avais parlé vite, emportée par la fureur d'un certain désespoir, d'une vérité qui me taraudait depuis des mois sans qu'elle s'exprime vraiment. Je me sentais émue d'avoir livré là un intime secret qui voilait chaque jour un peu plus ma vie, et soulagée aussi de n'avoir plus à jouer un rôle convenu.

– Je sais très bien de quoi vous parlez, me répondit-elle.

Et cet écho acheva mon soulagement dans un soupir.

Elle poursuivit :

« On pourrait dire que je suis née au mauvais endroit, au mauvais moment. Pourtant, les enfants choisissent où ils souhaitent s'incarner. J'ai choisi de naître en 1935, en Pologne, d'une fille-mère juive qui s'appelait Myriam. C'est d'ailleurs son malheur qui m'a sauvée. Ce que je sais, c'est qu'à 31 ans, elle n'était toujours pas mariée et qu'elle menait une vie de bohème. C'était une femme peu conventionnelle, qui aimait fréquenter les artistes de Varsovie, dont certains étaient ses amants. L'un d'entre eux fut mon père, enfin, mon géniteur. J'ai appris par la suite que j'étais née d'une liaison adultère et que, pour cette raison, il n'avait jamais voulu me reconnaître, bien qu'il m'ait vue enfant. Par ses mœurs légères, ma mère représentait déjà un déshonneur pour sa famille. Une fois enceinte, il fallait l'éloigner. Elle passa les six derniers mois de sa grossesse à la campagne, dans un certain isolement, puis lorsqu'elle accoucha, on lui signifia qu'il était hors de question qu'elle revienne s'installer à Varsovie avec moi. Comme elle voulait absolument rentrer, notamment pour y retrouver mon père, sa famille lui proposa un marché.

Ses deux sœurs avaient épousé des Français et vivaient désormais à Paris. L'une d'entre elles avait accepté de m'accueillir. Il avait donc été décidé qu'elle me conduirait là-bas pour que j'y grandisse sans elle, et quelques semaines après ma naissance, c'est ce qu'elle fit. Mais à la surprise de tous, une fois à Paris, ma mère refusa de repartir sans moi. Je suis heureuse, même encore aujourd'hui, de connaître ces faits, ils m'ont accompagnée toute ma vie. Ce renoncement à sa vie passée en a fait ma mère.

C'est ainsi qu'elle est restée dans la capitale chez l'une de ses sœurs. Je sais que mon père est venu nous voir deux fois à Paris. J'en ai déduit qu'ils devaient s'aimer.

Ma mère, qui n'avait jamais vraiment travaillé, est devenue couturière assez rapidement. Elle qui avait connu les frasques d'une vie de modèle, qui s'était perdue dans les hommes et les fêtes, se retrouvait à dormir sur un matelas dans une petite salle à manger, et menait une existence austère dont seule sa maternité la distrayait un peu. Elle a vécu ainsi quatre années. Je sais que ses sœurs ont tenté de la marier plusieurs fois, mais elle a toujours refusé.

En août 1939, ma grand-mère est tombée malade et ma mère a décidé de se rendre quelques semaines à Varsovie, afin de lui apporter son aide. Il avait été question que je l'accompagne, mais mon grand-père ne céda pas. Il ne voulait toujours pas que sa fille s'affiche avec une "bâtarde", comme on disait si joliment à l'époque. J'ai retrouvé une lettre lui signifiant son refus exactement en ces termes.

Je crois qu'après ces quatre années de privations diverses, ma mère ne rentrait pas en Pologne uniquement pour être au chevet d'une femme malade. Sans doute avait-elle prévu de passer du temps avec mon père, et du bon temps avec ses anciens amis. Toujours est-il qu'elle n'est jamais revenue. En octobre 1939, elle s'est retrouvée dans ce qui deviendrait le ghetto, sans possibilité de quitter le territoire, et en 1942, elle fut déportée à Treblinka où elle mourut.

J'ai conservé quelques lettres de cette époque où elle s'inquiétait pour moi, et disait qu'elle finirait par rentrer. Je lui ai manqué atrocement, je crois. Plus tard, j'ai retrouvé un recueil de poèmes qu'elle avait écrit à cette époque, recueil qui m'a donné une tout autre vision de la femme qu'elle était. Loin d'être frivole, c'était une femme d'une grande sensibilité et d'une culture assez développée pour l'époque. J'imagine avec quelles difficultés elle a dû se soumettre aux travaux d'aiguille durant quatre longues années, alors que son esprit aspirait sans doute à d'autres plaisirs.

Je pourrais vous dire que j'ai attendu son retour, que j'en ai souffert, mais je ne me souviens de rien. J'étais choyée par mes tantes qui n'avaient pas d'enfant, ni l'une, ni l'autre.

Avertie du durcissement des lois concernant les Juifs, et pressentant que ce qui se passait en Pologne ne tarderait pas à arriver en France, l'une de mes tantes m'emmena en zone libre. Je me rappelle vaguement que nous vivions dans une petite maison à la campagne, et qu'elle pleurait souvent car elle n'avait plus de nouvelles de mon oncle.

En 1942, afin d'assurer ma sécurité dans une zone qui perdait peu à peu son statut, elle me mit dans un pensionnat catholique près d'Aix-en-Provence. J'allais y rester jusqu'à ma majorité, sans aucune nouvelle de ma famille. J'ai grandi entourée par des religieuses, et même si je me sentais profondément triste, j'ai oublié peu à peu le visage de ma mère, de mes tantes, j'ai oublié le polonais que je parlais alors couramment, j'ai oublié d'attendre leur retour, j'ai oublié de rire, et j'ai même fini par oublier ma tristesse. Pendant quatorze ans, j'ai lu, beaucoup, et j'ai appris la musique, le piano surtout. Pendant longtemps je me suis refusé à jouer Chopin, qui me rappelait sans doute avec trop d'émotion mes origines slaves et leur disparition. »

5

TRAIT D'UNION

J'ai connu des étés, j'ai connu des orages.

« Lorsque je suis sortie en 1957, les sœurs étaient devenues mon unique famille. Il fallait néanmoins que je sache ce qu'il était advenu de ma mère et de mes tantes. La réponse à cette question me faisait souvent trembler. Dans mon esprit d'enfant, en effet, je m'étais souvent demandé si elles ne s'étaient pas tout simplement débarrassées de moi.

Mon voyage à Paris me donna la réponse tant redoutée. Ma mère, sa sœur et mes oncles avaient tous été déportés. Ils n'avaient pas survécu. Quant à mon autre tante, celle qui m'avait déposée au pensionnat, je mis du temps à la retrouver dans un asile de la banlieue parisienne.

Lorsque j'allai la voir, elle ne me reconnut même pas. Moi qui avais tant de questions à lui poser, elle n'avait aucune réponse. Elle était là depuis dix ans, elle aussi, enfermée. Je n'ai jamais su ce qui s'était passé. Je suis retournée la voir deux ou trois fois, mais j'ai rapidement compris que cela ne servait à rien. Elle mourut quelques années plus tard, et quand on me remit le peu d'affaires qu'elle possédait, j'y découvris les lettres de ma mère, ses poèmes, et une missive de mon père aussi. J'ai cherché plus tard à le retrouver, sans trop y croire, mais il était mort, comme tous les autres.

Arrivée à Paris, je me rendis dans le foyer de jeunes filles dont l'adresse m'avait été donnée par les sœurs. J'obtins ensuite une place de secrétaire chez un médecin. Lui et sa femme me témoignèrent vite une certaine affection. Il faut dire que j'étais discrète et polie, et que je n'avais alors aucune aspiration pour ma propre vie. Ce couple avait un fils, unique, qui se destinait lui aussi à la médecine, et tout naturellement, nous avons commencé à nous fréquenter, pour nous marier un an plus tard.

J'étais la petite orpheline réservée dont tout parent aurait rêvé. J'allais à la messe tous les dimanches, j'avais été formée aux tâches ménagères, et je pouvais aussi les divertir en jouant un peu de piano à l'occasion. Les religieuses se réjouirent à l'annonce de mes fiançailles ; pour ma part, je ne savais même pas ce que cela impliquait vraiment. J'avais retrouvé un foyer, c'était pour moi l'essentiel.

Je me dis néanmoins que j'avais eu beaucoup de chance de rencontrer ce garçon instruit, assez séduisant, et surtout très ouvert ; un garçon qui était tombé amoureux de moi très rapidement, ce qui n'était pas mon cas. Non qu'il me déplût, mais je ne connaissais tout simplement rien à l'amour ni aux sentiments de cette nature. D'ailleurs, je réalise que je vous raconte ces faits avec une certaine froideur. Au fond, j'ai vécu à l'abri de tout sentiment pendant de nombreuses années. Pendant longtemps, j'ai accepté joies et peines avec toute la démonstration nécessaire, mais je n'étais pas réellement touchée par les événements que je vivais. Avec votre formation, vous comprendrez aisément pourquoi. »

J'acquiesçai d'un battement de paupières. Oui, je comprenais facilement que cette femme avait vécu trop de séparations pour prendre le risque d'un quelconque attachement ; que la peine dont elle ne se souvenait plus avait dû être si vive qu'il lui avait été impossible par la suite de revivre cette expérience douloureuse. Je comprenais surtout que les tatouages des camps n'avaient pas marqué uniquement ceux qui les portaient, mais aussi leurs descendants, et les descendants de ces derniers, que lorsque l'on avait côtoyé la barbarie humaine, il était impossible de vivre en l'ignorant. Elle poursuivit :

« À presque 23 ans et lui 27, nous étions mariés et installés dans un petit appartement près du domicile de mes beaux-parents, à côté du boulevard Malesherbes.

L'année qui suivit fut assez heureuse. Je découvrais surtout une indépendance que je n'avais jamais connue. De plus, mon mari aimait sortir et s'amuser, et il m'emmenait quelquefois avec lui. Lorsque je me retrouvais seule le soir, je m'essayais souvent à l'écriture car, au fond, je sentais une certaine futilité dans cette vie confortable mais stérile.

Je lui en fis part un jour. Et il me répondit ainsi :

– Je sais qu'il serait temps que nous ayons un enfant, si c'est ce que tu veux dire, et mes parents ne cessent de me faire des allusions à ce sujet, mais pourquoi précipiter les choses ?

Je n'avais pas pensé à la maternité quand j'avais évoqué le manque de sens de ces journées, rythmées par la préparation du déjeuner pour tous, du dîner pour nous deux, ou d'une quelconque sortie. Et pour être honnête, je n'avais nullement envie d'être mère. Je découvrais à peine ce que signifiait la féminité. Mon mari aimait que je m'apprête, il m'aimait maquillée, il me trouvait belle. D'autres aussi me faisaient des compliments, tout cela était si nouveau pour moi. Avoir un enfant ? Non, vraiment, je n'y pensais pas.

Je n'osais pas le lui dire, mais je sentais que la maternité risquait de m'enfermer à nouveau pour de nombreuses années, et cette pensée m'était insupportable. Mon mari le comprit à sa façon, et il en fut soulagé également. Nous avions finalement le même désir de liberté. C'est ainsi qu'il me proposa de faire des études de lettres, puisque la littérature me passionnait tant. Deux ans après notre mariage, j'étais inscrite à la Sorbonne.

Lui, de son côté, avait un cabinet qui ne désemplissait pas, mais je compris au fur et à mesure de mes visites impromptues que la gent féminine l'appréciait particulièrement, et contribuait fortement à la popularité de ce cabinet.

Si j'étais naïve, je n'étais pas stupide. Lorsque nous sortions, je voyais les yeux des femmes briller à l'approche de mon époux. J'en retirais d'ailleurs une certaine fierté, mais pas seulement. Je compris rapidement qu'il était assez inconfortable d'être uni à un être séduisant, et surtout qui aimait tant séduire.

Peut-être que le premier sentiment que je ressentis à cette époque fut la jalousie, mais comme les autres, je parvins à l'étouffer assez rapidement.

Je me plongeais dans mes études avec délectation, j'adorais apprendre, et converser avec les autres élèves. Nous étions peu de femmes, si bien que j'avais un cercle d'amis qui me rassurait quant à l'attraction que je pouvais exercer sur la gent masculine. Cela me suffisait.

Peu à peu, mon mari se mit à sortir de plus en plus sans moi. Je découvris alors qu'il jouait, au casino d'Enghien notamment, mais je savais aussi qu'il ne jouait pas tous les soirs. Pourtant, il rentrait à l'aube plusieurs fois par semaine. Au début, je l'ai attendu, bien sûr ; et puis…

À notre quatrième anniversaire de mariage, il n'y avait plus rien à fêter. Nous menions des vies totalement parallèles. Mes beaux-parents s'en désolaient, mais ils n'étaient pas dupes. Je savais que mon époux leur avait demandé de l'argent plusieurs fois pour couvrir ses dettes de jeu, et les frasques de ses maîtresses. Ils m'encourageaient néanmoins à tomber enceinte, me garantissant que la paternité changerait leur fils du tout au tout et que ses nouvelles responsabilités de père lui feraient voir notre couple sous un jour nouveau.

Ils me croyaient désespérée. Je ne l'étais pas.

L'accord tacite que nous avions trouvé m'arrangeait. Je n'avais pas d'amant pour autant, mais j'avais des amis, des connaissances, et mes études me comblaient. Le soir, j'écrivais, la journée j'apprenais, ou je conversais pendant des heures avec mes pairs. Je garde d'assez bons souvenirs de cette époque. La solitude sentimentale ne me dérangeait pas.

De toute façon, lorsque je croisais mon mari le soir avant qu'il ne s'en aille ou le matin lorsqu'il rentrait, je trouvais ses préoccupations affligeantes. Je ne comprenais d'ailleurs pas comment cet homme pouvait exercer la médecine.

Il est mort d'une noyade accidentelle le 6 juillet 1965, sept ans presque jour pour jour après notre mariage. Durant les deux années qui ont précédé sa mort, je ne l'ai pratiquement pas vu. Il avait partiellement emménagé chez une autre femme.

Pourtant, peu avant son décès, la vie nous a offert une ultime rencontre. Il est rentré un matin, assez abattu. Il avait encore une fois perdu au jeu, et je crois que sa maîtresse ne supportait plus ses absences répétées. Il m'a demandé pourquoi je ne lui avais fait aucun reproche, jamais ? Pourquoi je l'avais laissé s'éloigner avec autant de facilité ? Il m'a dit qu'il pensait que je ne l'avais jamais aimé, que c'était peut-être pour cette raison qu'il s'était perdu dans les bras d'autres femmes. "D'ailleurs, tu ne m'as jamais dit que tu m'aimais. Moi je te l'ai dit ! Tu ne m'as jamais répondu." Je me souviens de cette phrase, car elle m'avait fait réfléchir.

C'était vrai, je n'avais jamais dit "je t'aime" à personne. Il m'a demandé si j'avais un amant, ce que j'ai nié, il ne m'a pas crue. Avec le recul, je le comprends. Il m'a traitée de sainte-nitouche, puis s'est excusé. Il avait beaucoup bu la veille et sentait encore l'alcool ; d'ailleurs il avait perdu de sa superbe au fil des années. Il m'a dit qu'il partait quelques jours sur la Côte d'Azur, mais qu'il nous faudrait reprendre cette conversation, que j'étais toujours sa femme après tout. Il a ajouté que j'étais belle et il a tenté de m'embrasser.

Pendant les jours qui ont suivi, j'étais inquiète de la tournure que pouvaient prendre les événements. S'il décidait de revenir, pour quelque raison que ce soit, je pouvais oublier ma douce tranquillité et le confort de ma solitude. Mais il n'est jamais revenu, lui non plus.

Ses parents ne se sont jamais remis de ce deuil. Quant à moi, je l'ai pleuré plus vivement que je ne l'aurais imaginé. Ce n'est pas seulement lui que j'ai pleuré durant les mois qui ont suivi, j'ai pleuré tous ceux que j'avais perdus, j'ai pleuré comme une enfant que je n'étais plus, comme l'enfant que j'avais été. Je les ai tous pleurés durant ces longs mois, enfermée dans cet appartement, dont je ne sortais pratiquement plus. Je me suis coupée du monde, de la littérature, de la musique, j'ai cuvé ma peine. J'ai même pensé mourir moi-même. Mais finalement cette idée ne s'est pas imposée. »

6

FAUX-SEMBLANTS

J'ai connu des regards, des jamais, des toujours.

« Il n'y a pas eu d'héritage, la succession n'avait laissé que des dettes. Ses parents voulaient me laisser la jouissance de l'appartement que j'occupais alors. J'ai refusé. Je leur ai dit que je partirais dès que j'aurais trouvé un travail.

C'est ainsi qu'à 30 ans, je suis devenue journaliste ; enfin, rédactrice, pour un magazine féminin. Je me suis installée dans le 5e arrondissement, en face d'ici, dans une chambre de bonne. »

Elle montra avec son doigt la direction de l'autre rive.

« J'écrivais des articles stupides sur la mode, mais j'étais fière d'avoir trouvé un travail. Si j'avais cru être libre durant mon mariage, je m'aperçus que le goût de la vraie liberté était tout autre. J'avais été liée à une famille, à un homme, et même si je pensais avoir eu une latitude assez importante, je ne m'étais finalement rien autorisé durant ce mariage, rien qui aurait pu déranger, choquer ou peiner ceux qui m'étaient proches. L'éducation religieuse que j'avais reçue, avec son lot de culpabilité et de servitude, avait aussi fortement contribué à cette attitude exemplaire.

Pour la première fois, dans cette chambre de bonne, je me retrouvais vraiment seule, et vraiment libre, libre de m'habiller comme je le souhaitais, de fréquenter qui je voulais, et de rentrer à l'heure que je choisissais. J'ai commencé à avoir des amants que je m'amusais à prendre et à laisser au gré de mes envies. Je découvris, en ouvrant enfin mes yeux sur la vie, que je plaisais. Puisque mon travail était futile, je décidai de le devenir aussi un peu moi-même. J'oubliai les grands écrivains et les auteurs complexes pour me concentrer sur mon vernis à ongle et mes talons. Je découvris le plaisir sensuel et sexuel, enfin, je m'appropriai ma féminité. Sans doute qu'inconsciemment, je cherchais à me rapprocher de ma mère, cette femme que j'avais peu connue, mais qui comme moi avait mené une vie de plaisirs la trentaine passée.

Sans doute essayais-je par mimétisme de créer une filiation avec celle dont je savais si peu, et dont je ne me souvenais même pas.

Et puis, bien sûr, après plusieurs mois passés à batifoler, je suis tombée amoureuse. Le directeur du magazine démissionna, et son remplaçant me plut dès le premier jour. »

Cette information ramena un sourire sur mes lèvres. Je l'imaginai en jeune femme éprise. Après toutes ces années d'austérité, je la visualisai au printemps, dans une robe à fleurs, marchant d'un pas léger sur le bitume parisien.

« Je découvris tardivement les émois du cœur, reprit-elle. Dès qu'il rentrait dans mon bureau, je blêmissais ; dès qu'il passait près de moi, je tremblais. Les jours où il était absent, je me sentais infiniment triste. Quand je savais par contre dès le matin qu'il passerait la journée dans les bureaux, je débordais d'énergie. Je passais des heures, sur mon lit, à penser à lui. D'ailleurs, il me fut vite impossible de poursuivre les relations sans saveur que j'entretenais avec mes amants.

Grand, blond, élégant, des traits réguliers... Toutes les femmes de la rédaction étaient sensibles à son charme, et nous nous pâmions assez stupidement à chacune de ses apparitions. De toutes, j'étais certainement la plus éprise, mais je tentais de ne rien laisser paraître. Je ne partais jamais avant lui le soir, d'autant que, contrairement à l'ensemble de mes collègues, personne ne m'attendait.

J'espérais qu'il m'inviterait à dîner un soir et, dès le matin, je me préparais avec cet espoir. Nous le savions célibataire, enfin, officiellement, et aucune femme ne s'était jamais manifestée, ce qui laissait le champ libre à tous les rêves.

Ce fut un soir de Noël que, contre toute attente, il m'invita enfin. Nous avions tous fêté l'événement avec un peu de champagne l'après-midi, et chacun s'apprêtait à quitter assez tôt la rédaction. Je détestais cette fête qui me rappelait trop cruellement ma solitude familiale. J'étais d'humeur morose, d'autant que je commençais à me lasser de la stérilité de mon amour. Pour la première fois depuis des semaines, je ne fis aucun effort particulier devant ma glace ce matin-là. Je redoutais déjà d'avoir à rentrer le soir dans cette chambre vide. Comme je ne souhaitais pas que l'on découvre ma solitude, je m'inventais une visite familiale en province pour les deux jours à venir.

L'ensemble du personnel était déjà quasiment parti lorsqu'il m'interpella. Je finissais de ranger les verres de notre collation :

– Vous fêtez Noël, vous ? demanda-t-il en souriant.

– Pourquoi pas ? lui répondis-je abruptement.

– Pourtant je parierais que vous êtes juive. Et chez les Juifs, on ne fête pas Noël, n'est-ce pas ? Je ne crois pas que la naissance de Jésus soit un moment particulièrement festif pour vous, je me trompe ?

– C'est mon nom qui vous fait dire ça ?

– Votre nom et votre visage. Ma grand-mère était polonaise comme vous, et vous ressemblez à ses photographies. Elle était juive, elle aussi. Pourquoi avez-vous menti ? Que pouvez-vous bien faire ce soir ? ironisa-t-il.

– Je ne fais rien, justement, si vous voulez tout savoir, rien, lui répondis-je en disposant les derniers verres sur une étagère. Et vous ?

– Moi non plus. Mes parents sont morts depuis plusieurs années déjà.

– Les miens aussi.

Cette confession nous rapprocha instantanément.

C'est ainsi qu'il m'a invitée au restaurant, et que nous nous sommes retrouvés dans son appartement quelques heures plus tard. Même si j'étais très heureuse de la tournure des événements, je me rappelle avoir été assez déçue par cette première nuit, techniquement parlant, je veux dire, et même émotionnellement. Ses caresses étaient convenues, sans fougue. En me réveillant le matin, je m'étonnai de la froideur du lieu où je me trouvais : des murs blancs, un lit, un téléphone, quelques journaux sur un fauteuil. Seuls mes vêtements sur le sol amenaient un peu de vie à ce lieu aseptisé.

– Et maintenant ? lui demandai-je en ouvrant les yeux.

– Et maintenant quoi ? répondit-il.

– À la rédaction…

– Quoi à la rédaction ? Il marqua un temps d'arrêt comme pour réfléchir. On ne change rien, si c'est ce que tu veux dire, je ne mêle jamais ma vie privée et mon boulot. Tu as faim ?

Nous sommes allés prendre un petit déjeuner à la brasserie en bas de chez lui, et nous nous sommes quittés. À part son parcours professionnel, je ne savais pas grand-chose de lui. Et lui savait seulement que j'étais veuve et orpheline, ce qui l'avait fait plaisanter sur mon sort.

Le lendemain, je le retrouvai à la rédaction avec la même indifférence que les jours précédents. J'attendis donc le soir, comme à mon habitude, que les bureaux soient désertés dans l'espoir de pouvoir lui parler.

– Tu vas bien ? lui demandai-je d'une voix hésitante. Je m'attendais à ce qu'il m'envoie balader.

– Tu fais quoi ce week-end ? me demanda-t-il. Nous étions seulement mercredi.

– Je n'ai rien de prévu. Tu penses à quoi ?

– On dîne ensemble samedi soir ?

J'acceptai l'invitation, et il se leva, me lançant d'un ton léger :

– Bon, on se voit samedi alors ? Bonne soirée !

Je restai plantée comme une idiote, à la fois heureuse de cette invitation et désarçonnée par cette froideur. C'est ainsi que commença notre étrange relation. Je me croyais amoureuse. Avec le recul, je ne l'étais pas tant que cela, mais il m'impressionnait.

Nous nous voyions toujours le samedi soir, parfois une nuit dans la semaine, mais c'était rare.

Le lendemain matin, il me signifiait d'une façon ou d'une autre qu'il était temps pour lui d'être seul. Je savais qu'il écrivait un roman, mais il n'en parlait jamais. D'ailleurs, nos sujets de conversation n'étaient jamais d'ordre personnel : littérature, politique, société, certes, mais rien en ce qui concernait nos vies ! Après plusieurs mois, je n'en savais pas beaucoup plus sur lui – mis à part sur son anatomie. Il esquivait toujours les questions trop personnelles et, de son côté, il ne se montrait pas très curieux à mon sujet.

Et puis… »

Ses yeux s'assombrirent et elle baissa la tête. Elle reprit :

« Et puis je suis tombée enceinte… »

Tout de suite, j'eus cette pensée : *comme sa mère.* Et comme si elle avait pu la lire, elle ajouta :

« Comme ma mère, oui, mais je ne l'ai pas gardé. Lorsque je lui ai annoncé ma grossesse, il m'a dit que ce n'était pas prévu, et qu'il comptait partir à Londres en tant que correspondant pour un journal "digne de ce nom". Je lui ai demandé s'il m'aimait, il m'a répondu que c'était la première fois qu'il avait une relation aussi longue avec une femme, et que c'était donc le signe d'un certain attachement, mais que cet attachement néanmoins ne lui donnait pas envie de fonder une famille.

Cette ultime froideur me dégoûta, de lui, de notre amour, et de l'enfant que je portais. Il me fit néanmoins un cours sur la façon dont je devais mener ma carrière, me dit que les articles que j'écrivais n'avaient aucun intérêt, que mon érudition se gâchait, etc. Il termina en me disant qu'il allait m'aider à accéder au "vrai" journalisme, sans mentionner une seule fois mon état.

Je me rappelle être sortie de chez lui et avoir marché longtemps, longtemps. Je savais au fond de moi que je ne voulais pas de cet enfant, et surtout que je ne voulais revivre en aucun cas ce qu'avait vécu ma mère. Je sentais que mon existence prenait une tournure non souhaitable. Je ne saisissais plus le sens des événements qui s'enchaînaient, de cet amour qui s'était dissous en quelques mots.

Dans les jours qui ont suivi, j'ai trouvé une "faiseuse d'anges". Joli terme, n'est-ce pas, pour désigner l'innommable ? Il n'y avait pas d'autres solutions à l'époque. Elle a fait passer l'enfant, et avec lui, tout un pan de ma vie.

De son côté, il a tenu parole. Il m'a trouvé une place dans un quotidien où je devais "dégrossir" l'actualité et assurer quelques articles par mois en tant que critique littéraire. Il a employé ce mot exactement, "dégrossir", et je l'ai trouvé abject alors qu'il le prononçait. Moi aussi, il m'avait fait "dégrossir". D'ailleurs, malgré ses tentatives répétées pour me revoir, le samedi soir à son habitude, je ne pouvais plus partager aucune intimité avec lui ; je ne pouvais d'ailleurs plus rien partager.

Quand il a quitté son poste pour Londres, quelques semaines avant mon propre départ du magazine, je ne l'ai même pas salué. Je suis passée devant son bureau sans tourner la tête, alors que j'entendais un bouchon de champagne exploser, comme ce soir de Noël où il m'avait invitée. Et pourtant il m'a appelée, pour la première fois ; il est sorti de son bureau en prononçant mon prénom. J'imaginai les visages étonnés de mes collègues, qui ne se sont jamais doutés de rien, devant cet appel un peu pathétique, trahissant une relation d'un autre ordre.

Mais je ne me suis pas retournée.

En prenant mes nouvelles fonctions au sein de ce quotidien, je me suis promis de ne plus jamais mêler travail et sentimentalité. Et puis, comme mon salaire se voyait doublé, j'ai déménagé. Ici, sur l'île, rue des Deux-Ponts, j'ai trouvé un meublé, deux pièces. C'était pour moi un luxe qui se voulait me faire oublier ces derniers mois, et pourtant je me rappelle avoir emménagé avec tristesse. J'essayais de me réjouir – l'endroit était superbe – mais je n'y parvenais pas.

Je crois bien, voyez-vous, que j'étais dans un état assez proche de celui que vous traversez aujourd'hui. C'est pourquoi je vous comprends, je vous comprends si bien. »

Je l'avais écoutée sans dire un mot durant ce long récit, et il me semblait être désormais assez proche d'elle. Son visage m'était devenu familier à mesure qu'elle me parlait, car il avait traversé les âges au fil de ses phrases. Pour autant, je ne voyais pas très bien en quoi ses expériences amoureuses lui conféraient une connaissance particulière. Comme elle avait marqué une pause, je me demandai si son histoire prenait fin. Je ne voulais pas regarder ma montre, pour éviter l'inconvenance, mais aussi et surtout, j'espérais une suite, quelle qu'elle soit. Ce qu'elle m'avait raconté m'avait un peu déçue, au fond.

Je ne voulais pas lui montrer que je devais partir. Puis, en quelques secondes, je pris la résolution de rester en face d'elle aussi longtemps qu'elle me parlerait.

« C'est là que tout a commencé pourtant », dit-elle avec un demi-sourire.

Elle me regarda de ses yeux bleus, dont l'intensité n'était plus la même. Ils m'avaient semblé plus pâles lors de sa narration, cette narration qui semblait l'avoir lassée un peu, elle aussi.

« Oui, reprit-elle, jusqu'à ce jour-là, je ne savais pas ce qu'était la vie, même si je respirais chaque jour, ce qu'était l'univers, même si je levais souvent mes yeux vers les étoiles. J'ai joué de la musique sans savoir ce qu'était la musique, j'ai écrit et parlé sans connaître les mots. Ce jour-là, je suis née. »

7

CE JOUR-LÀ

Et puis je t'ai connu,
à l'aube de ces jours blêmes.

« Ce jour-là commença comme les autres. J'avais pris l'habitude dès mon installation sur l'île de venir ici, le matin, boire un café avant de partir travailler. C'était un établissement un peu plus traditionnel qu'il ne l'est aujourd'hui, mais le bar était au même endroit, juste là. Je m'y asseyais toujours, sur un tabouret en bois. Je vous l'ai dit ? Je ne sais plus... Mon nouveau travail me plaisait, je pouvais y utiliser toutes mes facultés intellectuelles. Je devais faire des synthèses de l'actualité pour des journalistes plus chevronnés, mais je conservais une activité rédactionnelle en tant que critique littéraire. De ce fait, la littérature revint emplir ma vie, une vie que je trouvais néanmoins creuse. Des amitiés que j'avais pu lier ces dernières années, il ne me restait que deux proches, à qui je parlais de temps à autre. Mon existence peu traditionnelle m'avait en effet coupée de certains milieux, les plus bourgeois notamment.

Pour tromper cette vie solitaire, j'avais voulu faire l'acquisition d'un piano. Mais dans le magasin, au moment de le régler, je me souvins que j'en avais déjà un. J'avais oublié le cadeau que mon mari m'avait fait juste avant notre union, seul présent que j'avais accepté de conserver après sa mort, précisant à ses parents que je viendrais le chercher plus tard. J'hésitai cependant à les contacter après ces longs mois de silence. Je savais que mon appel serait douloureux pour eux comme pour moi.

Je m'y résignai cependant, car en refusant le seul bien que j'avais accepté qu'ils me lèguent, je les offensais sûrement. Après un bref contact téléphonique où je saisis toute la détresse qui était la leur, et qui n'avait fait que s'amplifier avec le temps, le piano fut livré quelques jours plus tard. En l'ouvrant, j'y trouvai une enveloppe avec un message que je lus plusieurs fois, ne croyant pas qu'il soit possible d'écrire ces mots :

« *Ce piano dans notre salon est aussi stérile que vous l'avez été dans la vie de notre fils.* »

Cette phrase me plongea dans un profond désarroi. Je comprenais cependant qu'avec le temps, toute leur colère s'était figée sur moi, seule personne connue pour avoir partagé la vie de leur fils. J'étais la seule qui pouvait être tenue pour responsable de cet événement imprévisible, celle qui était passée dans leur existence sans laisser de trace, sans rien laisser, pas même un enfant.

Il ne me restait donc rien, rien ni personne, à part ce piano couleur ivoire. J'étais restée des années sans jouer, et mes doigts avaient perdu de leur souplesse, mais j'eus plaisir, malgré ce triste constat, à retrouver le son de l'instrument. Et c'est d'une façon studieuse, comme je l'avais appris, que je me mis à déchiffrer mes anciennes partitions.

Après deux ou trois semaines dans mon nouvel appartement, j'avais trouvé un rythme qui trompait doucement mon ennui. Je me rendais au café le matin, puis je partais travailler en métro. Je rentrais le soir avec un roman sous le bras, mes devoirs du jour en quelque sorte. Je dînais, je m'exerçais au piano, et comme souvent le sommeil ne venait pas, je lisais parfois jusqu'à l'aube. La fatigue m'aidait à supporter la monotonie de ces journées.

Et ce matin-là, rien ne fut différent, ni mon humeur morose, ni le café fumant. Ce jour-là, j'étais campée sur ce même tabouret. Ce jour-là, il choisit d'apparaître.

Il entra coiffé d'un chapeau étrange, une sorte de vieux panama beige, qui couvrait sa chevelure brune et bouclée, comme un personnage de roman, et moi qui étais spectatrice de ma vie, je n'en fus pas même étonnée. Il pénétra dans la salle d'un pas assuré et dansant, mais je ne vis pas son visage. Je vis ses mains. Ses mains puissantes, ses mains d'homme, ses mains mates, posées là sur le zinc, ses mains d'une beauté sans pareille, parfaites et noueuses, ses mains qui attendaient de saisir la tasse, qui cherchaient de la monnaie, ses mains tranquilles. Ces mains racontaient une histoire, une longue histoire, celle de sa vie, que je devinais riche et chaotique comme ces veines qui les parcouraient dans une logique qui n'appartenait qu'à elles. Ces mains projetaient sa force, mais aussi ses faiblesses, avec leurs paumes blanches et lisses. Tourmentées et tranquilles tout à la fois, ces mains racontaient déjà des voyages et des trêves…

Cette vision me plongea dans un chaos que je ne peux décrire, aujourd'hui encore. De tout temps, j'avais scruté les mains des hommes que je rencontrais, et la vision de ces doigts, de ces paumes me décevait toujours. J'avais cherché ces mains sans le savoir, et maintenant qu'elles étaient là, devant moi, qu'elles se mouvaient, je me sentais perdre pied avec la réalité. Ces mains ne pouvaient pas exister. J'éprouvai d'abord comme une sorte de malaise que je n'associai pas tout de suite à cette découverte. Ma conscience tétanisée empêchait toute construction logique. Je sentis juste mes forces m'abandonner au fil des secondes qui s'égrenaient comme des heures, mon sang se retirer de mon corps telle une vague prenant son élan avant de s'échouer.

Puis il y eut sa voix, une voix assurée et grave, avec un soupçon d'ironie qui lui conférait une certaine élégance. Je ressentis comme une décharge produite par ces mains, par cette silhouette et les sons qui s'en échappaient. Cette puissance d'attraction me secoua, et je tentai tant bien que mal de rester droite sur ce tabouret qui tanguait.

Je ne sais pas encore comment je fis semblant de prendre mon café, semblant d'être assise. Dans l'inconfort de ces gestes empruntés, je tentai néanmoins un regard furtif. Et comme il ne me regardait pas, qu'il ne me voyait pas, mon regard s'éternisa sur ses boucles brunes. Il tourna doucement la tête, et un peu de son profil se révéla enfin. Je n'avais pas besoin d'en voir davantage, ce visage semblait incroyablement masculin et féminin tout à la fois. Je baissai la tête de peur de tanguer plus fort encore, car je commençais seulement à comprendre que mon état était lié à cette étrange présence. Je vis alors que mes doigts tremblaient sur le zinc, que mon café refroidi attendait toujours dans sa tasse. À ce moment-là, je n'eus qu'un souhait : qu'il s'en aille, que cette onde intime disparaisse à jamais. Et enfin il partit. Quand il passa près de moi, je baissai mes paupières, cherchant déjà à effacer ce trouble.

Je me rappelle être restée là, tremblante, sans pouvoir faire aucun geste, pendant un long moment, une éternité. Je n'osais pas me lever, de peur de m'évanouir, de perdre connaissance. J'étais incapable de parler. Je sentais ma gorge sèche, j'avais besoin d'eau. Peu à peu, alors que je ne l'espérais plus, les coups ressentis dans ma poitrine se calmèrent. Mon premier sentiment fut qu'il était impossible que la présence d'une personne puisse provoquer de telles sensations physiques, qu'il avait dû se produire un concours de circonstances entre la venue de cet homme et mon état de santé un peu défaillant à cause de la fatigue, qu'il fallait que je consulte un docteur au plus vite. Je payai et sortis du café avec un soulagement infini, celui qui suit souvent les grands tourments.

Mais peu à peu, mon esprit engourdi rattrapa les minutes perdues. Il semblait bien qu'il soit un habitué du lieu, un habitué qui avait commandé son café d'un air entendu, un "comment ça va ?"» qui avait impliqué un avant et qui augurait donc d'un après. Qui était-il ? Les boucles brunes dansaient devant mes yeux, je tentais de me souvenir. Le chapeau, le chapeau sur les cheveux, les cheveux tombant sur les épaules, les mains cherchant quelques pièces dans la poche d'une veste fauve, la voix profonde et claire. Avait-il dit "à bientôt" ? Il fallait que je me rappelle. L'avait-il dit ? Je marchais le long du quai alors que cette question revenait sans cesse : l'avait-il dit ?

Et à mesure que je tentais de reconstituer ce moment, cette image, mon cœur s'emballa à nouveau. Je ressentis une grande fatigue, puis comme un émerveillement qui amena un sourire à mes lèvres. Je devais le revoir, j'allais le revoir. C'était lui qui avait provoqué ce chamboulement du cœur, du corps, cela ne pouvait pas être un hasard. Que s'était-il produit ?

Toute la journée se déroula dans cet intarissable torrent d'interrogations. Je fus incapable de travailler, d'écrire, et répondre à mes collaborateurs m'était pénible.

J'essayais de deviner son visage, ce visage que je n'avais pas vu, et ses yeux, qui n'avaient pas même croisé les miens. J'essayais de me souvenir de sa voix, je ne voulais pas oublier sa voix. Et pour ne pas l'oublier, je décidai de rentrer chez moi pour retrouver le silence, un silence que je voulais comme un écran blanc pour projeter enfin l'intégralité de cette scène, et pour tenter, peut-être, de la comprendre.

Comprendre, voilà ce que notre esprit essaye de faire lorsqu'il ne trouve pas de raison, lorsqu'il la perd. Nous voulons comprendre, trouver une logique, un sens pour mettre fin aux divagations de l'âme, à ce qui nous échappe. Longtemps j'ai voulu comprendre, parfois avec acharnement. Ce n'est que lorsque j'ai cessé d'insister que tout est devenu clair. Car la compréhension ne sert jamais l'essentiel, seulement le dérisoire.

Une fois chez moi, j'eus tout le loisir de m'adonner à cette activité mnésique qui avait occupé l'intégralité de ma journée. Puis une pensée me vint, comme une découverte improbable : s'il allait revenir, ce serait peut-être demain. Je restai saisie par cette idée. Demain, il allait sans doute revenir, oui. C'était un habitué, peut-être même était-il là tous les jours ? Nous étions en septembre : peut-être avait-il pris quelques congés estivaux, et retrouvait-il désormais ses habitudes matinales ? Peut-être même habitait-il l'île ? Et cette deuxième pensée se juxtaposa à la précédente avec une évidence qui m'étourdit à nouveau.

Vous rendez-vous compte que je n'avais même pas vu son visage, ni ses yeux ? C'était ce que je voulais par-dessus tout, le voir. Lui parler aussi, savoir qui il était.

Mon impatience était si grande que je ne dormis pas de la nuit. Je passai d'un roman à l'autre sans retenir une seule phrase. Je tentai de jouer un peu de piano, mais je m'aperçus qu'il était trop tard pour cela. Je me retournai dans mon lit encore et encore, essayant d'atténuer cette agitation infernale. Demain, il serait là, certainement, et j'allais enfin savoir ce qui s'était passé. On ne revit pas deux fois ce genre d'expérience. C'était un homme comme un autre après tout. Je m'étais certainement trompée. Tout serait plus clair demain.

Puis le petit jour est apparu comme une délivrance. La fatigue m'aidait à ralentir mes mouvements, sinon j'aurais été prête aux aurores. J'allais habituellement au café à 8 h 30. Ce matin du deuxième jour, j'y étais une demi-heure plus tôt.

Plus je m'approchais de la baie vitrée du café, plus mon cœur battait à tout rompre. »

– Et vous l'avez revu ? demandai-je aussi haletante qu'elle avait dû l'être ce jour-là.

8

ET LES AUTRES

L'espoir n'est qu'une falaise,
suivie d'un précipice.

« Non, ni ce jour-là, ni les suivants. Mais l'empreinte laissée par cette première rencontre ne s'effaça pas. Et depuis ce jour, je n'ai cessé de l'attendre. Je l'ai attendu le lendemain, et le jour d'après. C'était un vendredi, alors j'ai attendu les vendredis. Les vendredis, combien de vendredis… Si vous saviez comme les jours me paraissaient longs, comme les semaines s'éternisaient. J'espérais, j'espérais tant m'être trompée. Je voulais juste le revoir, ne serait-ce qu'une fois. Tous les matins je me levais, je me préparais, et j'arrivais au café avec un seul espoir, qu'il soit là, que tout cela s'arrête, que je me retrouve face à un homme comme un autre, peut-être séduisant, peut-être intrigant, mais comme un autre.

Je commandais un café, souvent un deuxième, et puis je m'en allais. J'allais travailler, j'écrivais, je riais avec les autres, mais mes pensées étaient rivées à mon île. Souvent je tentais de me raisonner, je me faisais violence, je me disais qu'en le revoyant tout s'effacerait, comme quand on fait un cauchemar ou un rêve fugace.

Et puis, quelques semaines plus tard, il est revenu enfin. Il est entré alors que j'étais assise sur mon tabouret, dos à la porte, mais je peux vous jurer, oui, vous jurer, qu'il n'avait pas passé le seuil que tout a recommencé. Le sang qui se retire du corps, le vertige. Et j'ai entendu des pas derrière moi, et j'ai entendu sa voix. Il s'est installé à l'autre bout du bar, et pour la première fois je vis son visage. Il n'avait plus de chapeau. Les boucles brunes encadraient des traits léonins, la mâchoire était prête à mordre, les yeux posaient un regard majestueux sur ce qui l'entourait, ses gestes étaient à la fois précieux et emportés. Et tout a tangué encore sur cette île. Mon tabouret semblait se dérober, alors pour garder un semblant d'équilibre, j'ai fixé un point, d'abord le bout du bar, comme un horizon. Et puis mon regard est remonté, je l'ai fixé. Il ne me regardait pas, il prenait son café, penchant sa tête vers la tasse, la redressant. Au bout d'un moment, bien sûr, son regard a croisé le mien, il ne pouvait pas faire autrement. Il fallait que je voie son regard, son regard aurait pu tout changer.

J'aurais aimé un regard idiot, un regard incrédule, un regard sans importance, ou même un regard séducteur. Mais c'était un regard qui me voyait, deux yeux noirs et profonds qui me regardaient. Pire encore, c'était un regard qui s'attarde sans jugement ni intention. Il a posé deux pièces sur le bar, et puis il est parti, encore.

Il n'avait été là que quelques minutes, mais sa présence tant attendue m'avait troublée plus que je ne saurais l'exprimer.

Cette deuxième visite ne laissait plus de place au doute. L'émoi avait été sensiblement le même, peut-être un peu moins intense mais identique. Bien sûr, il était séduisant, et les traits de son visage dégageaient une force assez inhabituelle, mais il ne ressemblait pas à ceux qui m'avaient plu jusqu'alors. Et puis, ses vêtements étaient assez informes, bien que de bonne facture. Séduisant, oui, il l'était, mais pas au point de me faire perdre l'équilibre. Pourtant, sa présence me mettait dans une transe que je ne pouvais comprendre, et son absence me plongeait dans un désarroi tout aussi incompréhensible. Car à peine était-il parti qu'une seule question me taraudait déjà : quand le reverrais-je ? Faudrait-il attendre encore plusieurs semaines pour le croiser ?

Et malgré moi, tous les matins, j'attendis. Toutes les minutes entre 8 h 30 et 9 heures. Parfois plus. J'attendais tellement que j'étais en retard. J'étais en retard dans ma vie. »

Cette phrase resta en suspension dans l'air. Peut-être pensait-elle que j'allais la juger, mais j'essayais seulement de l'imaginer assise là, à quelques centimètres, sur un tabouret, tous les matins. J'essayais d'imaginer l'attente qu'elle tentait d'apprivoiser.

« Je sais ce que vous devez penser ; que ma vie était vide, triste et que cette attente la nourrissait. En un sens, vous avez raison. Mais, voyez-vous, quel autre choix avais-je ? Car cette attraction était si forte. Je ne peux pas la comparer à un coup de foudre ou à un état amoureux, c'était au-delà. »

Au-delà… Que pouvait-il y avoir au-delà ? Je ne m'étais jamais posé la question. Sur les centaines de personnes que j'avais croisées, j'avais toujours constaté les mêmes scénarios : état amoureux plus ou moins prononcé, relation installée, fixation pathologique dans les cas de non-réciprocité… J'avais croisé des personnes qui s'aimaient, d'autres qui faisaient semblant. Au-delà, j'étais tentée de dire qu'il n'y avait pas grand-chose, à part la divagation de nos pensées propre à servir nos cœurs.

« Enfin, comme je vous le disais, j'ai attendu. Une semaine, deux semaines, trois semaines, il ne revenait pas. Peu à peu, j'ai presque apprécié cette attente qui n'était plus aussi pressante. Et puis, j'ai fini par m'en amuser. Durant les mois qui suivirent, j'ai voulu me persuader que je m'étais trompée, même s'il était difficile de me mentir totalement. Mais il était bien plus confortable de penser que mon esprit s'était fourvoyé que de rester dans cette souffrance incompréhensible. Octobre, novembre, décembre… L'hiver est pourtant arrivé comme un printemps.

Je m'étais fait de nouvelles connaissances par le biais du journal, je recommençais à avoir une vie sociale, à sortir. Les livres devenaient de moins en moins indispensables, mon piano aussi. J'avais deux nouvelles amies célibataires qui n'habitaient pas très loin de chez moi et nous nous retrouvions comme des adolescentes dans les cafés de la capitale ou, le soir, dans les clubs de jazz. J'avais demandé une ligne de téléphone, et je reçus peu à peu de nombreux appels. J'étais heureuse de pouvoir côtoyer des femmes qui avaient un peu la même vie que moi, et même si nos conversations tournaient beaucoup autour de la gent masculine, au fond, nous appréciions notre vie libre et sans entrave.

D'ailleurs, un vent de liberté se mit à souffler sur toute la capitale, nous étions en 1968, et pour la journaliste que j'étais, chaque jour était plus passionnant encore que le précédent.

Tous les matins, j'avais quand même une pensée pour celui qui n'était pas là, mais cette pensée ne m'empêchait plus de vivre. Et puis j'ai rencontré un garçon, en mars, alors que nous étions attablées en terrasse profitant d'un printemps agité mais exceptionnellement doux, un garçon plus jeune que moi, qui avait beaucoup d'humour et beaucoup d'amis. Notre trio s'est élargi. Pendant ces mois-là, j'oubliais doucement la dureté de ma vie passée et les tourments qui l'avaient jalonnée. Je découvrais que l'alcool pouvait avoir de douces vertus, et que la fatigue liée à ma vie noctambule me laissait dans un état second permanent bien agréable.

Cette douceur s'est prolongée jusqu'à l'été, avec la perspective de partir tous ensemble sur la Côte d'Azur au mois d'août. Mon amant était de la fête et je m'amusais beaucoup avec lui. Nous avions de grands fous rires en toutes circonstances, ce qui créait une complicité amoureuse assez forte.

Et puis, un matin de juin, alors que je prenais mon café, il est revenu. Il s'est assis non loin de moi. J'étais toujours aussi troublée, tremblante, et surprise de l'être, tant j'avais réussi à me persuader que les émois précédents étaient le fruit de mon imagination. J'ai baissé la tête, et j'ai pensé partir. Mais mes jambes ne m'auraient pas portée. J'ai réuni alors toutes les forces présentes en moi : il fallait que je reste, il fallait que je lui parle. Ma gorge était serrée, aucun son ne semblait pouvoir en sortir encore une fois. Heureusement, un client avait oublié son journal sur le bar, ce qui me permit de rester les yeux rivés sur la même page sans faire un geste. Il ne partait pas, lui. Il restait, il commandait un deuxième café. Le bar se vidait, les gens s'esquivaient, mais il était toujours là, moi aussi. Je ne bougeais pas, je n'osais pas faire un geste, mon cœur explosait dans ma poitrine et j'avais du mal à respirer.

Et puis, pour la première fois, il m'a parlé. Il a dit :

– Vous habitez près d'ici ?

Il m'a semblé que le "oui" prononcé en guise de réponse était à peine audible.

De la force, de la force, tout ce qui m'en restait, je l'ai mise dans ces deux mots :

– Et vous ?

– Oui, en quelque sorte, pas toujours.

– Et que faites-vous ? fut l'audacieuse question suivante.

– Je travaille à l'autre bout du globe, dans les pierres précieuses. D'ailleurs je repars demain. En général, j'y reste plusieurs mois. Et vous ?

– Je suis journaliste.

– Je n'aime pas les journalistes, répondit-il abruptement. Il marqua une pause, puis ajouta : Il se fait tard, bonne journée.

Et il disparut en bondissant hors du café comme un chat.

Je restai là, déçue et blessée par ce bref contact, si pitoyable. J'avais attendu des mois pour cet échange à la limite du désagréable. Assise sur mon tabouret, je tentai de retrouver un peu de force avant de sortir du café. Puis, en marchant le long du pont ensoleillé pour aller prendre mon métro, j'écrasai quelques larmes sur mes joues. Je me trouvais si stupide, si misérable. Cet homme avait l'air d'un rustre, d'un malpoli hautain. J'avais mieux à faire que de l'attendre perchée au-dessus d'un bar. Perdue dans mes pensées, j'en oubliai de descendre dans le métro, et je continuai mon trajet à pied jusqu'à la station Opéra, proche du quotidien pour lequel je travaillais alors. Il était déjà si tard que ça ne changeait plus grand-chose.

D'ailleurs, tout en marchant d'un pas de plus en plus décidé, je me disais qu'il serait judicieux que je cesse d'être en retard à cause de ce genre de fadaises.

Je m'en voulais d'avoir ainsi perdu mon temps, et ma colère envers la femme que j'étais ne cessait de croître. J'avais eu ma part de malheur dans cette existence, et maintenant que je m'amusais enfin, je n'allais pas m'aliéner toute seule à ce genre de chimères, me répétais-je encore comme un mantra. *J'en ai vu d'autres* !

Et puis les vacances approchaient, quelle jolie perspective que de partir avec mes amis et mon amant, cet amant avec lequel je m'amusais sans cesse. Je lui découvrais d'ailleurs de plus en plus de qualités, et sa bonne humeur naturelle accentuait de façon surprenante la tendresse que j'éprouvais envers lui. Notre différence d'âge de cinq petites années ne se faisait jamais sentir, et s'il n'était pas un puits de science ou de culture, sa gentillesse et son ouverture d'esprit en faisaient un partenaire délicieux.

Et je marchais, je marchais en arpentant le bitume aussi prestement que mes pensées.

Soudain, une douleur intense saisit ma poitrine du côté gauche comme un coup de poing qui s'éternise. Je tombai un genou à terre, puis les deux, terrassée par cette souffrance physique inattendue. Ma première pensée fut que je faisais une crise cardiaque et que j'allais mourir. La seconde… La seconde… »

Elle prononça cette phrase comme dans un souffle. Je crus qu'elle avait mal comme elle avait eu mal tant d'années auparavant. Son visage se déforma un peu, ses yeux se voilèrent.

« La seconde fut qu'il fallait que je le revoie avant de quitter cette terre. Que je ne devais pas mourir maintenant, après cet unique échange, sans avoir pu le connaître. »

9

EN FIN

Comme un souffle, une respiration,
Enfin, tu viens.

Dans ce lieu qui traversait les années au fil de son récit, ils avaient dressé les tables pour le déjeuner, sauf la nôtre. À part quelques verres d'eau, nous n'avions rien commandé. Personne n'était venu nous déranger dans cette parenthèse. Elle me faisait l'immense cadeau de sa vie et, à ce moment précis, elle n'avait plus d'âge. Je ne pouvais plus détacher mes yeux des siens. Il me semblait l'avoir toujours connue, son visage m'étant désormais familier. Je n'osais pas parler, l'interrompre ou la relancer… Cela aurait été un sacrilège. Je crois qu'elle le comprenait, car elle poursuivit, les traits de son visage un peu plus détendus.

« L'été passa, ponctué de fêtes et d'alcool. Je passais mon temps à bronzer, à enfiler des petites robes légères, et à les enlever lorsque le besoin s'en faisait sentir. Mon amant se découvrait amoureux, je jouais le jeu. Aux yeux de ceux qui nous entouraient, nous étions désormais un couple. Cette idée parfois confortable me dérangeait le plus souvent, mais je ne voulais pas rompre l'harmonie communautaire qui nous unissait. Et puis, je n'avais aucune raison valable de le faire. Surtout, je ne voulais plus penser ni souffrir, et j'y mettais toute ma volonté. Bien sûr, parfois mes pensées s'échappaient pour rejoindre mon île, mais je me raisonnais avec force, car la pointe d'un certain désespoir venait alors me piquer. Oui, l'été passa sur la côte et ailleurs puis, fin août, il fallut revenir et retrouver nos rites quotidiens.

Après cette succession de nuits partagées, mon amant, qui n'habitait qu'une chambre de bonne, arriva de notre voyage directement chez moi avec sa valise.

– Je pourrais la laisser se reposer un peu ici, suggéra-t-il lorsque je poussai la porte. Je ne répondis pas. Je n'avais pas d'avis sur la question, ou plutôt, je préférais ne pas en avoir.

Le lendemain matin, après une nuit particulièrement sage, je m'apprêtais en vitesse quand, au moment de descendre l'escalier, il m'interpella :

– Attends, je viens avec toi. On va se prendre un café ?

Cette phrase interrompit brusquement mes mouvements.

– Non, répondis-je, pas ce matin.

– Allez, arrête, reprit-il, tu m'as dit que tu en prenais un tous les jours à deux pas d'ici. Allez, viens !

Et il m'entraîna par la main.

– C'est celui à l'angle du quai où tu vas, hein ? demanda-t-il en s'avançant et en ne me donnant pas d'autre choix que de le suivre.

Une fois dans le bar, j'essayai de me détendre, mais cela me fut impossible. Parce que je revenais dans ce lieu qui m'attirait autant qu'il me faisait peur, parce que je tremblais de le voir, parce que le voir alors que j'étais accompagnée de cet homme-là, je ne le voulais pas.

En buvant lentement mon café pendant qu'il me parlait de sa journée à venir, des ventes qu'il comptait faire, car il était commercial dans les luminaires, je le regardais. J'essayais de m'attacher à son discours sans importance, ses petites blagues auxquelles il souriait tout seul, son monologue dont je me fichais.

Et plus je le regardais, plus mes yeux s'attardaient sur sa chemisette mal repassée, sur les bras qu'elle laissait voir, de petits bras fins. Mon regard descendait sur son pantalon et ses chaussures fatiguées. Et puis il remontait sur son torse peu développé, et arrivait enfin sur son visage, avec ses cheveux courts et châtains, l'arête de son nez, fine elle aussi, et ses lunettes posées là de façon presque incongrue.

Il m'apparut comme une évidence, à mesure que se vidait ma tasse, que nous n'avions rien à partager à part quelques rires et quelques nuits. Et mon désir pour lui se tarissait autant que ma propension à apprécier son humour.

Le garçon du bar, qui bien sûr, me connaissait, souriait d'un air entendu. C'était la première fois qu'il me voyait accompagnée, et cette fausse connivence m'était insupportable. Il fallait partir, et vite. Je ne m'attardai donc pas comme à mon habitude, je réglai nos deux cafés, et je sortis à la hâte. Il me suivit.

– Pas facile de reprendre, hein ? À ce soir, mon cœur ! dit-il en tentant de m'embrasser.

En me reculant, je le regardai, désolée d'avoir à prononcer ces mots, mais incapable d'envisager un seul moment supplémentaire d'intimité avec lui.

– Non, pas à ce soir, je préfère... Enfin... Je souhaite que tu partes, que tu partes de chez moi.

Il me dévisagea, interloqué, mais au moment où il voulut prendre la parole, je poursuivis sans lui laisser d'autre choix. Le moment était assez pénible pour ne pas le prolonger. Quand j'y repense, je lui ai donné ma clé pour qu'il reprenne sa valise, je lui ai demandé de la déposer dans la boîte aux lettres, je lui ai dit que je n'avais rien à ajouter, et je suis partie. J'ai traversé le pont sans me retourner. Et je ne l'ai jamais revu.

Les jours suivants, les relations que j'avais et la futilité de nos conversations groupées m'ont soudainement lassée. L'automne est venu comme un hiver, je ne suis plus beaucoup sortie. Je me suis plongée dans mon travail. J'avais eu une promotion avec pour mission de signer quelques articles d'actualité sociale, en plus des critiques littéraires. J'ai continué à venir prendre mon café le matin ici, à l'attendre sans y croire vraiment, et même sans savoir pourquoi. Je l'imaginais parfois à l'autre bout de la terre, dans la jungle ou sur une plage, et puis je pensais à autre chose.

Les mois ont passé, le nouvel an fut particulièrement sombre. Mes deux amies m'avaient gardé leur affection, et nous nous retrouvions le soir parfois, le plus souvent chez moi, mais je n'avais plus le cœur à les suivre.

Début mars 1969, alors que je sortais d'ici après avoir bu mes deux cafés, je vis sa silhouette sur le pont. Il était vêtu de noir et semblait flotter dans la brume matinale. Le temps que j'allume une cigarette pour focaliser mes pensées sur quelque chose, il était déjà presque devant moi.

– Bonjour, me lança-t-il d'un air entendu.

Je répondis par un "bonjour" rapide et froid, cherchant à fuir au plus vite. Je sentais déjà les prémices du vertige, et n'ayant aucun siège pour me soutenir, je préférais éviter toute chute inopportune sur le trottoir.

– Vous partiez ? reprit-il.

– Oui, répondis-je en fermant à moitié les yeux tant j'étais bouleversée.

– À pied ?

– Je ne sais pas, oui, répondis-je dans un souffle.

– Je peux vous accompagner ?

Je n'arrivais pas à formuler une réponse. Je le regardais sans le voir tant il semblait sorti d'un songe.

– J'ai pensé à vous, dit-il. J'étais sur une autre île, mais j'ai pensé à vous.

Il avait dit ces mots d'une voix profonde et franche. Sa voix grave résonnait à mon âme.

Alors je me mis à marcher et il me suivit sur le pont. Moi aussi, j'avais tant pensé à lui. Il le savait. J'avais lu dans ses yeux qu'il le savait. Oui, cela vous paraît insensé, mais c'est ainsi.

Nous avons marché. La vague émotionnelle et physique qui me traversait ne s'est pas apaisée, mais plutôt que de m'attirer à terre, elle venait s'échouer sans cesse sur son être. Il a parlé brièvement des pierres précieuses, de son travail au-delà des mers. Il m'a parlé de théâtre aussi et des figures antiques, qui concentraient toutes les caractéristiques des comportements humains. Il me les décrivait, une à une. Je les commentais, ou l'écoutais, sans mot dire. Le silence nous accompagnait parfois quelques minutes. Et puis il reprenait son discours. Nous avions parcouru la rue de Rivoli presque jusqu'à la Concorde et, sous les arcades, il m'invita à prendre un café.

Je m'assis à ses côtés pour la première fois, car malgré le froid, nous avions choisi de rester en terrasse. En le frôlant, je ressentis une brève décharge parcourir mon corps. Mais j'étais déjà dans un tel état second, que je m'en aperçus à peine. Les cafés arrivèrent sur la table. Nous les bûmes en silence.

– Qu'allez-vous faire aujourd'hui ? me demanda-t-il avec un demi-sourire.

– Je vais écrire ce que vous ne lirez jamais, lui répondis-je sur le même ton.

– Et vous êtes en retard ?

– Oui, mais ce n'est pas très important.

Voilà presque deux ans que je suis en retard, pensai-je alors.

– Vous devriez y aller, moi aussi d'ailleurs.

Je me levai. Face à lui, je le regardai. Ce départ me semblait comme un arrachement. Je voulais qu'il dise quelque chose, qu'il m'invite ou prenne mon numéro de téléphone. Mais lors des quelques secondes qui passèrent, il n'en fit rien.

– À bientôt, dit-il. Et je répondis la même chose à regret. Je partis sous les arcades puis, n'y tenant plus, je me retournai.

Ses yeux noirs étaient rivés sur moi. J'esquissai alors un sourire, mais il n'y répondit pas. Son regard était si grave qu'un ultime frisson parcourut mon corps.

Je fus si troublée par cet échange que je tombai malade le soir même. Malgré la fièvre, mes pensées ne pouvaient se détacher de ce moment passé à ses côtés. Trois jours durant, je fus incapable de me lever, et j'enrageais de ne pouvoir reprendre mes habitudes matinales, imaginant qu'il m'attendait en vain, ce qui me rendait plus malade encore. Mais au quatrième jour, il n'était pas là. Et la semaine suivante non plus.

La troisième semaine, ma déception se transforma en désespoir. J'en étais réduite à prier jour et nuit pour qu'il apparaisse, tout en me rendant compte de l'absurdité de cette prière. Il n'avait pas souhaité garder contact. Il m'avait laissée partir.

D'ailleurs, il n'avait tenté en rien de me séduire. Notre échange, si délicieux qu'il m'était apparu, n'était sans doute pour lui qu'une discussion parmi d'autres, avec une journaliste quelconque. Et ces réflexions me plongeaient dans une tristesse infinie. En quittant le café ce vendredi matin-là, je ressentis ma peine comme un fardeau.

Et j'eus beau ralentir mes pas sur le pont, il ne vint pas à ma rencontre. »

10

L'APPEL

Il y a ceux que l'on reconnaît d'un regard,
et ceux que l'on apprend à connaître.

« C'était un jour pluvieux ce samedi-là, un triste samedi d'avril. J'ai dormi un peu plus tard que d'habitude, et puis je me suis préparé plusieurs cafés, vaguant du salon à la cuisine, revenant sur mes pas. L'après-midi, j'avais rendez-vous avec un homme que m'avait présenté l'une de mes amies quelques mois plus tôt. Il m'avait invitée à dîner plusieurs fois et nous avions échangé un premier baiser qui avait scellé ce début d'histoire avec la froideur de l'acier. Je lui avais cédé par résignation. Il me voulait, et cela m'avait suffi, à ce moment-là. Mais par ce jour pluvieux, cela ne me suffisait plus et je ne savais plus vraiment pourquoi je me devais d'aller à ce rendez-vous.

Vers midi, je me suis habillée péniblement. J'ai fait un léger effort en revêtant un pull bleu et un collier lourd. Tout m'était égal. C'est mon cœur que je sentais lourd, lourd dans ma poitrine, me gênant à chaque respiration. Il me fallut m'asseoir à plusieurs reprises durant ces préparatifs, tant la fatigue du chagrin me semblait insurmontable. Et à chaque fois que je m'asseyais, je contemplais ma vie, qui me semblait déjà si longue, et si inutile. Je visualisais ceux que j'avais connus sans vraiment les aimer, et j'y ajoutais celui qui m'attendait comme une dernière touche de gris sur un tableau déjà sombre.

J'ai fini par sortir, sachant pertinemment que mon rendez-vous était fixé plus tard dans l'après-midi. Je savais qu'en laissant passer une heure de plus dans l'appartement, je risquais d'y rester jusqu'au lendemain. Je me suis retrouvée dans la rue, il faisait froid, et j'ai marché. J'avais un manteau de cuir gris que j'ai plaqué sur moi mais, avec le pull, l'ensemble manquait de cohérence. J'étais moi-même en désordre.

J'ai marché instinctivement jusqu'ici. Les clients finissaient de déjeuner. Je ne venais jamais le week-end. J'ai commandé un café au bar espérant encore une fois qu'il viendrait sans y croire vraiment. J'étais là, debout, quand je me suis dit que j'avais sans doute perdu la raison dans l'absurdité de cette attente. Il n'y avait qu'une chose que je voulais vraiment ce jour-là : le voir. J'en aurais hurlé tant ce désir était profond et violent. Je suis restée quelques minutes, le temps de boire le contenu de ma tasse. Je me trouvais ridicule, même si j'étais la seule à connaître la raison de ma présence en ces lieux. Après ces instants où j'eus suffisamment de temps pour me rendre compte du désespoir qui m'animait, je sortis.

En me dirigeant vers la rive gauche, où j'avais rendez-vous, je sentis les larmes inonder mon visage. La pluie commençait aussi à tomber. Tout se mélangea sur ma peau. Puis un sanglot me secoua si fort que je dus me réfugier derrière un porche. Terrassée par la douleur, je m'écroulai sur le carrelage du hall, livrant mon chagrin, ma lassitude, l'absence de sens des heures à venir à cet immeuble inconnu. Pourquoi souffrais-je autant, pourquoi ma vie me paraissait-elle si difficile, qu'avais-je fait pour être punie de la sorte par les douloureux événements qui avaient jalonné mon existence ? Et surtout, pourquoi étais-je tombée dans cet état d'attente insensé que je trouvais si stupide au fond ? J'étais accablée, et même les sanglots ne suffisaient pas à me soulager. Je ne sais pas combien de temps je suis restée prostrée dans l'encoignure de ce porche. Je n'ai croisé personne.

Lorsqu'il n'y eut plus aucune larme, la colère émergea. Une colère en demi-teinte qui rendit ma tristesse opaque et la rue un peu plus sombre. Il ne pleuvait plus.

Il fallait que je marche, il fallait que j'aille à ce rendez-vous, il fallait que je me force à vivre quand même. Perdue dans mes pensées, je m'égarai dans les rues du 5e arrondissement, puis du 6e, revenant sur mes pas, repartant dans le sens opposé.

Il était à peu près 16 heures quand je croisai le boulevard Raspail. Il était à peu près 16 heures lorsqu'il apparut devant moi, sorti de nulle part, habillé de noir, encore. Il me fixa, étonné, mais sans doute moins que moi.

– Que fais-tu là ? dit-il, instaurant une familiarité que nous n'avions jamais connue.

Et vous savez ce que je lui ai répondu ? me demanda-t-elle, le regard presque triomphant.

– Je t'ai attendu sur l'île, et comme tu n'y étais pas je suis venue te chercher.

Il ne parut même pas surpris par cette réponse et me proposa de prendre un café dans la brasserie qui faisait l'angle.

À partir de cette seconde, le temps cessa d'exister. J'étais abasourdie par sa présence, par ma prière exaucée. Nous nous installâmes face à face, et il commanda deux cafés. Il me regardait de ses yeux noirs, son visage semblait tourmenté. Puis tout s'effaça dans son sourire et ses lèvres charnues.

– Tu sais, il y a moins d'une heure, j'étais un roi ! Et il m'expliqua ainsi qu'il suivait des cours de théâtre lorsqu'il était de passage à Paris, "pour une raison inavouable", ajouta-t-il.

Il me posa mille questions sur les articles que j'écrivais et sur mes sources d'inspiration. Je lui posai des questions sur les pierres, lui demandant quelle sorte de pierre je pourrais être.

– Tu es une pierre brute, répondit-il sans que je saisisse le sens profond de cette phrase.

Si sa présence, autant que son absence, m'avait plongée dans des affres indescriptibles, le moment que nous vivions me sembla d'une évidence déconcertante. J'étais enfin là où je devais être, auprès de celui avec qui je devais être. Un parfum de perfection flottait dans tous nos gestes et nos paroles. La tempête s'était apaisée, l'eau était désormais calme, même si chaque cellule de son être m'attirait vers lui.

Je me souvins un bref instant du rendez-vous qui m'attendait non loin d'ici, mais je balayai cette pensée parasite aussi vite qu'elle me vint.

Il me proposa de voir son appartement "parce qu'il est à deux pas d'ici". Je pris cette invitation comme un cadeau, une récompense qu'il m'accordait peut-être justement parce que je ne lui avais pas demandé. Découvrir où il vivait, dormait et se réveillait me semblait inouï.

Je le suivis sur quelques mètres. Et devant un grand porche rouge sombre, il s'arrêta : "C'est ici", dit-il en entrant.

Nous prîmes l'ascenseur de cet immeuble bourgeois qui s'arrêta au troisième étage sur une double porte de couleur bordeaux.

Quand il l'ouvrit, ce fut comme si j'étais déjà venue en ces lieux. Je *savais* le double séjour immense, presque vide, le vieux canapé, le fauteuil ancien, le large bureau, le tourne-disque, les livres par terre. Des pièces désertes en enfilade, un long couloir qui menait à une cuisine quasiment vide elle aussi, et sa chambre en face. Je savais où était chaque chose, pièce, meuble. Oui, je connaissais d'instinct son appartement. Quand le temps n'est plus ce qu'il était, c'est une autre dimension qui s'ouvre…

J'ai pris place sur le canapé. Posé là, il y avait un jeu de divination. Il me dit en chercher un autre très ancien, chez les brocanteurs, mais il ne le trouvait pas. Il avait acheté celui-là par défaut.

– Sais-tu lire l'avenir ?

– Oui, répondis-je sans marquer une quelconque hésitation. La réponse était sortie de ma bouche comme une évidence, alors que je n'avais pourtant jamais essayé de deviner ce que le futur me réservait, ni même eu un tel jeu de cartes entre les mains.

Je battis les cartes, et j'en choisis dix, que je retournai l'une après l'autre.

Je me souviens de ces cartes et de l'histoire qu'elles racontaient. Un homme brun et une femme blonde s'unissaient mais s'ensuivait ce que j'interprétais alors comme une rupture frappée par la mort.

Glacée par cette vision, je les rabattis prestement en tas.

– Que disent-elles ? me demanda-t-il.

– Rien que tu ne saches déjà, répondis-je.

Nous ne cessions de nous regarder, de nous fixer mais, par pudeur, je baissais souvent les yeux. Je voyais dans ses prunelles de l'étonnement plus que du désir. Il semblait que chaque mot prononcé entre nous était lourd de sens et de conséquences. Et j'étais bouleversée autant par la beauté des phrases qu'il prononçait que par celles que je lui adressais.

Il me parla de la Grèce que je ne connaissais pas, alors qu'il me soutenait le contraire sans que je comprenne le sens de ses propos. Il me parla de sa vie d'avant, sur les bateaux, dans les rues et puis de la fortune qui était enfin venue. Il avait 45 ans.

Il me posa des questions sur ma vie, mon père dont il devina l'absence, mon veuvage.

Et puis, il me demanda si j'avais faim. Et pour que cet instant dure encore, je répondis par l'affirmative.

– Je ne sors jamais à Paris, où faut-il aller ? demanda-t-il avec une candeur enfantine.

– Je ne sais pas... Je connais un restaurant près de la place de la Bastille, je n'aime pas les lumières trop fortes, répondis-je.

– Je m'en souviendrai. Viens.

Le vieil ascenseur tardant à monter, nous avons emprunté les escaliers. Une fois dans la rue, il a appelé un taxi de la main, et nous nous sommes engouffrés à l'intérieur en riant. Je ne sais plus pourquoi.

Nous avons parlé, parlé encore. Nous nous enrichissions mutuellement de nos paroles, de nos réflexions. Son esprit, son intelligence m'émerveillait. Mais, fait plus étrange, il me semblait aussi que mon propre esprit s'éveillait à chacune de ses paroles. Je découvrais en moi une repartie, une disposition à philosopher que je ne me connaissais pas. J'étais moi-même étonnée par la pertinence et la profondeur des réponses que je lui faisais ; je ne m'étais jamais sentie aussi clairvoyante et vive d'esprit. Plus les heures passaient, plus la magie opérait. C'était un bonheur inestimable que d'être comprise d'emblée et de le comprendre si facilement, si naturellement. De la disposition des pierres sur un trottoir, à la pensée de Pascal, tout nous était compréhensible instinctivement.

Nous sommes arrivés au restaurant. Nous avons dîné, côte à côte, dans la pénombre.

Un vieil homme est passé avec une gerbe de roses blanches. Il lui en a acheté une, et me l'a offerte. Je l'ai toujours.

– Je vais te donner mon numéro de téléphone, a-t-il dit en sortant un stylo à plume.

Il m'a tendu le petit papier. J'ai coupé la partie vierge et j'ai noté le mien que je lui ai tendu.

– Tu me regardes comme une amoureuse, m'a-t-il dit.

– Comment veux-tu que je te regarde ?

– Comme ça.

En se penchant, il m'a embrassée. Ses lèvres ont frôlé les miennes brièvement. Je me sentais totalement étourdie par ce rapprochement furtif mais si intense. Et nous nous sommes levés. »

Les rides de son visage s'étaient estompées. L'éclat de ses yeux clairs en révélait plus encore sur cette soirée que ses mots.

11

LE CHANT DES POSSIBLES

Âme perdue
Âme moitié
Âme appelée

« Nous avons marché dans la nuit, je n'osais plus parler. Il marchait à mes côtés. Je tenais dans mes mains la rose blanche comme une preuve tangible de sa présence. Il a dit : “La lune est décroissante, c'est de bon augure.” Je n'ai pas répondu. Je retenais mon souffle à chaque pas et mon cœur se soulevait à chacune de ses respirations. Nous avons marché, il me suivait, il me suivait chez moi. Je ne voulais qu'une chose, qu'il me suive encore, le respirer, le toucher, qu'il ne soit pas un songe. Je craignais qu'un seul de mes regards le fasse fuir, qu'une seule de mes paroles… Je marchais en silence. Il était là, il était là, enfin.

J'ai poussé la porte de l'immeuble, nous avons monté les escaliers, j'ai ouvert la porte de chez moi. Il était là, derrière moi. Il est entré. Je n'ai pas allumé et, dans l'obscurité, j'ai senti ses mains sur mon ventre, son souffle dans mon cou.

Puis il a retiré ses bottes de cavalier, ses lourdes bottes noires. Il a penché sa tête bouclée, m'a regardée, et s'est dirigé sans mot dire vers la salle de bains. L'eau s'est mise à couler sous la douche et j'ai pensé à son regard effleurant mes flacons, mes parfums pendant qu'il se déshabillait. Bonheur inespéré de savoir que ses yeux se posaient là où les miens se posaient chaque matin. Je les imaginais s'attarder sur les étiquettes, se fermer sous l'eau tiède. Et son corps, nu, debout là où mon propre corps dénudé se tenait chaque jour…

J'étais tant à ma joie que je ne pouvais esquisser aucun mouvement. Puis je suis allée dans ma chambre, j'ai allumé la lampe de chevet et je me suis déshabillée à mon tour. Je me suis glissée sous les draps en écoutant l'eau couler, à côté. J'ai pensé : est-ce vrai, est-ce la réalité, est-il là ? L'eau s'est tue et il est sorti, une serviette nouée sur les reins. Il a éteint la lumière. Nous étions dans le noir.

J'ai senti qu'il s'approchait du lit, il m'a rejointe. Il m'a enlacée. Et enfin, enfin, j'ai pu glisser mes doigts dans les boucles brunes, j'ai pu le respirer, le respirer si fort, toucher ses mains qui me touchaient, embrasser son visage, ses yeux. Alors lui aussi a caressé mes cheveux blonds, a mêlé ses doigts aux miens. Je sentais sa bouche sur la mienne, sa langue, dans mon cou son souffle encore. Son odeur si familière, son odeur forte, son corps comme un archer, mon corps comme un violon, nous avons joué la plus belle des partitions. Passer mes doigts dans ses cheveux encore et encore. Respirer son torse, sentir ses mains sur moi, les chercher, les trouver, les embrasser, sa bouche sur mes seins, sur mes hanches. Et puis, nos corps sont devenus inutiles, épaves enlacées. Le plaisir est venu de l'âme, laissant place à une joie indescriptible, à une légèreté inconnue. J'avais l'impression de flotter dans ces draps où je n'existais plus. Nous n'avons pas *fait* l'amour, nous étions l'amour. Toute la nuit, nous nous sommes enivrés ainsi l'un de l'autre. Nous n'avons pas dormi. »

– Vous ne comprenez pas, n'est-ce pas ?

Je retenais mon souffle à chacune de ses paroles. J'imaginais sa silhouette, plus jeune, plus svelte, je ne pouvais envisager que les corps, les deux corps nus, alors qu'elle me parlait d'autre chose.

– Cette nuit fut la plus belle des nuits. Je lui ai offert mon âme, tout l'amour en moi s'est déversé au bout de mes doigts. Ce n'est pas mon corps qu'il a pris ce soir-là, vous comprenez, c'est mon âme, bien qu'elle lui fût déjà acquise... Vous n'avez jamais aimé avec votre âme, n'est-ce pas ?

Je ne savais pas quoi répondre, et cette non-réponse signait la négation. J'avais aimé mon époux, du moins je le pensais. Je le lui dis.

– Vous le pensez ? Elle sourit. Ce n'est pas de ça dont nous parlons ici. Lorsque vous faites l'amour vous êtes en quête de plaisir, c'est ça ? Du plaisir physique ? Et si l'autre vous en donne, vous envisagez quelques sentiments à son égard, je me trompe ?

Elle ne se trompait pas.

– Cette jouissance que vous cherchez ne vous comble pas, parce que votre âme n'est pas de la fête dans cette union, elle n'est pas conviée. Le plaisir, ce plaisir-là n'est qu'un leurre. Il ne vous contentera jamais. Vous pouvez changer d'amant autant que vous le souhaitez, vous ressentirez toujours ce vide, ce vide terrible, cette solitude. C'est cette solitude qui vous pousse à poser votre tête sur son épaule, après, pour vous convaincre de sentiments qui n'existent pas. Mais vous savez, au fond, vous savez, n'est-ce pas ?

Je restai silencieuse, mais oui je savais. Plus elle me parlait, plus je comprenais que ce vide au fond de mon être, ce vide aujourd'hui si vif, avait finalement toujours été là, plus ou moins masqué par les chimères que je m'étais efforcée de croire. Elle reprit :

– Je ne dis pas ça pour vous accabler, croyez-moi, ce vide, je le connais. Je l'ai connu avant, et tant après. Je vous souhaite juste un jour de pouvoir faire l'amour avec votre âme ; c'est la plus belle des danses, une union sacrée où les corps n'existent plus.

J'ai baissé les yeux. Et après ? Je voulais savoir ! Et après ?

« Nous nous sommes endormis, au petit jour, peut-être une heure. Je me suis réveillée tôt, en sursaut. J'avais peur qu'il soit parti, mais il sommeillait à côté de moi. Je me suis levée, je me suis préparé du café. J'en ai bu une tasse, puis une autre, et j'ai fumé. Mon esprit ne parvenait pas à assimiler les événements, les sentiments, les élans. J'étais assise là, dans cette cuisine, complètement ébahie. S'il n'y avait pas eu ses bottes en face de moi dans le couloir, je n'aurais pas cru, encore au petit jour, à sa présence. Mais les bottes noires étaient là, devant moi, preuve tangible de la nuit qui venait de s'achever.

Je l'ai entendu se lever dans la chambre, enfiler son pantalon. Il est apparu devant moi à demi nu.

– Ça va ? me demanda-t-il. Et sans me laisser répondre, il ajouta : Je ne vais pas partir.

Comment savait-il ? Comment faisait-il pour comprendre tous les sentiments qui m'animaient ?

Je lui proposai un café qu'il accepta, puis il vint m'enlacer.

En passant au salon, il s'attarda sur mes livres qu'il passa en revue l'un après l'autre. À ma grande surprise, il les avait presque tous lus. Nous échangeâmes sur ces ouvrages et il me demanda un rapide résumé de ceux qu'il ne connaissait pas. Cette discussion me procura une joie intense, car je n'avais jamais imaginé un jour pouvoir vivre un tel partage autour de l'activité si intime qu'est la lecture.

S'arrêtant sur mon piano, il conclut que j'étais musicienne. Et en le regardant au moment même où il me faisait cette remarque, je compris qu'il l'était aussi.

Puis il me proposa une balade le long des quais.

Nous avons déambulé longtemps dans la grisaille de ce dimanche, nous arrêtant dans quelques cafés pour repartir de plus belle. Nous avons tant parlé. Nos échanges étaient si riches, si magiques. Chaque mot en appelait un autre, le moindre détail sur un passant, un immeuble, une rue nous plongeait dans une interminable dialectique. Pour la première fois de ma vie, je n'étais plus seule, quelqu'un était venu rejoindre mon esprit. Ce sentiment de partage absolu était si délicieux, étrange et nouveau qu'il me procurait une certaine ivresse.

Puis l'heure du déjeuner est venue. Nous nous sommes arrêtés dans un petit restaurant derrière Saint-Germain-des-Prés. Une fois assis, une certaine gravité s'est emparée de nous. Les serveurs tournaient dans la petite salle comme les aiguilles d'une horloge dont il me semblait que nous étions l'axe. Il me regarda profondément.

– C'était si bon cette nuit… dis-je dans un souffle à peine audible.

– Oui, répondit-il presque tristement, oui. Que va-t-il se passer maintenant ?

– Nous pouvons nous revoir… Ou pas… répondis-je convaincue d'avoir déjà reçu un immense cadeau ces dernières heures et n'osant pas en espérer d'autres.

– Le champ des possibles est en effet multiple. Il marqua un temps d'arrêt. Mais nous allons nous revoir, n'est-ce pas ?

– Oui.
– Oui, mais quand ? demanda-t-il.
“Samedi prochain ?” fut une réponse qui m’étonna moi-même.
Mais je me savais déjà si bouleversée que ces quelques jours sans lui ne me paraissaient pas suffisants pour assimiler toutes les émotions qui m’envahissaient.
Il acquiesça en me signifiant qu’il m’appellerait pour fixer le lieu de notre prochain rendez-vous, puis il m’expliqua qu’il devait jouer du jazz avec un groupe à l’autre bout de Paris et qu’il nous fallait partir.
En attendant un taxi à la station Odéon, il me prit dans ses bras et m’embrassa. Le paysage tournoya si fort autour de moi que tout se mélangea comme une peinture sous du dissolvant. Le gris des toits se mêla au noir du bitume, au bleu des ailes des pigeons, au rouge d’une voiture qui s’arrêtait au feu. Je crus que j’allais m’évanouir, alors je fermai les yeux, et mon cœur se mit à battre d’une intensité inédite.
Quand j’ouvris à nouveau les yeux, il me regardait étrangement.
Nous sommes montés dans un taxi qui venait de stationner devant nous. Il voulait me raccompagner chez moi.
Nous ne parlions plus. Cette séparation me plongeait déjà dans un tourment indescriptible. Lorsque la voiture s’arrêta, il me prit par le cou, collant ses lèvres à mon oreille. Il murmura d’une voix plus grave encore que d’habitude des mots dans une langue inconnue, une langue dont les sonorités me faisaient penser à un dialecte ancien. Il semblait les réciter dans un ordre précis, comme une incantation. Je ne me souviens

plus de la formule exacte, mais ces quelques mots résonnent encore en moi.

Je sortis du taxi, nos regards se croisèrent, puis il disparut.

Il était 16 heures lorsque je remontai chez moi. Je venais de passer les vingt-quatre heures les plus incroyables, les plus extraordinaires de ma vie. Sur mon canapé, je trouvai son panama clair qu'il avait retiré en entrant.

Je le saisis en m'affalant. Ce chapeau portait son odeur, et en le respirant, je pus enfin laisser émerger toute l'émotion que j'avais contenue jusqu'alors.

Durant les deux heures qui ont suivi, j'ai pleuré, tenant le chapeau dans mes mains. J'ai pleuré de joie d'avoir rencontré celui que j'avais toujours attendu, sans même croire qu'il puisse exister. J'ai pleuré devant tant de beauté, la beauté des êtres qui se trouvent, se retrouvent et s'unissent. J'ai pleuré devant tant de sagesse, celle de savoir reconnaître l'unique et le sacré. J'ai pleuré devant tant de force, celle de mes sentiments, de la vie, de la destinée.

Mais j'ai pleuré aussi en me posant cette ultime question, une question qui amenait une souffrance infinie, une question qui conduisait à la mort, une question à laquelle il me fallut une vie entière pour répondre :

Que pouvait-il y avoir après ça ? »

CHOREGRAPHIE
ACADEMIE · NATIONALE · DE · MUSIQU

12

RENDEZ-VOUS

Pas dans la pluie
Qui passent et repassent
À l'infini.

« J'ai peu dormi la nuit qui a suivi, je me suis réveillée aussi troublée que la veille. Il me semblait que le monde n'était plus le même, que la vision que j'avais de chaque chose était modifiée. J'étais dans une sorte d'ultraperception des objets, de la lumière, des sons, des autres. Tout était magnifié, et tout m'émerveillait.

Mon cœur éclatait à intervalles réguliers dans ma poitrine. Je me rendis au café en sachant qu'il n'y serait pas, mais ça avait toujours été ma façon d'être proche de lui, et je la conservai intacte malgré les événements. J'avais néanmoins un peu de mal à faire le lien entre ces longs mois d'attente et les dernières heures passées. Assise là, à ma place habituelle, je n'arrivais pas à réaliser que cet incroyable inconnu ne l'était plus, qu'il avait partagé mon intimité, que j'avais partagé la sienne, et bien plus encore.

Je fus incapable de travailler ce jour-là, ni les suivants. Je ne pouvais penser qu'à lui, il m'habitait en permanence. Parler me semblait même un effort insurmontable, car chaque parole m'éloignait de mes pensées, et mes pensées illuminaient mon âme. Tout s'éclairait : le monde, l'humanité, moi parmi les autres, l'amour qui nous unissait tous, ce qu'était l'amour même.

Ce fut la première brèche. Une brèche si mince mais qui laissait passer ce faisceau si puissant… Je vous expliquerai.

L'inquiétude vint prendre place deux jours plus tard. À partir du mercredi, je me mis à attendre son appel. Je rentrai précipitamment de mon travail, où je n'avais rien fait à part fixer le plafond ou le mur qui se trouvait devant moi, pour m'installer près du téléphone. J'attendis toute la soirée du mercredi un appel qui ne vint pas. Le lendemain, l'inquiétude se transforma en angoisse. À tel point que mon regard fixe attira l'attention du rédacteur en chef qui me convoqua. Je dus mentir en prétextant des examens médicaux, et la suspicion d'un mal grave qui me perturbait. Je n'eus pas de difficulté à être convaincante car, en quelque sorte, le mal qui me touchait me semblait en effet assez grave. Ce mensonge m'offrit un peu de répit.

Je quittai la rédaction assez tôt dans l'après-midi pour me retrouver chez moi. Sur le trajet, j'espérais le voir, le croiser, fortuitement ou non. Chaque minute amenait une déception qui m'atterrait peu à peu. Quand le téléphone sonna en début de soirée, je décrochai fébrilement pour entendre la voix d'une amie qui souhaitait échanger un peu sur nos vies respectives. Je raccrochai précipitamment pour ne pas encombrer la ligne, prétextant une forte migraine. Il me semblait impossible de pouvoir raconter à qui que ce soit ce que je vivais, je n'aurais pas su trouver les mots pour décrire ces sentiments insensés.

Figées dans cette attente, les heures passèrent doucement. Après d'interminables tergiversations avec moi-même, je décidai de l'appeler. Je dus saisir le combiné de nombreuses fois avant de composer son numéro, numéro m'indiquant qu'il n'y avait pas d'abonné à cette ligne. Je l'avais composé si doucement que je n'avais pas pu me tromper. Je le connaissais par cœur. Mais évidemment, je recommençai à faire tourner le cadran. La voix indiqua le même message. Il avait disparu. Cette nouvelle information finit de m'achever. Je m'endormis tard dans la nuit, après avoir imaginé maints scénarios pour le revoir, pour l'éviter, pour l'oublier.

Le lendemain matin, il me fut impossible d'envisager d'écrire ou de lire quoi que ce soit. Je me précipitai au café où j'espérais le trouver, mais encore une fois, et bien que j'y sois restée plus d'une heure, il ne vint pas. Je finis par déambuler sur l'île dans l'espoir de l'apercevoir, souhaitant seulement qu'il ne cherche pas à me fuir si c'était le cas.

J'étais dans un état second quand j'entrai dans l'église Saint-Louis-en-l'Île, espérant apaiser mon âme malade. L'orgue jouait, un musicien s'exerçait, il n'y avait personne. Je m'assis sur le siège le plus proche. Je me souvenais des prières apprises chez les sœurs, des offices auxquels je me rendais. Je n'y avais jamais cru. Je ne m'étais jamais adressée à une force supérieure pour demander quoi que ce soit, ou pour me faire pardonner. Je récitais, j'ânonnais ces prières comme des leçons. Peut-être y avais-je mis un peu de cœur au début, espérant le retour de ma mère ou de ma tante, je n'en avais pas le souvenir. Mais de toute façon, leur absence définitive m'avait sans doute convaincue qu'il n'y avait rien à attendre de là-haut.

Et pourtant, ce matin-là, pour la première fois, j'ai prié. J'ai demandé de l'aide pour savoir quoi faire, comment vivre maintenant. J'attendais un apaisement, une réponse. Je tentais de joindre ma supplique à la musique, pour que ma ferveur soit absolue. Je suis restée là plus d'une heure, et puis je suis sortie. Sur le parvis, j'ai eu l'idée "divine" d'écrire un message et de le glisser sous sa porte. Alors j'ai marché jusqu'au 6e arrondissement sans même prêter attention à la route que j'empruntais, perdue dans les mots qui dansaient devant mes yeux, cherchant les plus justes, ceux qui me permettraient de le revoir.

Je n'avais ni stylo, ni papier. Je me suis arrêtée pour en acheter, et je me suis attablée dans un café pour écrire ces quelques lignes :

> « Les heures passées ensemble m'ont laissée dans le désir de te revoir. Si cette phrase est tienne, viens me retrouver sur le parvis de l'Opéra samedi à 18 heures. »

J'ai marché jusqu'à chez lui, je me suis engouffrée dans l'immeuble, dans l'ascenseur, espérant cette fois-ci ne pas le croiser. J'ai voulu glisser le mot sous la double porte rouge sombre, mais l'interstice paraissait trop mince. Alors je l'ai plié et coincé entre les deux battants. Puis j'ai dévalé l'escalier. Une fois dehors, j'ai repéré un café d'où je pouvais voir l'entrée de l'immeuble. Je m'y suis installée et j'ai attendu. Moins d'une demi-heure après, je l'ai vu apparaître à l'angle de la rue. J'étais loin, mais j'aurais pu deviner sa présence dans une foule immense.

Il rentrait chez lui, il allait lire mon message, je pouvais partir.

Cette épopée m'épuisa. Je pris le métro, et une fois chez moi, je m'endormis jusqu'au lendemain matin.

À l'aube, lorsque je bus mon premier café, je décidai fermement de m'astreindre à passer une journée normale. Je me rendis au journal, où mon rédacteur en chef fut surpris et soulagé de ma présence. Il s'était inquiété, car je n'avais même pas pensé à justifier mon absence de la veille. "Bon, au travail alors ! J'apprécie que vous soyez venue un samedi. Je vous sentais démotivée ces derniers temps. On va dire que c'est de l'histoire ancienne !" dit-il. Dans ces métiers où seule l'actualité compte, le passé et le futur n'existent pas plus dans la vie quotidienne.

Dès que mon esprit s'évadait vers lui, vers ce rendez-vous qui se rapprochait peu à peu, je m'obligeais à me concentrer sur ma tâche, et j'y parvenais, moi-même étonnée de cette performance. Je sus que je pourrais vaincre désormais chacune de mes pensées si je m'y efforçais, même les plus parasites.

Vers 17 heures cependant, il me fallut partir. Je me remaquillai légèrement dans les toilettes, ne souhaitant pas paraître trop apprêtée, puis je pris le chemin de l'Opéra.

Sur le trajet, toute l'angoisse contenue durant la journée explosa. Mon cœur battait de plus en plus vite, de plus en plus fort. Allais-je le revoir ? Viendrait-il ?

Je ralentissais mes pas volontairement, je ne voulais pas être en avance, surtout pas, m'attardant faussement sur les vitrines. Quelques minutes avant l'heure, je pris place sur les marches de l'Opéra. Le tourment ne me permettait plus de penser. Je regardais la valse des êtres qui m'entouraient, allant et venant, se retrouvant ou se quittant, devant ce temple musical qu'ils ignoraient. Il n'était pas là. Les secondes qui suivirent furent les plus longues de ma vie. Le temps passait et personne ne venait.

À ce moment précis, je fus étrangement prête à mourir. Il me semblait avoir vécu ce pour quoi j'étais née, cette rencontre. Et s'il ne devait plus y avoir de moments en sa présence, je ne voyais plus l'utilité de mon existence. J'étais dans cette acceptation sans désespoir quand il apparut devant moi. Je me levai, incrédule. Il souriait, ne disant mot sur son retard. J'effleurai sa joue d'un baiser, il tendit l'autre, puis ses lèvres.

– Tu sens la peur, dit-il. Tu dois apprendre à vivre sans. Il n'y a pas d'autre façon de vivre.

C'est, sans le savoir, ce que je venais de faire pour la première fois. Lorsque la mort ne vous terrifie plus, la peur, toutes les peurs disparaissent, et surgit alors une force incroyable. Aucun sentiment, aucune action ne vient plus dévier ce que vous devez faire, penser, dire. Vous êtes dans la rectitude absolue. »

J'étais interpellée par ces paroles. Comment vivre sans peur ? Et surtout, comment ne pas avoir peur de la mort ? Cela me semblait assez utopique. Je n'avais pas dit mot depuis un bon moment, mais je lui fis part de cette réflexion.

– Plus tard, répondit-elle en continuant son récit. Pour la première fois, il me sembla qu'en me parlant, elle poursuivait désormais un but.

« Il attrapa mon bras, et pencha sa tête sur mon épaule. Je sentis l'odeur de sa peau, forte et déjà familière. Puis il se dégagea.

– Quelle chance d'avoir eu des problèmes de téléphone ! C'est ce que je disais au chauffeur de taxi qui m'a conduit ici. Cette chance a amené une jeune femme à glisser un mot sur ma porte pour me retrouver. Allons nous enivrer ! ajouta-t-il en désignant le café sur le trottoir d'en face.

Nous nous assîmes en terrasse et il commanda du champagne. Il avait l'air heureux.

– J'ai voulu acheter le journal qui t'emploie, pour te lire, et puis je me suis ravisé. Cette partie de ta vie t'appartient.

Nous nous sommes raconté notre semaine. Quand j'abordai le sujet du téléphone, il constata qu'il avait inversé deux chiffres sur le numéro qu'il m'avait donné. "Je ne m'en souviens jamais !" fut sa seule explication. Je n'insistai pas. Il était là, son regard trahissant une certaine tendresse, une joie de me voir, une attente récompensée. Il s'engouffra dans mes paroles comme je le fis dans les siennes. Comme toujours, aucun propos ne fut banal, même la narration des jours passés. Chaque phrase amenait une réflexion partagée.

Avec une certaine fierté, il m'annonça qu'il avait réservé une table dans un restaurant "sans lumière vive" pour le soir même, qu'il l'avait cherché durant la semaine, interrogeant chaque restaurateur rencontré sur ce point précis : l'éclairage. Par ces mots, il me signifia qu'il avait pensé à moi chaque jour.

Il me proposa de passer chez lui avant de sortir dîner, m'expliquant que nous reviendrions le lendemain à l'Opéra. Je ne posai aucune question. Et sur le trajet dont nous fîmes une partie en bus, il s'arrêta pour acheter du champagne.

D'une démarche quasi princière, il entra dans une petite boutique de vins et spiritueux et demanda à acheter une bouteille. Quand le vendeur lui proposa une qualité moyenne, il dit avec des yeux d'enfant : "Non, donnez-moi quelque chose de meilleure qualité ; c'est important, c'est pour elle." Le vendeur me regarda avec un sourire alors qu'il me prenait par la taille. La joie que je ressentis à cet instant fut incommensurable. Je n'en attendais pas tant. Je savais ces minutes précieuses et je m'en délectais.

Après avoir bu quelques coupes dans son appartement, nous sommes descendus dîner dans un restaurant proche de chez lui. J'étais ivre à plusieurs titres.

Au moment du dessert, il m'a convaincue de prendre des fraises parce qu'"on ne refuse pas un cadeau des dieux". Quand je l'interrogeai à ce propos, il répondit : "Pourquoi crois-tu qu'elles soient rouges ?"

Il était minuit passé quand nous sommes rentrés chez lui. En pénétrant dans sa chambre sombre, je remarquai des affaires jetées çà et là, ainsi que des tapis aux murs. Il m'attendait. Je le rejoignis fébrilement. Il était évident pour moi que nous allions faire l'amour cette nuit-là, car malgré nos étreintes passionnées, ça n'avait pas été le cas. Et la semaine qui avait précédé m'avait emplie d'un désir mordant. Je ne souhaitais rien d'autre que de lui appartenir. Mais il n'en fut rien. Encore une fois, nos corps se sont joints dans une danse lente, j'ai plongé mes doigts dans ses boucles, il a respiré mon parfum, puis il s'est assoupi. Allongée à côté de son corps endormi, je mis longtemps à trouver le sommeil.

Le lendemain matin, il m'attendait dans sa cuisine. Il avait préparé du café dans de vieilles tasses dépareillées. Je lui fis remarquer qu'il marchait et se tenait comme un danseur. Il me donna raison, m'expliquant qu'il avait fait de la danse classique étant jeune. Je trouvais néanmoins que ses mouvements de jambes et ses postures étaient très marquées. Son attitude, ses vêtements un peu étranges et son appartement donnaient l'impression d'être du siècle passé. Tout était vide, et le peu de meubles ou d'objets présents étaient assez antiques.

Des livres traînaient partout, dans sa chambre, sa salle de bains, et son bureau en était couvert. De vieux livres d'auteurs que je ne connaissais pas, philosophes grecs pour la plupart, écrivains du XVIIe et du XVIIIe siècle, des pièces de théâtre et même des traités d'astrologie. Mais son savoir semblait venir d'ailleurs, sans que j'arrive à me l'expliquer.

Je me préparai rapidement puis nous descendîmes prendre un autre café. Il fallait nous rendre à l'Opéra. Il y avait du soleil dans les rues, et lorsqu'il prit ma main, une vision s'imposa à moi : nous deux marchant ainsi sous le soleil, vêtus de blanc. Je crus qu'il s'agissait du futur, que nous allions passer un été ou des vacances ensemble. Il s'agissait en fait du passé, mais je ne le compris que bien plus tard.

Ce fut la première vision qui m'apparut de la sorte.

Sur le chemin, il s'arrêta pour me regarder. Ses yeux noirs plongèrent dans les miens.

– Tu es une magicienne, le sais-tu ? Non, poursuivit-il sans s'interrompre, tu ne le sais pas encore…

Puis, il entreprit de m'apprendre à marcher en levant la tête.

Je découvris alors tout un monde inconnu : je n'aurais jamais pensé qu'il y eût tant de statues juchées sur les porches des immeubles, sur leurs façades, au-dessus des monuments. Je voyais Paris sous un angle nouveau, en faisant simplement basculer ma nuque de quelques degrés. Il me fit remarquer l'expression des visages, des regards de ces êtres immobiles, figés là depuis des décennies. Ces statues n'étaient pas là par hasard, elles transmettaient à ceux qui passaient sous leurs yeux de pierre une énergie particulière, tantôt sépulcrale, tantôt bienveillante.

– Tu vois, me dit-il, tout est une question de perspective…

Il m'emmena voir la répétition d'un opéra peu connu de Wagner, *Das Liebesverbot*, qui ne se joua finalement jamais en public. Je ne sais comment il avait pu accéder à cette représentation. Assise à ses côtés, il me semblait, à mesure que les heures passaient, le "ressentir" d'une étrange façon. Si j'avais la conviction qu'il me devinait, peu à peu j'eus également l'impression de percevoir de plus en plus ses pensées, ses émotions. Cette sensation me vint par l'écoute musicale commune que nous vivions.

En sortant, il pleuvait si fort que nous dûmes nous réfugier dans le même café qui nous avait accueillis la veille. Et je sentis que nous allions devoir nous séparer bientôt.

Nous avions beaucoup échangé ces dernières vingt-quatre heures, et à cet instant-là, nous ne parlions plus. Nous nous regardions en silence, avec une certaine gravité. Je pris sa main. J'eus alors le loisir de la saisir et de la contempler, cette main que j'avais cherchée durant toute mon existence en serrant des mains inconnues. Je l'ai mémorisée de façon à ne jamais l'oublier, et encore aujourd'hui je la vois, je vois toujours la force de sa paume, la douceur de ses doigts, mêlés aux miens.

J'ai brisé ce silence en posant une seule question :

– Pourquoi ne m'as-tu pas fait l'amour ?

En guise de réponse, il a tourné la tête vers l'Opéra, puis a ramené son regard vers moi sans dire un mot.

Lorsque nous sommes sortis, je savais qu'il allait partir. Nous étions convenus de nous revoir le vendredi suivant. Je devais me rendre chez lui après mon travail, et j'avais pris la précaution de m'assurer de ce rendez-vous sans qu'aucun appel téléphonique soit nécessaire. De cette façon, je m'évitais le tourment d'une attente que je ne voulais plus vivre aussi cruellement.

Sous l'arrêt du bus que je devais prendre, il m'a enlacée fortement. J'ai d'abord senti les battements de son cœur, semblant bondir hors de sa poitrine, puis les miens, puis l'unisson de ces deux battements, comme le tempo d'une musique jouant si fort qu'elle remontait jusqu'à mes tempes. La surprise de ce qui était en train de se produire nous fit tressaillir et reculer de quelques pas jusqu'à la vitre de l'abri. Lorsqu'il m'embrassa, nos deux âmes s'élevèrent comme dans un tourbillon au-dessus de nous. Je nous vis du même point de vue que les statues que nous avions contemplées le matin, je vis nos deux corps enlacés sur le bitume, la circulation qui nous entourait ; il était à côté de moi, il les voyait aussi. Nous flottions dans une infinie douceur et dans une paix absolue. Puis nous sommes redescendus presque brutalement.

En ouvrant les yeux, je vis son regard interloqué, sans doute autant que le mien. Mon bus arrivait. Son étreinte s'est desserrée. Sans un mot, je suis montée dans le véhicule, les jambes tremblantes, en le fixant. À travers la vitre, lorsque le bus démarra, nos yeux ne s'étaient toujours pas détachés.

Il tourna à nouveau la tête vers l'Opéra d'un air sombre. Je suivis son regard pour revenir à lui.

Das Liebesverbot en allemand voulait dire “l'amour interdit”. »

13

EN CORPS

Les amours sans espoir sont des amours ultimes.

« Je fus plus sereine la semaine qui suivit, bien que toujours bouleversée. Je ne faisais qu'attendre le vendredi suivant. Je poursuivais mon rituel matinal en prenant mon café sur l'île le matin, même si je savais pertinemment que je ne l'y trouverais pas. Puis je marchais, tête levée, dans les rues parisiennes pour atteindre le journal. Lorsque j'étais en retard, j'attrapais un bus près du Palais de Justice. Il m'avait dit qu'il assistait souvent à des procès, car la comédie humaine qui s'y déroulait était "sans pareille".

Un soir, en passant devant un cinéma qui rejouait *Les Demoiselles de Rochefort*, je décidai d'assister à la projection. De toute façon, je ne voyais personne, je ne parlais à personne. Toute compagnie m'était inutile. »

– L'univers du film me bouleversa, mais surtout sa musique. Une chanson en particulier, *La Chanson de Delphine*. La connaissez-vous ?

Je fis « non » de la tête. Elle m'en récita les paroles, quelle connaissait par cœur :

« Je ne sais rien de lui, et pourtant je le vois
Son nom m'est familier, et je connais sa voix
Souvent dans mon sommeil, je croise son visage
Son regard et l'amour ne font plus qu'une image.

[...]

Je pourrais te parler de ses yeux, de ses mains
Je pourrais te parler de lui jusqu'à demain
Son amour, c'est ma vie, mais à quoi bon rêver ?
L'illusion de l'amour n'est pas l'amour trouvé. »

« Cette chanson m'a accompagnée toute ma vie, la musique de Michel Legrand aussi. Moi qui n'écoutais que du classique, j'ai découvert ses morceaux, trésor après trésor. J'ai acheté tous ses disques. Cette musique savait si bien traduire tous les sentiments qui m'animaient. Encore aujourd'hui, il m'est impossible de l'entendre sans revivre intensément les moments, les émotions dont je vous fais part depuis quelques heures.

Enfin... Le vendredi, je voulais arriver chez lui avec des présents. Je voulais lui faire plaisir et flatter ses sens. Je ne trouvais rien de trop beau pour cet être rare, et cette activité occupa le reste de mon temps libre. J'optai pour un pull gris, après avoir longuement hésité sur la taille. Quand la vendeuse me demanda ses mensurations, je répondis : "Je ne sais pas, quand il me prend dans ses bras, je ferme les yeux." Le pull fut emballé dans une belle boîte rouge. Je décidai alors que tous les paquets seraient rouges. Je trouvai un livre assez ancien sur l'art théâtral, que j'empaquetai soigneusement dans du papier écarlate. Enfin, je me rendis le matin même du vendredi dans une épicerie chic, acheter ce "cadeau des dieux" dont il raffolait tant, et dont l'emballage était de la même couleur que les fruits qu'il contenait.

Le vendredi soir, je quittai mon travail en taxi pour me rendre chez lui à l'heure convenue, avec tous mes petits paquets, et, cette fois-ci, quelques effets personnels.

“Tu es belle” fut la première phrase qu’il prononça quand il ouvrit la porte. Belle, je l’étais certainement, j’irradiais d’amour. Il avait débarrassé son bureau pour en faire une table et y avait posé un drap blanc en guise de nappe. Son grand salon était pourvu d’une vieille cheminée et, comme je lui avais dit que j’aimais le feu, il était allé chercher un peu de bois durant la semaine et avait allumé la cheminée pour ma venue. C’était une fin de mois d’avril particulièrement fraîche. Je remarquai aussi une immense étoffe de velours bleu nuit qu’il avait accrochée au mur et qui pendait jusqu’au sol, donnant à la pièce dénudée un aspect théâtral.

Lorsqu’il m’offrit une coupe de champagne, je lui tendis avec joie mes présents. Il les reçut avec étonnement, et ajouta : “Se vêtir, s’instruire et se nourrir, n’est-ce pas là l’essentiel de notre vie humaine ?”

Comme toujours, nos conversations étaient sans fin. Dès que j’étais en sa présence, tout mon être semblait développer des facultés infinies. Ma pensée se démultipliait, mes perceptions sensorielles également. Odeurs, sons, images prenaient une ampleur nouvelle. J’eus pour la première fois le sentiment qu’il était ma moitié manquante, sans vraiment comprendre cette perception.

Au cours de notre conversation, il me fit notamment part d’une discussion qu’il avait surprise entre deux femmes à la terrasse d’un café durant la semaine. Elles parlaient d’un homme menant une existence quelque peu marginale et avaient conclu en disant : “Cet homme a une vie impossible.”

– Je ne veux pas que l’on dise de moi que j’ai une vie “impossible”. Il faisait allusion à ses voyages, à ses expériences hors des sentiers battus, à la manière très personnelle dont il menait sa vie. Est-ce qu'il faut vivre ainsi à mon âge ? me demanda-t-il.

Il me servit du canard rôti au miel et une purée de pommes de terre aux cèpes, cuisinés par ses soins. Il insista sur le fait que nous ne devrions ingérer que des produits de qualité, puisque "nous sommes une partie de ce que nous mangeons, ces aliments traversent notre corps, au même titre que les pensées traversent notre esprit. La nourriture médiocre est donc comme une réflexion médiocre, elle nous nuit".

Plus tard dans la soirée, notre discussion porta aussi sur les couleurs. Il justifia ainsi la présence de l'étoffe bleue en m'expliquant à quel point la vision du bleu pouvait changer la perception de la pièce dans laquelle nous étions, de la même façon que le blanc de la nappe. Nous passâmes un bon moment à nous fondre dans ce bleu.

Il me parla de son appartement et de la façon dont il l'avait acheté. Lui qui avait vécu dans la rue, il avait trouvé un agent immobilier à qui il avait dit ce qu'on ne dit jamais à ces gens-là : "Trouvez-moi quelque chose de très cher." Il m'avait fait rire en me décrivant à quoi il ressemblait lorsqu'il avait rencontré cet homme qui, ne le prenant pas du tout au sérieux, lui avait proposé d'acheter un minuscule studio. "Si c'est ce que vous avez de plus cher, nous n'allons pas faire affaire" lui avait-il répondu. L'agent lui avait alors proposé plusieurs biens, il rétorquait toujours : "Auriez-vous plus cher ?", jusqu'à ce qu'il lui propose celui-ci qu'il avait acheté dans l'heure même.

Je finis par m'allonger sur un très vieux canapé. Un peu fatiguée par l'alcool, l'émotion, et repue de sa présence à laquelle je m'habituais peu à peu.

Il déposa une couverture sur moi car le feu s'éteignait doucement, et caressa longuement mes cheveux. “Je te veux souveraine”, murmura-t-il. Je m'endormis ainsi.

Je m'éveillai au petit jour sur ce même canapé. Il m'avait ôté mes bottines. En me levant, je gardai la couverture sur mes épaules. J'avais besoin d'un café. En m'approchant du couloir, j'entendis du bruit en provenance de la cuisine. Il était là, me tournant le dos, remplissant sa cafetière de poudre brune. Il portait le pull gris que je lui avais offert la veille. Il se retourna.

– Bien dormi ? me demanda-t-il en souriant. J'acquiesçai de la tête sans conviction. Il ne m'avait pas réveillée pour que je m'allonge à ses côtés, il n'avait pas cherché à m'étreindre. Et cette pensée me rendit triste dès le matin.

– Je vais devoir travailler ce soir, ajouta-t-il, ce qui finit de me mettre d'humeur maussade. Il le lut dans mon regard et s'approcha. Me prenant par la taille, il poursuivit : Je dois travailler la nuit parfois, quand c'est le jour là-bas. Mais nous avons la journée ! Il jeta un œil à la cafetière puis ajouta : Je ne sais pas si ce café va être buvable… Viens, descendons !

Je m'apprêtai rapidement. Nous nous installâmes en terrasse, le soleil était revenu. Il entreprit de me parler de sa vision de l'amour, “des flèches” de Cupidon qui traversaient les cœurs, ces flèches qu'il évitait en tirant sa révérence. Il mêlait romantisme et génétique car, selon lui, notre instinct de reproduction serait toujours le plus fort. Nous évoquâmes alors nos amours passés. Il avait rencontré de nombreuses femmes, avait vécu avec certaines plus âgées, d'autres plus jeunes que lui. Je lui parlai de mon mari, de cet amant qui vivait désormais à Londres. Puis nous contemplâmes les couples alentour. Nous partagions avec délice des observations assez similaires. À un moment, je me demandai quel couple nous formions, assis là côte à côte, à parler à bâtons rompus comme nous le faisions.

Nous avons déjeuné dans une brasserie de Saint-Germain-des-Prés puis, en milieu d'après-midi, nous avons marché jusqu'à l'île. J'étais heureuse de m'y trouver avec lui, enfin. Mais il ne soumit pas l'idée d'aller dans le café qui avait permis notre rencontre.

Il me raccompagna devant chez moi, mais n'entra pas.

– Je dois partir. Allons au théâtre demain, veux-tu ? À la Comédie-Française.

La perspective de ce nouveau rendez-vous, de retrouvailles proches me rassura.

– Viens chez moi demain matin, vers 11 heures, d'accord ?

Sans me laisser le temps de répondre, il m'embrassa furtivement et disparut à l'angle de la rue.

En remontant chez moi, j'éprouvais un sentiment de malaise indicible que je voulus me cacher, mais qui était néanmoins bien présent. Cependant, j'avais encore l'empreinte du son de sa voix, de sa présence, de son odeur. Et ce mélange était pour moi comme un élixir. Je m'assis à ma table, j'avais besoin d'écrire. Pour la première fois, les mots sortirent comme un flot, un flot ininterrompu. Les textes s'accumulaient devant moi : relations internationales, actualité, vision de l'amour à travers les âges. Je n'avais jamais écrit ainsi, avec tant de conviction, de limpidité et d'assurance. J'oubliais les thèses, antithèses, synthèses qui constituaient l'essentiel des trames de mes articles toujours si modérés pour allier mes nouvelles prises de position à un style plus littéraire, voire satirique.

Pendant des heures, j'écrivis comme je n'avais jamais écrit. Les feuilles s'entassaient sur la table, et c'est épuisée que je rejoignis mon lit, en ne pensant qu'à lui.

En me réveillant, j'eus l'heureuse surprise de constater que ce que j'avais rédigé la veille me plaisait toujours autant, j'en étais étonnée. D'où m'était venue cette inspiration, cette facilité ?

Je me préparai, décidant cette fois-ci de mettre radicalement ma féminité en avant. J'optai pour une robe un peu moulante et des bas, tenue que je ne portais que rarement, et qui je l'espérais, saurait aviver son désir.

Même en prenant le bus tranquillement, j'arrivai trop tôt en bas de chez lui, et je m'installai à la terrasse d'un café voisin. Peu de temps après, je le vis sortir. Il portait les bottes noires aux formes un peu étranges que je lui connaissais, ainsi qu'un long manteau de la même couleur. Ses cheveux bruns et bouclés se confondaient avec le tissu.

Je me levai précipitamment pour l'appeler. Il se retourna, m'observa de pied en cap, et je lus dans ses yeux que son humeur serait aussi sombre que sa tenue.

– Tu es en avance, remarqua-t-il tout en m'embrassant.

J'imaginais que nous allions monter quelques instants chez lui en attendant l'heure d'aller au théâtre, mais il se mit sans mot dire à marcher en direction du Palais-Royal. Je lui emboîtai le pas. Paris était désert en ce dimanche. Il attrapa ma main.

– J'ai pensé à toi. À nous, dit-il en retrouvant un demi-sourire, qui fut sur l'instant communicatif, mais je vis qu'il ne perdurait pas sur son visage, et que ses yeux de jais restaient sombres.

Nous déjeunâmes à la brasserie jouxtant le théâtre mais si son envie de converser avec moi était indéniable, je sentais son espièglerie absente. J'eus peine ensuite à me concentrer sur la pièce, qui sembla durer éternellement. Il se tournait parfois pour me regarder, et son visage reflétait une tristesse qui ne visait en rien à me rassurer.

En sortant, nous longeâmes la Seine, promenade dont le ton fut un peu plus léger, car notre connivence d'esprit était telle que nos discussions sur différents sujets semblaient n'accepter aucun obstacle. Nous avions dérivé du théâtre à la littérature, et de la Comédie-Française à son appartement. En arrivant chez lui, c'est tout naturellement que la conversation se porta sur certains des ouvrages qu'il étudiait. Son intelligence, sa perception de toute chose, et sa capacité à voir au-delà des apparences ou des sens communs m'éblouissaient à chaque minute.

Le soir tombait. Je pris sa main sur son bureau où il nous avait servi du thé. Puis je me levai pour l'embrasser et m'asseoir sur ses genoux. Il se figea. Je le sentis se raidir et, instinctivement, je m'éloignai d'un pas.

– Je ne peux pas t'offrir ce que tu veux, je ne suis pas là pour ça, déclara-t-il froidement, les yeux rivés sur le mur devant lui.Puis il se leva d'un bond. D'ailleurs, pourquoi sommes-nous là ? Tu peux me le dire ?

Le ton de sa voix devenait fort, portant de la colère et de l'exaspération. Ses bras s'agitaient avec une précipitation que je ne leur connaissais pas.

S'ensuivit une longue tirade où il me parla de la servilité de l'esprit qui ne savait que ployer devant les désirs du corps, de ce fichu amour qui était censé émerveiller tous les êtres, de cette tromperie universelle à laquelle chacun contribuait. Il ne participerait pas à cette vaste mascarade. Il ne s'abaisserait pas à jouer ce rôle-là. Qui crois-tu que je sois ? tonna-t-il finalement à l'acmé de sa colère.

Je ne me souviens pas de tous ses propos. J'étais abasourdie, assise sur cette chaise pendant des heures, écoutant sa voix emportée, le regardant gesticuler et arpenter la pièce sans répit. Je ne pouvais lui donner ni tort, ni raison. La cohérence de ce qu'il disait n'était d'ailleurs pas toujours évidente.

Il faisait nuit quand il s'interrompit et sortit de sa transe aussi brusquement qu'il y était entré. Je restais silencieuse, pétrifiée devant ce soudain élan de rage et la manifestation de sa souffrance dévorante. Contre toute attente, il se jeta à mes pieds.

– Pardon, pardon, murmura-t-il, posant sa tête brûlante sur mes genoux. Ne pars pas. Il fait nuit, tu ne peux pas t'en aller dans la nuit. Viens…

Je n'avais pas répondu, les forces me manquaient. Il prit ma main et je le suivis. Nous nous allongeâmes habillés. Dans le silence de sa chambre, ses yeux s'ancrèrent dans les miens. Il posa un baiser sur mon front, puis sur ma joue, où il laissa reposer sa tête.

– Je suis désolé, je ne suis pas là pour te faire du mal, pas à toi…

Le silence régna à nouveau. Je l'entendais s'endormir, éreinté, sa respiration ralentissait, sa température corporelle retombait et, en guise d'épilogue, des larmes sourdes vinrent s'échouer sur mes joues.

Le lendemain matin, à l'aube, je me levai dans mes vêtements froissés. Dans la cuisine, je me fis un café, m'imprégnant de chaque chose, chaque objet sur lequel mon regard se posait. Je sus sans doute que ce moment familier ne reviendrait pas. Je me dirigeai à nouveau vers la chambre pour contempler son visage, encore. Mais il dormait comme un enfant, recroquevillé sur lui-même.

Puis, je traversai son vaste appartement, et en me dirigeant vers la double porte, je me retournai pour mémoriser un endroit que j'avais peur de ne plus revoir.

C'est en marchant dans les rues vides que l'accablement qui m'avait frappée s'envola peu à peu vers l'espoir. Car malgré tout, il avait voulu que je reste, il avait voulu que je reste, il avait voulu que je reste… »

14

CYCLE

Tout passe, tout casse, tout lasse.

« Je décidai de briser l'attente infernale qu'aurait été de guetter de ses nouvelles. Dès le soir, je l'appelais pour l'inviter à dîner chez moi. Il fut heureux de m'annoncer qu'il venait d'acquérir un violoncelle, dont il ne savait pas jouer, mais "tout s'apprend", ajouta-t-il. J'avais cru comprendre qu'il pratiquait le saxophone, le piano et la guitare, et rien ne me semblait en effet impossible pour cet esprit brillant.

Il précisa qu'il ne serait libre que le vendredi, mais qu'il acceptait avec joie cette invitation. Il ne s'éternisa pas au téléphone, appareil qu'il exécrait, mais souligna néanmoins que j'étais partie bien vite le matin même, et qu'il aurait préféré que je le réveille pour le saluer avant mon départ.

Il me souhaita une bonne semaine et raccrocha.

La perspective de cette soirée, encore une fois, me rassura un peu. Mais je ne me leurrais pas sur la situation et l'état dans lequel je me trouvais. À cet instant, j'eus le sentiment d'être une malade à qui l'on administrait une dose de morphine, sachant qu'inéluctablement l'effet ne serait pas pérenne, et que la douleur ressurgirait bientôt.

Je passai ma semaine toujours aussi solitaire, et me concentrai essentiellement sur la composition du dîner que je souhaitais lui servir. Néanmoins, mes articles interpellèrent le rédacteur en chef, qui, s'il ne les publia pas tout de suite, porta sur moi un autre regard. Je crois qu'il se demandait même si j'en étais bien l'auteur, tant le style et les idées véhiculées étaient différentes de ce que j'avais pu lui soumettre auparavant. Pour autant, l'épisode créatif ne se reproduisit pas durant la semaine, mon inspiration se trouvant figée par la perspective de ce nouveau rendez-vous.

Il arriva en retard le vendredi soir, ce qui me valut d'interminables minutes d'angoisse. J'avais préparé un savoureux dîner, et réchauffé l'ambiance de quelques bougies.

Je lui fis découvrir Michel Legrand, dont j'avais acquis plusieurs disques, et ce fut une joie infinie de l'écouter en sa présence. En quelques mots, il sut décrire tout l'univers que cette musique insufflait en moi, et même un moment de vie intense que j'avais vécu près de la Seine, où cette musique me hantait. Il me dit :

– C'est de l'autre côté du pont. Il y a des gens qui passent, ils marchent doucement et là, quelqu'un se met à courir… La musique s'emballe, juste là !

Je restai stupéfaite.

Mais comme toujours, c'était trop, trop d'émotions, d'informations, de réflexions que je n'arrivais pas à assimiler, et qui me submergeaient.

Le repas et nos conversations se prolongèrent jusqu'au début de la nuit. Pendant que je débarrassais, et sans que je m'en aperçoive, il avait été se coucher dans ma chambre.

Je le trouvai nu et endormi sous les draps. Je le rejoignis et finis par m'assoupir aussi.

Je fis un rêve étrange cette nuit-là dans lequel il prenait possession de mon corps mais il était mi-ange, mi-diable et, dans ce cauchemar, il voulait aussi prendre mon âme. Je me débattais sous ses assauts, sachant que je ne lui échapperais pas. Lorsque j'ouvris les yeux, il était penché sur moi.

– Je te regardais dormir, dit-il. Je veux me souvenir de ton visage.

Il me fallut quelques instants pour sortir de mes chimères, et sa vision me fit presque peur. Qui était-il vraiment ? Pourquoi sa présence, cette rencontre avaient-elles provoqué un tel séisme dans mon être ?

J'aurais voulu lui répondre à ce moment que je ne pourrais jamais oublier son visage, ni sa voix, ni ses mains, mais j'eus peur de le mettre mal à l'aise. Car jamais je n'aurais voulu l'importuner, en aucune manière.

Il se leva et s'habilla rapidement.

En regardant mes ouvrages dans le salon, il me dit :

– Il t'en manque un, essentiel. Je veux te l'offrir, c'est important. Je sais où nous pouvons le trouver.

Nous partîmes à pied le long de la Seine, et il chercha parmi les bouquinistes celui qui pourrait lui vendre l'exemplaire des *Souffrances du jeune Werther* de Goethe qu'il souhaitait que je possède.

D'échoppe verte en échoppe verte, nous avancions main dans la main sous le soleil.

J'admirais la façon dont il s'adressait à ces boutiquiers, sa déférence, son humour, son érudition. Et lorsqu'il se déplaçait, sa démarche féline donnait l'impression qu'il flottait au-dessus du sol. Même ces marchands semblaient le trouver étrange, je le voyais dans leurs regards. Trop saisie par sa présence, je n'avais jamais prêté attention à ceux qui pouvaient nous entourer ou le regarder.

Nous fîmes une pause à une terrasse. Nous avions tous deux le même goût pour les cafés serrés consommés à toute heure.

Deux jeunes américaines vinrent s'asseoir près de nous. L'une d'elles était particulièrement belle, d'une beauté anglo-saxonne aux traits réguliers et parfaits. Cette brèche vers l'extérieur me permit de constater qu'elle le regardait, qu'elle le trouvait certainement beau avec ses cheveux bouclés, ses traits léonins, cette assurance naturelle. Je me mis à traquer son regard, à lui, à tenter de déceler un infime indice qui aurait pu établir une quelconque connexion entre ces deux êtres.

– On y va ? proposa-t-il.

Et lorsque nous eûmes parcouru quelques mètres, il ajouta :

– Crois-tu que j'aurais pu regarder une autre femme en ta présence ?

La discrétion m'était inutile, il me devinait...

Ne trouvant pas ce qu'il cherchait, il se résigna à s'adresser à un libraire au bout du boulevard Saint-Michel qui lui vendit un exemplaire neuf. Il l'acheta par défaut.

Il me proposa alors de nous rendre au jardin du Luxembourg.

Nous nous assîmes d'abord sur les chaises de la buvette. Les arbres nous protégeaient du soleil, leur feuillage vert et dense se reflétant sur toute chose. Cette lumière si particulière semblait ouater l'atmosphère. Les bruits alentour me parvenaient comme lointains. Assis l'un en face de l'autre, il me fit comprendre d'un signe de tête et d'un regard que le moment en effet était teinté d'une certaine magie. Je lui répondis en oscillant à l'identique. Nimbés d'or et de vert, nous nous sommes regardés longtemps, sans doute plus d'une heure, dans un parfait silence.

Mais c'était un silence apparent, car sans qu'aucun son passe la barrière de nos lèvres, nous avons conversé. J'entendais ses réflexions dans mon esprit, il y répondait. Oui, nous avons ainsi parlé d'âme à âme. Les mots, eux aussi, devenaient peu à peu inutiles.

– Tu es une magicienne, murmura-t-il finalement. Puis nous nous sommes dirigés vers la fontaine Médicis. Les statues désormais semblaient me parler également, et celles-là étaient particulièrement belles. Le couple enlacé d'Acis et Galatée était surmonté sur un dôme par le cyclope Polyphème. Ils étaient l'Amour, nous étions l'Amour. À mesure que je les regardais, nos visages se superposaient aux leurs.

– Regarde, il va écraser Acis sous un rocher de l'Etna, me dit-il tout bas.

– Est-ce qu'il va l'atteindre ?

– Oui, ils s'aiment pour la dernière fois.

Cette phrase sonna comme une sentence, mais je préférai l'ignorer.

Nous nous lançâmes dans la lecture de *Werther*, dont je découvrais chaque phrase comme un trésor. Nous lisions tour à tour des chapitres entiers à voix haute, et le désespoir du héros me bouleversa. Comment les mots pouvaient-ils s'enchaîner avec autant de grâce ? Comment n'avais-je pas perçu avant toute la poésie des auteurs que j'avais parcourus ?

Sans que je m'en aperçoive, cette lecture fut pour moi une révélation. Après *Werther*, je ne lus plus jamais aucun livre sans en ressentir pleinement l'alchimie des mots.

Comme le jardin fermait, il m'invita chez lui.

Il me proposa un thé et je m'assis une fois encore près du bureau. Une fois son thé dégusté, il se leva, mit un disque de musique classique, puis se dirigea vers la fenêtre, pour s'asseoir enfin sur le canapé.

Je vins le rejoindre, mais il se leva instantanément.

– Que veux-tu faire maintenant ? demanda-t-il.

Je le regardai, interdite, consciente et attristée de sa gêne si palpable, de ce malaise qui s'installait sournoisement dans l'enceinte de son appartement à mesure que le soir tombait.

– Nous pouvons prendre un taxi, et faire le tour de Paris, ajouta-t-il. Qu'en penses-tu ?

Je ne répondis pas. Je pris une grande inspiration, et tout le courage qui me restait pour finalement demander :

– Que se passe-t-il ? Tu ne m'embrasses pas.

Nous n'avions en effet échangé aucun baiser depuis sa venue chez moi, et je sentais bien que dans cet espace clos, il m'évitait d'autant plus.

– C'est parce que je parle de taxi que tu me poses cette question ? Ce taxi t'évoque un autre taxi, celui d'un baiser…

Il aimait remonter en sens inverse le cours de nos pensées, la façon dont une image, une idée pouvait émerger du flot incessant de notre activité cérébrale. Il se prêtait souvent à ce jeu, aussi bien pour lui-même que pour moi.

– Oui, sans doute, mais ça ne répond pas à ma question : que se passe-t-il ?

Après un long silence, son visage se transforma, se déforma. Il se mit à hurler.

– Mais je ne t'aime pas ! Tu vois bien que je ne t'aime pas !

Ces mots furent plus violents que le plus violent des coups. Je sentis mon corps se plier en deux sous la douleur. Et c'est péniblement qu'au bout de quelques minutes je réussis à articuler :

– Je suis désolée, je n'avais pas compris.

– Compris quoi ? cria-t-il. Compris quoi ? Tu vois bien que je ne t'aime pas !

Complètement sonnée et anéantie par cette annonce, j'attrapai mon sac pour me diriger vers la sortie.

Il se dressa devant la porte. Ses yeux noirs me transpercèrent.

– J'ai déjà trop souffert, lui dis-je, ma vie n'a été que déceptions et déchirements, ça suffit maintenant.

Voyant qu'il ne se déplaçait pas, et portée par la force du désespoir, ma voix se fit plus forte et plus assurée.

– Je sais exactement ce que ces mots veulent dire. Tu as dit tout haut ce que d'autres m'ont fait comprendre. Merci pour ta franchise salvatrice, maintenant laisse-moi passer !

Les yeux toujours rivés sur moi, il fronça les sourcils et poussa un soupir.

– Tu trembles, tu as froid. Je vais chercher un pull.

Tout en prononçant cette phrase, il ferma la porte à double tour, puis disparut au bout du couloir avec la clé. Il revint quelques instants plus tard, un cardigan marin à la main.

– C'est mon préféré, tu me le rendras.

Son ton était redevenu doux, presque suppliant.

– Viens t'asseoir, s'il te plaît, viens t'asseoir.

Je restai debout dans l'entrée, le gilet sur mon bras. Je tremblais en effet, car ses mots avaient glacé mon corps et mon âme d'un froid plus pénétrant que le plus terrible des hivers. Mais je lui dis :

– Mon père ne m'a pas assez aimée pour me reconnaître, mon mari pour m'être fidèle et mon dernier compagnon pour vouloir un enfant de moi. Et toi, de quelle façon comptes-tu ne pas m'aimer ? Je dois partir. Ouvre cette porte.

– Couvre-toi, promets-moi de m'accompagner dîner, et je t'ouvrirai.

Mes forces commençaient elles aussi à m'abandonner, et si sa présence était devenue une douleur, je savais déjà que son absence en serait une mille fois plus grande encore.

J'ai hoché la tête en silence, il a passé le gilet sur mes épaules et nous sommes descendus dans la rue.

Après quelques minutes de marche, nous nous sommes attablés à la terrasse d'une brasserie qui accepta de nous servir. Il était déjà tard.

Nous avons dîné en silence, côte à côte. Chaque minute était désormais comptée. À la fin du repas, il prit ma main.

– Tu vas remonter avec moi, n'est-ce pas ? Je t'en supplie, reste.

– Je dois partir.

Oui, je devais partir, je devais m'enfuir, le fuir, pour me sauver moi-même de ces années d'attente, de ces mois d'espérance vaine, de ces semaines d'amour absolu, de ces jours de doute atroce et de ces heures de souffrance. Je devais partir pour que, s'il ne m'aimait pas, au moins il me respecte. Je devais partir pour préserver le souvenir de ces moments d'exception sans les entacher d'un avilissement. Je devais partir pour conserver l'espoir, si minime soit-il, que je puisse lui manquer.

– Je vais prendre un taxi.

Je me levai. Il me suivit. Quelques voitures attendaient à la station.

Il me prit dans ses bras et me serra si fort que j'en étouffai presque. Je sentis son odeur puissante se répandre sur moi, sur ma peau, sur mes cheveux, comme son âme s'était répandue sur la mienne.

– Laisse-moi t'accompagner, murmura-t-il tout bas.

Comme je ne répondais pas, il dégagea son étreinte, et je montai dans la première voiture.

Je le regardai à travers la vitre, et déjà il me manquait. Je pressentais des heures sombres face auxquelles je me savais impuissante.

Il tapa sur la vitre du chauffeur qui l'abaissa.

– Faites attention à elle, dit-il, c'est la pierre la plus précieuse qu'il m'ait été donné d'admirer sur cette terre, et bien au-delà.

Le taxi démarra. Nous nous fixions, et je vis, reflétée dans ses yeux, la tristesse des miens.

Puis la distance nous sépara. Je pris ma tête dans mes mains. Mais quand la peine est trop grande, les larmes savent qu'elles seront inutiles. »

15

SANS FIN

Les amours sans espoir sont des amours sans fin.

« Voilà, je suis rentrée chez moi. Je n'ai pas dormi, je me suis allongée, couverte par son pull et je suis restée là. La nuit est passée, puis le jour. Je n'arrivais plus à faire un geste. Il me semblait que le simple fait de me lever rendrait réel ce que je venais de vivre, et je ne voulais pas de cette réalité. Il m'était impossible d'envisager la perte de cet être, qui correspondait pour moi à une mort lente et cruelle. Je préférais qu'elle soit rapide, et je l'attendis. Je dus m'endormir à plusieurs reprises. Mais à chaque fois que je m'éveillais, la douleur était telle que j'attendais de pouvoir sombrer à nouveau, jusqu'à sombrer définitivement, mon seul souhait. J'avais encore celui-là.

Le mardi – je ne le sus qu'après –, j'entendis, dans une espèce de brouillard, des coups frappés à ma porte. J'étais incapable de me lever, mais je me rappelle avoir pensé que ça ne pouvait pas être lui, et donc qu'il était inutile de lutter pour aller ouvrir.

Quand j'ouvris à nouveau les yeux, un visage de femme que je connaissais était penché sur moi. Je mis quelques minutes à comprendre qui elle était.

– Bois, me dit-elle en portant de l'eau à mes lèvres. Et mange. Elle tenait dans sa main un morceau de cake. Ne bouge pas, je vais faire du café.

Je n'arrivais pas à parler. Cette fille travaillait dans la même rédaction que moi, elle couvrait les événements mondains. C'était une brune plutôt jolie et intelligente qui était connue pour avoir un caractère bien trempé, ce qui lui ouvrait beaucoup de portes. Je ne l'avais jamais vue autrement que maquillée, ses cheveux bruns parfaitement lissés, et portant des tenues et bijoux parfois ostentatoires mais jamais vulgaires. Là encore, de mon lit, je la voyais s'affairer en jupe et talons hauts. Nous avions échangé quelques propos, plus souvent des sourires, mais toujours avec une certaine connivence.

Elle revint avec deux tasses de café.

– Je n'ai pas trouvé de somnifères, tu n'as rien pris ?

Je fis “non” de la tête, tout en m'étonnant encore de l'incongruité de sa présence.

– C'est ta concierge qui m'a ouvert. C'est une coriace celle-là. Ça fait des semaines qu'on se fait du mauvais sang pour toi. Quand tu n'es pas venue hier et qu'on n'arrivait pas à te joindre, on a commencé à s'inquiéter. Ce matin, comme on ne te voyait toujours pas venir, le patron nous a confié que tu pensais avoir une maladie grave… C'est vrai ?

Je ne répondis pas.

– Enfin bref, il en a conclu que tu avais dû te suicider. Je me suis portée volontaire pour venir voir ce qui se passait ici. Allez, bois !

Le café chaud me permit de retrouver un peu de force. Et enfin vinrent les larmes.

– Qu'est-ce qui se passe ? Allez, dis-moi… Tu vas mourir, c'est ça ?

Que pouvais-je lui dire ? Qui aurait pu comprendre la folie de ce désespoir que je ne comprenais pas moi-même ?

– C'est ce que je voudrais.

– Mourir ? Elle marqua un temps d'arrêt. C'est un mec, c'est ça ?

Un mec… L'expression était presque comique tant elle me paraissait décalée. C'est peut-être ce qui me poussa à lui raconter mon histoire, ou peut-être pensais-je qu'en me libérant du secret, elle perdrait sa consistance, peut-être aussi que j'espérais ses moqueries, pour pouvoir enfin rire de moi-même.

Alors je lui racontai, l'attente, les rendez-vous, jusqu'à ce dernier. Je lui racontai l'étrangeté de cette rencontre, le trouble qu'elle avait provoqué chez moi.

Elle savait écouter et elle écouta, sans m'interrompre, si bien que j'avais commencé timidement et que je m'exprimai ensuite devant elle sans retenue.

Quand j'eus fini, elle dit simplement :

– Il y a une chose qui me paraît évidente, c'est qu'il t'aime. Je t'emmènerai voir quelqu'un qui va t'aider. Va prendre une douche et habille-toi, nous allons dîner. Tu vas le revoir, c'est certain. Ce n'est pas le moment de flancher.

Je suivis ses conseils, ragaillardie par le souffle d'espoir qui était sorti de sa bouche.

Je retournai à mon travail le lendemain et, heureusement, tout le monde fit semblant de ne pas remarquer ma soudaine présence. Il n'y eut aucune remarque. Je repris mon rituel matinal le jour d'après, dans l'espoir évidemment de sa visite. Mais il n'apparut pas.

Le week-end arriva. Ma nouvelle amie me proposa quelques balades qui adoucirent mon désarroi. Il me manquait tant.

Elle le remarqua.

– Appelle-le. Que risques-tu ? Si c'est comme tu me l'as raconté, tu ne risques pas grand-chose…

J'attendis le lundi soir pour l'appeler, rassemblant tout mon courage pour composer son numéro.

– C'est moi, dis-je d'une voix tremblante.

– Je sais.

– Je... je voulais prendre de tes nouvelles.

– Je vais bien.

– Je dois te rendre ton pull.

– Oui, j'y tiens beaucoup.

– Tu veux... tu veux que je le dépose quelque part ?

– Tu ne veux pas me voir ?

– Si, bien sûr.

– Tu es libre samedi ?

– Oui.

– Odéon, samedi, à 19 heures ?

– D'accord.

Il raccrocha. Et mes poumons s'emplirent d'air, et ma joie éclata, et je dansai dans mon appartement. Et je me mis au piano. Et les notes glissèrent sous mes doigts, si parfaites. La musique prit mon corps, ma tête, mes bras et mes mains. Pour la première fois, je ne jouais pas ce que j'avais laborieusement appris, je ne plaquais pas des accords empruntés. Pour la première fois, ce fut *ma* musique, celle qui venait de mon âme, de mon être. Pour la première fois, j'ai composé tel un alchimiste, instinctivement ; j'ai composé une musique pour lui, et lui seul. Comment n'avais-je pas compris ce qu'était la musique auparavant ? Comment avait-il été possible de jouer de cet instrument durant toutes ces années sans rien ressentir ? Ce soir-là, je devins musicienne.

Lorsque je me rendis place de l'Odéon le samedi suivant, j'étais empreinte d'une force nouvelle, offerte par mon piano et sa musique, que j'apprivoisais des heures durant. Mais cette force provenait aussi de la perspective inouïe de cette nouvelle rencontre, même si je ne voulais pas franchement me l'avouer.

Je l'aperçus, sans retard cette fois-ci, m'attendant dans un costume en lin clair chiffonné et coiffé de son panama beige.

Il sourit à ma vue, et lorsque je m'approchai, il m'embrassa sur la joue.

Nous étions en mai, c'était une douce soirée qui s'annonçait, prémices d'été. Nous nous sommes attablés sur son invitation au café le plus proche et, comme à son habitude, il commanda du champagne.

Nos conversations reprirent leur cours, comme ininterrompues. Je le retrouvais enfin, sa verve, son élégance, notre complicité si particulière.

Je lui remis son cardigan qu'il saisit, je le vis, presque à regret. Il me proposa de le déposer chez lui avant d'aller dîner.

En passant le seuil de son appartement, j'eus une étrange sensation. Je pensais tant ne jamais revoir ce lieu que cette visite me semblait presque interdite. Je m'assis sur le rebord du canapé le temps qu'il disparaisse dans sa chambre pour y déposer le bien récupéré. En revenant, il me dit :

– Il porte ton odeur maintenant. Je ne sais pas s'il veut encore être à moi ce pull, il a peut-être choisi une autre propriétaire.

Il souriait.

Je remarquai le violoncelle posé à côté de moi. Il suivit mon regard.

– Oui, je l'ai reçu. Essaye-le !

– Je ne sais pas en jouer.

– Tout s'apprend. Essaye !

Je pris le violoncelle entre mes jambes et saisis l'archet. D'abord hésitante, je produisis des sons de plus en plus affirmés jusqu'à créer une mélodie inconnue qui m'emporta.

Mes doigts pincèrent les cordes, l'archet glissa. Je jouais du violoncelle, moi qui n'en avais jamais tenu un de ma vie entière, moi qui n'avais même jamais tenté de jouer d'un instrument à cordes. Sans être l'œuvre d'un virtuose, l'ensemble était assez mélodieux.

La musique me grisa un moment, elle semblait sortir de mon ventre, de mes cuisses qui enserraient l'instrument. Lorsque je m'interrompis, je le regardai, incrédule.

– Tu vois que tu sais, dit-il avec un sourire espiègle. Allons dîner !

Une fois sur le trottoir, alors qu'il me regardait de ses yeux sombres et tourmentés, j'osai la question qui me taraudait depuis quelque temps maintenant.

– Qui es-tu ? Il me dévisageait sans répondre. Qui es-tu pour que je sache où se trouvait chaque pièce, chaque chose dans ton appartement sans jamais y avoir mis les pieds ? Qui es-tu pour que tes pensées et les miennes s'épousent si parfaitement ? Qui es-tu pour me faire jouer du violoncelle alors que je n'ai jamais touché cet instrument de ma vie ?

Il baissa la tête.

– Tu dois le découvrir par toi-même.

– Réponds-moi !

Il releva la tête.

– Non. Il n'y a rien à dire.

Et il avança sans me laisser d'autre possibilité que de le suivre.

En effet, il n'y avait rien à dire ; mais je ne le compris que plus tard.

Nous avons dîné à Saint-Germain-des-Prés, puis nous avons flâné de bar en bar jusqu'à une heure avancée de la nuit. Alors que mon regard se promenait distraitement sur les plis de sa veste froissée, il me confia avoir lavé son costume dans une bassine, "ce que personne ne fait habituellement". Cet aveu me fit beaucoup rire, d'autant que le résultat était, il est vrai, surprenant : il ressemblait à un gentleman clochard, mais comme toujours, venant d'un autre temps.

En le regardant ce soir-là, je compris que même si son apparence me plaisait, même si je le trouvais incroyablement beau et séduisant, même si ses mains me bouleversaient, l'essentiel n'était pas là. Il aurait pu perdre ses jambes, ses bras, avoir un visage difforme, cela n'aurait rien changé. Je ne voulais rien d'autre que d'être à ses côtés car, en sa présence, je trouvais ma complétude parfaite. Je n'étais pas autre, j'étais l'essence de moi-même dans une absolue vérité. Et chaque moment, chaque parole, chaque geste était ce qu'il devait être au moment où il devait être, enfin. Voilà, c'était cela être près de lui, transcender le réel pour le rendre sacré par la seule friction de nos deux âmes.

Il était plus de 2 heures du matin lorsque nous quittâmes la dernière brasserie ouverte.

En nous dirigeant vers la station de taxis, il me proposa de nous revoir le lendemain, au bois de Vincennes, m'embrassa dans le cou, et disparut.

Pour la première fois, je me sentis apaisée car je compris que ce qui nous unissait était mille fois plus puissant que ce qui pouvait nous séparer, et que malgré ses esquives, il le savait.

D'ailleurs, le lendemain midi, il m'appela d'une voix inquiète, attitude que je ne lui connaissais pas, pour confirmer notre rendez-vous et s'assurer de ma présence.

Allongés sur une couverture, à l'abri du soleil, sous les arbres, nous avons lu l'intégralité de *L'Art d'aimer* d'Ovide, une édition très ancienne qu'il avait apportée.

Ce texte subversif pour l'époque était néanmoins très humoristique. Nous lisions des passages entiers à voix haute. Il me félicita pour ma diction.

– Fais du théâtre, me dit-il. Va t'inscrire, dès demain, il doit y avoir un cours près de l'île.

Je ne discutai même pas, je savais désormais qu'il y avait toujours une raison aux conseils qu'il me donnait.

Jusqu'à la tombée de la nuit, nous avons lu, sans que jamais nos mains se frôlent, même si je mourais d'envie de le toucher, d'être dans ses bras, je ne fis aucun mouvement de rapprochement, de peur de le faire fuir.

– Ovide décrit la comédie de l'amour, la comédie de l'amour n'est pas l'amour, me dit-il en se relevant.

– Qu'est-ce que l'amour, alors ?

– Nous le savons mieux que personne, répondit-il en plongeant ses yeux dans les miens.

Il me fallut du temps pour comprendre le choix du texte qu'il avait apporté. Ovide décrivait les différentes étapes de la séduction, du point de vue de l'homme et de la femme, ce qui était très novateur pour l'Antiquité. Il donnait, sur un ton didactique, d'innombrables conseils, y compris sexuels, pour constituer un couple pérenne. Mais en aucun cas, en effet, il ne parlait d'amour. Et cette comédie-là, nous ne pouvions pas la jouer, cette comédie-là eût été un blasphème.

Dans le taxi qui nous ramenait vers Paris, nous sommes restés silencieux. Arrivés devant chez moi, il posa un baiser sur ma joue.

C'est tristement qu'il me dit : “Je t'appelle”, alors que ses yeux trahissaient d'autres pensées, pensées que je voulus dissoudre derrière ses mots.

L'absence prit alors ses quartiers. »

16

DÉPART

J'ai l'amertume d'un bois.

Elle marqua une pause et me dit alors :

– Il faudrait que j'aille chercher quelque chose pour poursuivre, vous voulez bien m'attendre ici ?

Quelle heure pouvait-il bien être ? Je n'avais pas regardé ma montre, j'avais éteint mon portable. Depuis plusieurs heures déjà, j'avais quitté ce monde pour me retrouver dans le sien, dans son passé, dans ce même café, avant. Elle n'avait interrompu son récit que pour boire quelques gorgées d'eau. Personne ne nous avait dérangées, pas même les serveurs qui se contentaient de remplacer la carafe vide par une pleine. Comme je n'avais pas prononcé un son depuis longtemps, j'eus du mal à articuler :

– Oui, bien sûr.

Elle se leva.

– Vous avez peut-être faim, commandez quelque chose, ne m'attendez pas, je ne mange jamais durant la journée. Je reviens.

Je commandai une omelette et un café. Il était presque 16 heures.

Je faisais quelques pas sur le trottoir pour détendre mes jambes quand elle revint. Elle n'avait pas tardé. Elle tenait une grande enveloppe kraft dans sa main, et marchait d'un pas décidé.

Je n'avais aucun avis sur ce qu'elle m'avait raconté jusqu'à présent, j'attendais juste de connaître la suite de son histoire comme on attend avec impatience la suite d'une pièce de théâtre au moment de l'entracte. Mais je notais quand même que la beauté qui émanait de cette femme, de son récit, de notre rencontre faisait de cette journée l'une des plus belles que j'avais vécues à ce jour.

Et bien qu'engourdie par ces heures silencieuses, je sentis peu à peu quelque chose de léger et de lumineux virevolter à l'intérieur de moi, comme un papillon caressant mon âme. Il me sembla pour la première fois qu'un sens caché animait nos vies, que le hasard n'existait pas. Au fond, tout était peut-être pour le mieux, même cette rupture qui m'avait tant blessée, puisqu'elle m'avait menée jusqu'ici, jusqu'à cette femme, jusqu'à ses paroles qui semblaient se déverser en moi et combler, mot après mot, ce vide inexpliqué. Et puis, savais-je réellement ce qu'était l'amour ? L'avais-je seulement vécu ?

Je la suivis dans le café où elle reprit sa place, et je repris la mienne. Sans une seule hésitation, elle poursuivit :

« Bien sûr, il n'appela pas. J'attendis chaque jour sa venue comme je l'avais toujours fait, mais quelque chose avait changé. Imperceptiblement, je me mis à jouer plus souvent du piano, retrouvant la virtuosité que j'avais découverte une semaine auparavant. Je me mis à lire aussi, découvrant derrière chaque phrase des sens cachés qui m'avaient échappé auparavant. Je me plongeai avec délice dans la lecture d'auteurs classiques que je n'avais jamais vraiment compris jusqu'alors. Tout me paraissait de plus en plus clair. Et puis l'écriture revint elle aussi, celle de l'inspiration.

Je pensais à lui sans cesse, ou plutôt, il m'habitait, mais je compris vite que dans toutes ces activités, il m'accompagnait. Il vivait à mes côtés à travers les notes et les mots. Son absence se faisait moins cruelle lorsque j'écrivais, je jouais, ou je lisais. Le reste du temps, je le cherchais, croyant l'apercevoir mille fois en marchant dans les rues.

J'avais désormais une confidente, qui chaque matin m'interrogeait du regard pour savoir s'il était venu. Nous déjeunions souvent ensemble, et il arrivait que, le soir, elle vienne prendre un verre chez moi. Elle savait que je ne me rendrais pas chez elle, car j'attendais son appel.

Elle n'avait jamais émis un seul jugement sur ce que je lui racontais, elle était même souvent intriguée, ce qui me rassurait en quelque sorte sur mon état mental. Son intelligence, son humour et sa délicatesse représentaient beaucoup pour moi. Lorsqu'elle m'annonça qu'elle devait se rendre au Japon pendant deux semaines, je me sentis plus seule que jamais.

Car plus de dix jours étaient passés sans que je l'aperçoive.

Et dix jours passèrent encore.

Je décidai, pour fuir le temps, d'arranger ma chambre et mon appartement, me demandant sans cesse si cela lui plairait.

Et puis, lors d'une promenade, je tombai sur une galerie qui exposait de fascinants tableaux. L'un d'eux représentait une forme étrange, avec cette phrase peinte en dessous : “Croire en la Magie Sienne.”

“Tu es une magicienne”, m'avait-il dit, et je restai un long moment à contempler cette œuvre.

Mon intérêt intrigua la galeriste. Mes moyens ne me permettaient malheureusement pas d'acquérir cette toile mystérieuse mais, par chance, c'était l'œuvre phare de l'exposition et, sans un mot, la propriétaire des lieux me tendit une affiche la représentant.

Je lui souris.

– Vous avez l'air si triste, me dit-elle.

Je souris encore sans répondre.

Elle s'éclipsa puis revint à mes côtés.

– Il reviendra, vous verrez. Je vous en donne deux, une pour lui, une pour vous.

Je la regardai avec un peu d'incrédulité mais, pour être honnête, il n'y avait plus grand-chose qui m'étonnait.

C'est à mon travail qu'il appela, un lundi. Et lorsqu'on me tendit le téléphone, je fus étonnée d'entendre sa voix. Cette voix tant attendue. Je ne lui demandai même pas comment il s'était procuré le numéro.

– Je ne t'ai pas appelée… J'ai beaucoup travaillé, je… je pars demain. Mais tu ne m'as pas appelé non plus.

– Je ne voulais pas te déranger. Tu vas bien ? Tu… tu pars longtemps ?

– Je vais très bien. Vraiment très bien, insista-t-il. Je vais partir un bon moment, je pense. Je n'ai pas beaucoup dc temps mais, si tu veux, on peut se voir. Tu serais libre dans une heure ? Dans le jardin de Notre-Dame ?

– Oui, d'accord.

Je raccrochai, troublée par cette double nouvelle : son appel, et son départ.

Je pris un taxi. »

À ce moment-là, elle sortit de l'enveloppe kraft une lettre manuscrite. Il y en avait d'autres, mais c'était la première.

– Tenez, j'en avais fait une copie. J'ai adressé cette lettre à mon amie, alors qu'elle était au Japon. Vous pouvez la lire.

Je la pris dans mes mains comme une relique.

« Comme j'aurais aimé que tu sois là, mais je t'écris ce qui n'est déjà pas si mal.

J'ai eu de ses nouvelles, oui, j'en ai eu, contre toute attente, hier après-midi, il m'a appelée au bureau. Il m'a dit qu'il allait bien, très bien même, et ce "très bien" pour je ne sais quelle raison me fait mal. La raison je la connais au fond, c'est que je souffre tant, pendant que lui va TRÈS bien. Il m'a proposé de prendre un café, et, bien sûr, j'ai accepté. Alors je le retrouve dans le parc derrière Notre-Dame, il est là, il prend l'air, il m'a dit qu'il n'avait pas beaucoup de temps, tant de choses à faire avant ce départ. Bien sûr, réalité cruelle…

Pour m'y rendre, je prends un taxi, j'ai peu de forces. Le revoir, alors que ce matin encore j'espérais, mais j'espérais autre chose. Non, pas ça, pas une brève entrevue dans un parc, d'un homme qui finalement n'a que peu de temps, peu de temps pour moi. Une ultime courtoisie. J'entre dans ce parc, comment ne pas le trouver dans un si petit espace alors que je le cherche partout ? Je le vois sur un banc, au loin. Il me tourne le dos. Et je m'approche doucement, doucement car ces minutes sont précieuses. Il ne sait pas que je suis derrière lui, alors je vole ces images, l'image de son dos, de ses cheveux, de sa nuque inclinée.

Et le voilà souriant, beau comme un astre, assis sur ce banc, à lire et à noter ses petites choses dans son carnet de moleskine noir, levant à peine la tête pour me saluer : "Un instant, me dit-il, encore une phrase."

Et je suis là à le regarder et il sait que je le regarde, et que tout s'efface autour, et les arbres, et les feuilles, et le ciel sombre. Il n'y a plus que la masse de ses cheveux bruns, sa tête penchée sur son petit cahier, ses lunettes qui cachent ses yeux. Il n'y a plus que lui.

Il se relève, me donne une bise. Courtoisie, cruelle courtoisie. Je m'assois à côté de lui. Je ne sais plus trop quoi dire, je ne me suis pas préparée à cette courtoisie de mise : "Comment vas-tu ? Et toi donc ? Mais alors..." Je n'ai que faire de cette courtoisie, elle m'insupporte.

"Alors, lui dis-je, tu as disparu...

- Oui mais tu t'y attendais, non ? » me répond-il.

Et là, il m'explique qu'il donne de toute façon peu de nouvelles à ses amis. Je lui dis que notre relation ne peut pas s'apparenter aux autres quand même. J'arrive à prononcer ces mots, ultime force qui passe par mon cerveau et meurt sur mes lèvres, cerveau engourdi, en alerte aussi, cerveau malade d'espoir qui meurt.

"Ah bon ? me répond-il, et pourquoi donc ?" Et le voilà faisant le cabot, cabotinant. Les cheveux bruns, bouclés, soyeux, doux, longs dont ma main ne pouvait s'extirper, ces cheveux-là deviennent des poils de caniche noir. Il cabote, cabotine, cabotin : "Mais de quoi parles-tu ? Je ne comprends pas. N'as-tu jamais fait de rencontre comme la nôtre ? Non, il n'y a rien d'étrange, non tout est normal, que c'est amusant ce que tu me dis, ah comme tu es amusante !"

Je reste coite, bête. Cette relation essentielle, importante, il y a vingt-et-un petits jours, est devenue banale. Comme le temps fait son œuvre sur les esprits cabotins. Il faut croire que le mien ne l'est pas.

"T'aurais-je offensée ?" me demande-t-il avec des yeux de chien battu.

"Si peu, je lui réponds, si peu..."

Je suis la balle du chien, je rebondis à gauche, à droite, je vais rouler là, sous un banc, et l'on m'oubliera.

"Voilà pourquoi je t'ai appelée, me dit-il, je sentais bien qu'il le fallait, ce n'était pas bien de ne pas te donner de nouvelles, non ? Je n'allais pas partir comme ça, enfin tu aurais pu appeler aussi toi... Enfin oui, évidemment, lorsque l'on met un symbole derrière un appel, ça devient plus compliqué, mais là, pourquoi cet appel serait-il symbolique ?"

Je suis une balle, une balle de chien, je rebondis dans ce parc poussiéreux, et je suis poussiéreuse, sale de sentiments obsolètes, divagation de grains de sable.

"Allons prendre un café, me dit-il, il fait froid." Je le suis, je marche à ses côtés, je le devance, quelle importance au fond. Je n'ai ni froid, ni chaud, je ne suis ni bien ni mal, le temps s'est arrêté sur ce quai de Seine.

"J'ai refait ma chambre, j'ai enlevé le rouge, tout est blanc." Il faudrait que j'ajoute pour être précise : "J'ai refait ma chambre, j'ai voulu y enlever ton image, j'ai refait cette chambre en blanc, pour t'y accueillir encore, je ne supportais plus ce rouge, rouge des baisers, rouge de l'amour que je ne vis pas. Le blanc est plus approprié aux mariages et aux deuils, et je sens bien que tu me précipites dans une tourmente qui m'éloigne de l'union." Mes pas sont lourds...

"Tu dois y dormir comme un ange alors!" Tu ne crois pas si bien dire, un ange...

"Assoyons-nous", me dit-il en souriant. Ah, ce qu'il est bien quand même! Ah, quel bonheur cette vie! Il me trouve en forme, quelle ironie. TOUT VA BIEN, m'explique-t-il. Ce départ demain pour d'autres continents, ses affaires qui se règlent, il se sent mieux, et il est bien content de partir. Il a fini tous les livres qu'il devait lire, il a fini son théâtre, il a fini son travail. FINI, oui le mot est juste, tout est bien fini. Il rentre peut-être en septembre, il ne sait pas bien, quelle importance au fond?

Et moi? Il veut que je lui parle de moi... J'ar-ti-cu-le, mes lèvres sont trop lourdes. Comment fait-on déjà pour parler ? Que faut-il dire lorsque l'on est poli ?

"Mon-tra-vail-va-très-bien, je-n'ai-pas-pré-pa-ré-mes-va-can-ces." Soulagement, la phrase est sortie, c'est bien, je suis sur la bonne voie.

"Ah non ? me répond-il. Mais pourquoi donc ?" »

Encore une question. Il faut répondre quelque chose :

"Je-n'ai-pas-la-tê-te-à-ça !"

Et ça le fait rire, et il balance sa chevelure en arrière, le chien redevient lion, les boucles s'agitent. Il reprend son air léonin, et il rit, et il dit, dans un semi-rugissement de lion qui s'étire : "Mais à quoi donc as-tu la tête alors ?"

Et le temps s'arrête à nouveau, les secondes suspendues à son sourire entendu, qui n'entend rien au fond, ne veut plus rien entendre. Et mes pensées obscènes de lui crier l'incompréhensible. Et la seconde reprend son cours de seconde, 56, 57, 58... Il faut répondre quelque chose, 59, 60... quelque chose de convenu, 1, 2, 3... Je n'ai la tête qu'à toi, 4, 5, 6, 7... Ma pauvre tête est malade, 8, 9, 10, 11... malade de ton absence, 12, 13, 14, 15... malade de ton attente, 16, 17, 18, 19... je ne vis plus qu'avec ton image, 20, 21, 22, 23... tes mots 24, 25, 26, 27... Pensées obscènes, puis : "Ma-car-riè-re pro-fes-sion-nel-le."

Applaudissements pour cette performance hors du commun. Révérence même à celle qui n'est plus elle depuis déjà longtemps mais qui performe sur les bords de Seine. Incroyable salto arrière où les patins glissent sur l'eau du fleuve.

Et puis là, il s'est produit quelque chose d'imperceptible et pourtant bien réel, le désespoir de la perte. La perte, l'immense perte, immensément terrible et son désespoir qui l'accompagne en cortège, et qui remplit mon corps, contenant d'un liquide visqueux. Je me noie, et comme tous les naufragés, je bats des pieds et des jambes. "Tu ne m'inviterais pas au soleil ?" L'articulation me revient, c'est le cri de la dernière bouffée d'oxygène, avant la nuit des eaux profondes.

"Il n'y a rien à faire là-bas, ce n'est pas une destination de vacances", répond-il, et ma tête, mon nez, mes oreilles s'enfoncent alors. L'immersion est maintenant totale. Je ne vois plus très bien au-dehors, il se lève, il est pressé. "Je reviens", dit-il.

Et là, au fond de mon sac, il y a le poster plié, tu te souviens ? Croire en la Magie Sienne, ce poster qui orne ma chambre en tableau, qui me réveille chaque jour, mon mantra, mon signe des certitudes. Je l'avais pris ce matin, pour lui envoyer quelques signes de certitudes à mon tour. Alors je sors mon stylo, j'écris quelques lignes sur l'une des faces et je le glisse dans son livre, posé sur cette table. Je lui confère un pouvoir magique. Ce petit morceau de papier glacé pourrait réchauffer mon corps, il pourrait évacuer l'eau de mes poumons, me faire respirer. Il revient, le remarque et ne dit rien.

"C'est pour toi."

Il l'enfonce dans son livre. J'ai gagné cet ultime don. La naufragée que je suis a trouvé un morceau d'épave, et s'y accroche désespérément.

Il doit partir, vite, vite, son rendez-vous. Nous longeons la Seine, encore. Non, il longe la Seine, je suis la Seine, je suis eau, eau trouble, eau profonde, je suis d'eau, de larmes, il pleut. Je sors mon parapluie, le vent se lève. Il marche près de moi, m'enlève mon parapluie : n'est-ce pas ce qu'il a toujours fait ? Dès la première seconde ? Il va par là, l'eau coule et suit. Il s'arrête, le métro. C'est maintenant.

Il me regarde, ses yeux me regardent longtemps. Ils semblent dire : "Alors ? Je l'ai bien jouée, ma scène, j'étais crédible n'est-ce pas ?"

Il baisse la tête, et il murmure :

"On va se revoir de toute façon, on va se revoir..."

Et je dis :

"Oui, oui..."

Ces mots-là, il ne fallait pas les entendre, une bise sur ma joue.

"Nous sommes au printemps. À l'été alors !" crie-t-il en se retournant. Et je baisse les yeux à mon tour. Et je reste là, encore tout enveloppée de sa brève présence.

Je m'assois sur un banc, longtemps. Sur le poster, j'ai écrit ce message, à celui qui ne reviendra sans doute jamais au pays des possibles, ou qui ne l'a peut-être jamais quitté :

"Sans le savoir, sans le vouloir, tu as changé ma vie. Et pour cela tu es important pour moi, et pour cela je te dis merci. Bon voyage."

Et à l'heure où je t'écris ces lignes, Paris s'est vidé de lui. Les têtes brunes qui parcourent la capitale me sont inconnues, et mon regard le cherche en sachant que c'est inutile. Il faut qu'il apprenne à ne plus le deviner dans les rues du hasard. Les chapeaux clairs sont redevenus des chapeaux, et les boucles, des cheveux. Paris n'est plus qu'une capitale, mon âme n'est plus qu'un souffle solitaire.

Je t'embrasse, j'espère que tu vas bien, que tu es heureuse d'être là-bas.

J'aurais aimé t'accompagner. À Tokyo, les cheveux bruns ne sont jamais bouclés... »

17

ABSENCE

Sourde mais si loquace,
Mon corps la respire lentement.

Elle m'expliqua qu'elle s'était rendue le soir même à son premier cours de théâtre près de l'île, parce que c'était prévu ainsi, parce qu'il lui avait demandé, parce que c'était encore une façon pour elle d'être un peu avec lui.

Quelques jours plus tard, dans son lit, alors qu'elle s'éveillait, elle sentit son cœur battre très vite, très fort. Elle crut qu'elle allait mourir, ce qui ne lui fit même pas peur. Elle vit même cette fin comme une libération. Puis elle sentit qu'elle s'élevait, qu'elle partait. Elle crut d'abord que c'était son corps, mais c'était son esprit. Elle se laissa porter, par abandon plus que par choix, et c'est ainsi qu'elle le retrouva. Elle sentit son esprit, son cœur aussi, battre à ses côtés, puis en elle. Alors qu'ils étaient séparés par des milliers de kilomètres, il se produisit le même phénomène étrange qui avait eu lieu sur la place de l'Opéra. Quand le tourbillon s'arrêta, elle le vit. Il faisait chaud, il était allongé dans une pièce blanche. Il faisait nuit au dehors, il ne dormait pas. Il fixait le plafond en fumant une cigarette. La maison dans laquelle il se trouvait était quasiment vide. Il était triste. Elle sentait sa tristesse, ou plutôt, sa tristesse la pénétrait, s'infiltrait dans son âme. Il pensait à elle, et elle était venue.

Puis elle le vit sourire. Il savait sa présence. Elle se sentit partir à nouveau. Et quand elle ouvrit les yeux, elle se retrouva dans sa chambre, à elle, apaisée mais aussi plus tourmentée qu'elle ne l'avait jamais été.

À partir de ce jour, il vint visiter ses nuits mais aussi ses journées. Elle pouvait le voir monter un escalier, mettre ses chaussures, dormir ou converser avec d'autres. Elle ne choisissait ni ses visions, ni ses rêves. Parfois elle voulait que cela cesse, mais elle ne savait comment faire. Parfois elle attendait avec impatience ces nouvelles de lui qu'elle dérobait au réel. Pensant perdre la raison, elle en parla un peu à son amie. Mais cette dernière ne s'en étonna pas plus que ça, et elle lui promit de l'aider, sans préciser comment.

Je regardais son visage qui semblait revivre ces heures sombres, ses yeux dans lesquels défilait cette absence cruelle et insensée. Ces yeux avaient dû verser tant de larmes.

Je regardais ses mains, accrochées l'une à l'autre, se serrant à mesure qu'elle me faisait le récit de son désespoir.

J'éprouvai à ce moment-là une peine infinie, pour elle mais aussi pour moi. Car ce dont elle me parlait, je ne l'avais jamais vécu, mais je me rendis compte que je l'avais souvent souhaité.

Elle m'expliqua encore qu'elle passait ses soirées comme elle pouvait, chassant l'angoisse avec des verres de vin trop vite bus et de nombreuses cigarettes. Voilà précisément à quoi servaient ces cigarettes, à faire défiler les minutes, à tuer ce temps qui ne servait à rien. En fumant, elle s'occupait à quelque chose, ce quelque chose étant la combustion d'elle-même. Elle brûlait ainsi à l'extérieur ce qu'elle ne pouvait consumer à l'intérieur. Chaque minute passée hurlait ce manque, le cherchait à travers les secondes qui s'égrenaient inexorablement. Elle aurait bien voulu le chasser de son âme, que ces heures auprès de lui n'aient jamais existé. Et en même temps, elle ne pouvait vivre sans sa présence. C'est comme si son esprit l'avait envahie tout entière. Elle ne s'appartenait plus.

Il lui arrivait quand même d'attendre la nuit avec impatience, espérant le repos de son esprit tourmenté, qu'enfin viennent ces quelques heures où il ne serait plus. Lorsque cette clémence lui était accordée, elle décidait, dès le matin, que c'en était fini. Résolution de petite fille ! Elle s'astreignait à cette discipline impossible, le chasser de ses pensées. Mais, malgré elle, les images se projetaient sur les murs parisiens. Elle traquait les cheveux bruns et bouclés à travers les rues, elle pouvait suivre du regard, ou même par ses pas, une silhouette lui ressemblant. Et à la fin de cette journée, ses résolutions factices n'avaient pas survécu. Elle s'endormait encore en rêvant son visage.

– Que pouvais-je faire ? Comment lutter ? me dit-elle.

Il était à l'autre bout de la terre et elle ne pouvait s'empêcher de le chercher encore. Qu'en serait-il à son retour ?

C'était bien de la peur qu'elle avait éprouvée dès la première seconde de cette rencontre improbable, de la peur. La peur d'avoir à survivre sans lui dans un monde où il lui manquait déjà bien avant qu'elle ne le connaisse.

Métamorphose de son âme, elle n'était plus la même, ne serait jamais plus la même. Il avait réveillé par sa voix chaude, flot de paroles comme une coulée de miel sur son esprit, par cette voix, ces mots, il avait réveillé en elle tout ce qui était enfoui : soif de mots, de notes musicales, soif de savoir, de voir et percevoir à travers les êtres. Lever la tête plus haut, le ciel et la lune, les nuages et les statues ornant les bâtisses inconnues. Statues magiques s'adressant à elle pour lui rappeler sans cesse qu'il était là, toujours là. Il était là et pourtant n'y était pas et cette absurdité la plongeait dans une ambivalence proche de la folie.

Cet être qu'elle avait cherché toujours, perfection de son âme, de ses yeux, perfection de ces mains noueuses et tendres, attendues à chaque regard furtif jeté à la volée sur des mains étrangères, jamais assez pleines, jamais assez elles, cet être attendu n'était pas là et pire ne souhaitait pas l'être. Comment dès lors survivre, sinon par l'espoir qu'un jour, oui, peut-être un jour, il pourrait être là à nouveau. Qu'elle pourrait poser ses yeux sur ce visage, ces mains encore, encore. Revoir ces mains qui l'émouvaient aux larmes.

Mais ces pensées l'effrayaient d'autant plus qu'elle savait l'espoir cruel. Qu'y aurait-il après l'espoir ? L'espoir pouvait-il vivre infiniment ? La lassitude, la déception viendraient-elles à son secours, passer un baume salvateur sur ses pensées acides ? Elle n'arrivait pas à s'en persuader, et craignait alors une issue devinée, une issue minable, terriblement pathétique. Comment partir de cette forteresse esquissée par son seul souvenir ? Elle avait la sensation que le temps n'accomplirait pas son œuvre comme à son habitude, qu'il avait été dévié de sa route, qu'il n'existait plus, qu'elle le chercherait toujours à travers les rues, où qu'elle soit, à travers les regards, les silhouettes jamais assez dansantes. Qu'il serait toujours là.

18

DARA

En voyant défiler les heures sans retour…

« Et puis, reprit-elle, peut-être un mois après son départ, mon amie eut pitié de ma mine triste, de mes yeux d'un bleu passé, de ma bouche hagarde qui ne savait plus que dire. Elle avait vécu sa part d'heures troubles et m'expliqua qu'elle m'emmenait voir la gardienne de son avenir, sans m'en dire davantage. Je me souviens qu'elle souriait ce jour-là, elle souriait pour ramener un sourire sur le visage de celle qui tordait sa bouche de chagrin, en lui ouvrant la porte d'un secret jalousement gardé.

Elle m'emmena par la main sur les pavés tièdes de rues peu fréquentées, un après-midi que nous aurions dû passer à la rédaction.

Elle sonna à la porte d'une loge de concierge dans un immeuble décrépit, et c'est ainsi que je fis la connaissance de Dara.

Je pénétrai dans une unique pièce surchargée d'objets divers, de meubles défraîchis, où trônait une vieille machine à coudre. Des vêtements étaient suspendus un peu partout, des costumes, des robes, des chemises qui avaient le mérite de cacher la laideur de ce qui les supportait. Je remarquai un samovar dans un coin, et quelques bricoles qui me firent penser que Dara était slave, ce qui se confirma à son accent très prononcé.

– C'est la femme dont je t'ai parlé, lui dit mon amie.

Je souris par politesse, sourire qu'elle ne me rendit pas.

De je ne sais où, elle dégagea deux chaises, où nous prîmes place à côté de la sienne, devant la machine.

– Je vais faire café, dit-elle d'une voix rauque, en saisissant une gitane du paquet posé sur la table, à côté d'un cendrier rempli de mégots.

Mon amie, par un regard, me rassura sur la bienveillance de cette femme, qui n'était pas évidente au premier abord.

Ni jeune, ni vieille, Dara paraissait sans âge, peut-être parce qu'elle était maquillée à outrance, que ses cheveux étaient teints, et que l'hétéroclisme de ses vêtements lui conférait une allure particulière. Elle n'était pas avenante et nous semblions la déranger. Son visage anguleux dégageait une certaine dureté, presque masculine, accentuée par ses gestes rapides.

Dans un silence monacal, elle alluma son unique réchaud, sur lequel elle posa une vieille casserole remplie d'eau.

Lorsque l'eau arriva à ébullition, elle arrêta le réchaud, et jeta plusieurs cuillerées de café et quelques morceaux de sucre dans la casserole. Elle remua la mixture à l'aide d'une cuillère, puis s'affaira à dénicher dans son capharnaüm trois tasses et trois soucoupes qu'elle posa devant nous.

Elle y fit couler le liquide brun et épais.

– Toi, ça va ? demanda-t-elle à mon amie, en esquissant un demi-sourire qui la fit paraître soudainement plus sympathique, peut-être parce que ses yeux bleu nuit s'éclaircissaient.

– Oui, répondit-elle, plutôt bien.

– Allez, bois ! m'exhorta la femme sans âge d'un ton rude.

Je bus mon café chaud presque d'un trait, et quand l'amertume du marc parvint à mon palais, je grimaçai.

– Pas tout, arrête-toi, dit-elle en roulant les "r".

Elle extirpa quelques feuilles de papier toilette d'un paquet qui traînait à terre, sur un carrelage sale et fendu à maints endroits. Elle les posa sur ma soucoupe, saisit la tasse de ma main, jeta un rapide coup d'œil à son contenu, et la renversa sur les feuilles.

– Toi, tu es comme moi, dit-elle en me regardant.

– Elle a des origines polonaises, renchérit mon amie, à qui j'avais raconté brièvement mon histoire familiale.

– Non, pas ça. Elle voit.

Elle prit la tasse de mes mains, et commença à scruter les dessins formés par le marc. Elle regardait la tasse, puis me regardait. Je crus voir de la peur quand son regard se posa à nouveau sur moi, quelque chose dans ses yeux, dans l'expression de son visage, sa bouche qui se déformait.

Mon amie, qui la fixait au début avec confiance, et qui riait presque à chacune de ses paroles, perdit sa légèreté d'un coup. Je me sentis comme spectatrice d'une scène dans laquelle je tenais le rôle principal sans en connaître le texte.

– C'est grave, ça ! dit la femme en se levant, la tasse dans les mains. C'est "glave", répéta-t-elle en saisissant une énième cigarette.

Je la regardais, intriguée.

– Pauvre toi, murmura-t-elle.

– Elle a rencontré un homme, crut bon d'ajouter mon amie, sans doute pour briser la pesanteur de ce moment accentuée par le regard fixe de cette femme sur moi. Elle me dévisageait comme on regarde un objet rare.

Elle l'interrompit.

– Je sais. Mais c'est pas un homme.

Mon sang se glaça. De quoi parlait-elle ?
– Toi tu sais, hein ? me dit-elle.
– Je ne sais rien, lui répondis-je, je ne sais plus rien. Je voudrais juste que ça s'arrête.
– Tu le vois dans rêves, il est avec toi tout le temps, hein ?
– Oui.
– Il est très loin en ce moment, mais il va revenir. Bah… Ça n'a pas d'importance.
– Pourquoi ? J'étais suspendue à ses lèvres. Enfin il me semblait que quelqu'un déchiffrait l'étrangeté de ce que je vivais, et malgré la peur qui s'était emparée de moi de façon communicative, j'éprouvais un grand soulagement.
– Tu n'as pas compris ? Pas encore ? C'est ta moitié d'âme. Tu peux pas arrêter ça. Il revient toujours dans ta vie, c'est comme ça. C'est pas toi qui choisis, lui non plus il choisit pas. Mais il sait.
Ma moitié d'âme ? Ces mots agirent comme un détonateur, comme la clé d'un code qui rendait enfin lisible des mois de doutes, de questionnements absurdes. Pourtant, cette affirmation aussi était absurde.
– Qu'est-ce que ça veut dire ? lui demandai-je en empruntant là l'une des expressions favorites de l'absent. Souvent, lorsque j'affirmais quelque chose qu'il faisait semblant de ne pas comprendre, il me posait cette question en me regardant avec des yeux d'enfant. Il aimait plus que tout me voir préciser ma pensée.
– Ça veut dire, chérie, que tu ne peux rien faire.
– Est-ce que je vais le revoir ?
Elle saisit à nouveau la tasse qu'elle avait posée, et la scruta pour découvrir si quelques indices auraient pu lui échapper.

– Oui, tu vas le revoir. Mais c'est pas encore cette fois, c'est pour la prochaine.

– La prochaine quoi ? dis-je d'une voix pressante, exaltée par l'idée que nous serions donc bientôt réunis.

– La prochaine vie, chérie. Celle-là, c'est pour comprendre. Après, c'est bon. Lui, il sait ça.

Mon amie baissait la tête, elle semblait ne plus vouloir être là.

– Tu peux l'aider, Dara ? demanda-t-elle en relevant la tête.

Dara fit le signe de croix.

– Pas beaucoup, chérie. Il a donné la lumière à elle, on peut pas éteindre cette lumière-là. C'est pas comme électricité.

Une rage soudaine s'empara de moi, sans doute parce que j'étais à bout de ce silence passif, excédée par ces sentiments contradictoires et violents, ces visions, sa présence permanente dont je n'arrivais pas à me défaire, et les mots prononcés par cette femme qui sonnaient comme un arrêt de mort.

– Et je fais quoi, moi ? hurlai-je en me levant, ignorant la stupéfaction que je provoquais chez elles. Je fais quoi ? Hein ? Je reste seule jusqu'à ce que je sois vieille dans le cimetière de mes souvenirs ou je me suicide tout de suite pour accéder à une autre vie ? De quoi on parle là ? Bon sang !

– Je sais chérie, je sais, dit Dara d'une voix toujours rauque, mais très douce, une voix qui me fit me rasseoir. Puis les larmes coulèrent sur mes joues, sans que je puisse les arrêter.

– Je n'en peux plus, dis-je tout bas en prenant ma tête dans mes mains, je n'en peux plus.

– Calme-toi chérie, je vais t'aider. Je peux pas faire beaucoup, mais je vais essayer… Reviens me voir samedi, tu peux ?

Je fis “oui” de la tête.

– Aujourd'hui c'est difficile, mais Dieu t'a fait un cadeau, c'est pas tout le monde qui a un cadeau comme ça.

– Une vie de souffrance, c'est un joli cadeau, en effet.

– Non, tu verras. Reviens samedi.

Mon amie me fit comprendre qu'il fallait partir mais aussi lui donner quelque chose, une pièce, un billet, et je sortis mon portefeuille de mon sac pour lui donner un peu d'argent.

– Non, pas toi, dit-elle en posant sa main sur la mienne. Puis elle prit entre ses doigts la croix orthodoxe en or qui pendait à son cou. C'est sacré, sacré, répéta-t-elle, je prends pas d'argent avec toi.

Ce refus d'accepter une quelconque rémunération me plongea dans un désarroi plus grand encore car il soulignait son honnêteté et elle semblait si convaincue de ses dires que son présage en devenait plus effrayant encore. Et puis, c'est une chose que d'avoir la sensation de vivre aux frontières du réel, et c'en est une autre que de se le voir confirmer.

En sortant dans la rue, mon amie me regarda étrangement, en fronçant les sourcils.

– Si elle dit que c'est grave, c'est grave. Je ne l'ai jamais vue comme ça. Tu vas retourner la voir samedi ?

– Je ne sais pas, lui répondis-je, encore bouleversée par cette rencontre. Tu la connais depuis longtemps ?

– Depuis que je suis gosse. Mais…

Elle hésita à poursuivre puis finit par ajouter :

– Elle ne s'est jamais trompée.

Cette affirmation ne m'aida évidemment pas à relativiser ce que je venais de vivre.

– Allez viens, tu n'es pas en mesure de travailler. Vodka ? demanda-t-elle énergiquement.

– Vodka ! lui répondis-je en m'obligeant à employer le même ton.

Car je ne voyais rien d'autre à faire que de m'oublier dans l'alcool.

Les mots de Dara résonnèrent en moi les jours qui suivirent, et je finis par attendre le samedi avec impatience.

Pendant des mois, je lui rendis visite une fois par semaine, souvent le week-end. Auprès d'elle, il me semblait être près de lui. J'oubliais peu à peu la laideur de sa loge, pour retrouver la chaleur de son amitié, de sa bienveillance, et de son café.

Son immuable rituel des tasses et du marc me rassurait. Elle voyait l'avenir avec une clairvoyance peu commune, mais ses conseils étaient aussi pleins de bon sens.

Beaucoup de gens la payaient pour ça, mais elle n'accepta jamais un sou de ma part. Parfois je lui apportais du chocolat ou des fleurs.

Je savais qu'elle n'avait pas beaucoup d'argent, mais la philosophie qu'elle avait de la vie la rendait plus riche que la plupart des hommes. Son existence avait été difficile, mais elle ne m'en parla jamais qu'à demi-mot. Son mari était parti, son fils était loin.

Je mis du temps à comprendre que je retrouvais chez elle quelque chose de mon enfance. Les retouches, la machine, le désordre permanent qui régnait autour d'elle, et son âme slave qui me rappelait mes origines. Comme une mère, il me semblait qu'elle seule pouvait vraiment me comprendre.

Elle me permit peu à peu de dompter les visions qui m'assaillaient, de ne plus les craindre. “Il va revenir”, me disait-elle, “mais tu sais ce que je t’ai dit… Le temps c’est pas le même pour toi et lui, c’est pas le même.”

Je ne voulais pas comprendre ce qu’elle insinuait, seul comptait pour moi le fait qu’il revienne et que je le revoie. J’avais l’espoir qu’elle se trompe, même si elle m’avait donné la preuve sur d’autres points qu’elle faisait rarement fausse route.

Si elle acceptait d’éclairer mes orientations professionnelles ou même amicales en me mettant en garde contre les jalousies, ou en m’annonçant une rentrée d’argent, de lui, elle ne voulait pas me parler : “Toi tu sais, moi j’ai rien à dire. Écoute à l’intérieur, et tu sauras. Quand tu sens qu’il est loin, tu l’appelles, et il vient.”

Non, ça ne fonctionnait pas vraiment comme ça, car souvent j’étais envahie par le doute, la peur, le manque de lui à en crever, et je ne pouvais plus appeler personne, je restais figée dans ma souffrance, dans mon attente.

Un jour, elle me donna quatre petites bouteilles en verre, remplies d’eau et d’herbes, et quatre bougies blanches. Elle me dit de me laver le dimanche soir et de verser le contenu de la bouteille sur ma tête, puis d’allumer la bougie et de la laisser brûler jusqu’au lendemain. Il fallait répéter l’opération quatre dimanches de suite.

D’abord intriguée, je lui demandai à quoi cela servait.

– C’est pour aider la lumière.

– Quelle lumière, Dara ?

– Celle de Dieu.

Je fis donc ce qu’elle m’avait dit, car d’elle, j’acceptais tout sans jugement, et quatre semaines après, j’aperçus en effet les premières lueurs. »

19

SIGNES

Jamais ne les néglige, ils sont ta force, ta loi,
La seule qui oblige, la conscience de ta foi.

« Paris n'est pas si grand. Je me retrouvais souvent dans des endroits où nous étions passés ensemble le week-end, parfois volontairement, parfois non. Il m'arrivait par contre d'aller au bas de son immeuble, et de lever la tête pour jeter un œil sur ses fenêtres. J'espérais tout simplement qu'il soit rentré, tout en sachant qu'il ne l'était pas. Le matin, je prenais invariablement mon café ici, dégagée de toute attente, mais imprégnée de sa présence.

Je pleurais souvent, trop souvent, mais parfois j'étais emplie d'un bonheur incommensurable à l'idée seule de le connaître, de savoir qu'il existait.

Un dimanche, mon amie était venue me retrouver, et nous avions passé le pont pour longer la Seine côté rive gauche. Il faisait beau, nous avions envie de rire, j'avais envie d'oublier mon tourment. Je ne voulais rien d'autre, ce jour-là. Elle m'en avait fait la réflexion d'ailleurs, s'étonnant que je puisse avoir de l'humour. Je l'avais fait s'esclaffer lorsque, enfin, j'avais pu me moquer de moi-même, me parodiant en amoureuse transie. Je voyais là le signe d'une guérison possible.

Les bouquinistes étaient assis sous le soleil. Je m'obligeais à ne pas faire de parallèle entre ce moment, ce même lieu, et le souvenir que j'y avais avec lui. Je repoussais toute image émanant de ma mémoire pour me concentrer sur le moment présent.

Mon amie s'attardait sur les étalages verts. D'abord en retrait, je me forçai à l'accompagner dans la consultation des ouvrages exposés, pour que l'action prenne le pas sur mes pensées. Au deuxième casier du premier bouquiniste, mon cœur s'arrêta.

J'avais dans les mains un exemplaire très ancien de *Werther*, plus beau même que celui qu'il avait espéré trouver. C'était un petit livre épais datant du début du XIXe siècle, dont la reliure en cuir était vieillie à souhait. On pouvait encore en distinguer les dorures. Sur les fines feuilles jaunies, on trouvait le texte en allemand sur la page de gauche et en français sur celle de droite. Par son format, il ressemblait à un livre de messe. Sans m'en rendre compte, je commençai à trembler.

Mon amie s'approcha de moi avec l'insouciance qui m'avait quittée.

– Tu as trouvé quelque chose ?

Elle me dévisagea.

– Ça ne va pas ?

Je la regardai sans parler, le livre dans les mains. Elle s'en saisit, tourna les pages, puis n'y voyant rien de particulier, m'interrogea du regard.

– C'est un ouvrage que je cherchais depuis longtemps, lui dis-je tout bas.

– Prends-le alors, me répondit-elle.

– Non, une autre fois.

Je reposai le livre, voyant là un acte symbolique. Il fallait que cela cesse, que je me dégage de cette emprise infernale qui venait gâcher jusqu'à cette première journée de légèreté, une journée que je voulais dans le présent du soleil qui réchauffait ma peau. En laissant le livre sur l'étalage, il me semblait remporter une première victoire, celle d'un avenir qui pourrait être, sans lui peut-être, mais qui pourrait être.

– Viens, lui dis-je, il fait chaud, allons prendre un verre.

Et c'est volontairement que je passai devant le café qui nous avait accueillis plusieurs semaines auparavant, pour en choisir un autre, bien plus loin.

La journée s'est poursuivie. Nous sommes allées au cinéma et, tardivement, nous avons dîné près de la place de la Bastille. Nous étions attablées en terrasse lorsqu'un homme vint s'asseoir à la table voisine. Il lui ressemblait un peu par ses cheveux bruns ondulés, ses yeux noirs se voulant mystérieux, et ses habits de la même couleur, mais les similitudes s'arrêtaient là. Car l'originalité qui émanait de l'ensemble semblait résulter de sa volonté plus que de la grâce.

À plusieurs reprises, il nous regarda à la dérobée, et je compris vite qu'il souhaitait engager la conversation. Il profita de l'absence momentanée de mon amie pour s'adresser à moi.

Il m'expliqua qu'il était metteur en scène et qu'il avait beaucoup travaillé en Allemagne. Je lui dis que je faisais du théâtre, précisant que cette activité n'était qu'un loisir, et parce qu'il fallait bien répondre quelque chose.

Lorsque mon amie revint s'asseoir, je remarquai que cette conversation ne la dérangeait pas, et elle la poursuivit bon train. Après tout, elle était célibataire, et il se pouvait que le charme factice de cet individu puisse la séduire. Je restai volontairement en retrait, lui laissant le monopole de la parole.

Quand le serveur nous apporta l'addition, le metteur en scène se proposa de nous laisser son numéro de téléphone dans le but d'organiser une prochaine rencontre, ce qu'elle accepta.

– Comment vous appelez-vous ? lui demanda-t-elle, car nous n'avions fait aucune présentation.

– Werther, répondit-il.

J'étais penchée pour attraper mon sac posé à terre lorsque j'entendis le nom.

Je me relevai, incrédule, pensant avoir mal entendu.

– Comment dites-vous ?

– Werther, répéta-t-il. C'est mon nom de scène en fait, mais tout le monde m'appelle comme ça. D'ailleurs, aujourd'hui je me suis promené chez les bouquinistes, et j'y ai trouvé un magnifique exemplaire de mes *Souffrances*. J'en fais la collection.

Et en parlant, il sortit de la poche déformée de sa veste l'ouvrage que j'avais reposé quelques heures auparavant.

– Oh regarde, s'exclama mon amie, c'est celui que tu voulais !

– Vraiment ? dit-il en me regardant. Eh bien, je serais très heureux de vous l'offrir.

Je restai muette, blême, abasourdie, les yeux posés sur l'ouvrage.

Je pris mon sac et me levai.

– C'est très gentil, mais je ne peux pas accepter. Je dois y aller. À demain, dis-je à mon amie étonnée par ce départ soudain. Et je m'enfuis sans me retourner.

Anéantie, je rejoignis l'île en marchant d'un pas lourd. Je ne pouvais pas lui échapper, et, à en croire Dara, même la mort ne m'offrirait pas ce repos. Ce jour-là, je décidai de ne plus lutter ; contre quoi, contre qui, je ne le savais même pas. Il fallait accepter. Ce fut un début.

Non, je ne luttais plus lorsque je le vis de profil sur des photos provenant de Colombie, photos qui avaient glissé d'une chemise devant mon bureau. Je m'étais simplement levée pour aider mon collègue à les ramasser. Ces photos avaient été prises pour la plupart à Medellin lors d'un reportage sur le trafic de drogue, mais lors d'un voyage en train en direction de Bogotá, il en avait profité pour photographier des passagers. Et il était là, je l'avais reconnu, à gauche, il regardait par la fenêtre. Sur la banquette à côté de lui, une femme colombienne et ses enfants fixaient l'objectif en souriant. J'étais restée accroupie par terre, ne pouvant détacher mes yeux du cliché. Puis en me redressant, la photo à la main, je lui avais posé des questions, je lui avais dit que cette prise était magnifique, et je lui avais demandé si je pouvais la garder. Il avait eu l'air surpris, mais il avait accepté, m'expliquant qu'il en avait bien d'autres, franchement de bien plus belles, et que, comme je le savais, ils n'en garderaient qu'une ou deux pour la publication. Ces tirages n'en feraient pas partie.

J'étais rentrée chez moi le soir avec un petit trésor dans mon sac, et j'avais passé des heures à regarder son visage, sa chemise, son pantalon, son bras, son profil, son nez, ses yeux que je ne voyais pas mais que je devinais.

Je m'étais endormie en espérant voir la photo s'animer, ce qui n'arriva pas.

Je ne m'étonnai même plus lorsqu'un matin, alors que je prenais mon café ici sur la terrasse en regardant le pont, et que je pensais encore à lui intensément en me demandant quand il reviendrait, je voulus imiter Dara en décryptant dans ma tasse une quelconque forme qui pourrait m'annoncer son retour. Je vis clairement sur les contours deux êtres face à face, et, les surplombant, trois astres, comme des lunes pleines, trois cercles bruns parfaits. J'en conclus qu'il me faudrait attendre encore trois cycles de lune pour le revoir. Le soir même, la lune était pleine et, en effet, il me fallut patienter exactement trois phases lunaires pour croiser à nouveau sa route. »

Devant mon regard interloqué, elle poursuivit :

« Oui, je sais que tout cela peut vous paraître absurde. Aussi absurde que le jour où je découvris que je pouvais deviner les événements à venir pour les autres puis, plus tard, pour moi-même, en écoutant simplement mon intuition.

La première fois, ce fut pour cette même amie qui m'appela sur mon poste pour me proposer de dîner avec elle.

– Tu ne pourras pas ce soir, lui dis-je, tu vas voir quelqu'un qui compte pour toi, quelqu'un te cherche.

Ces mots étaient sortis de ma bouche sans que je les anticipe, ni les comprenne, sans intention.

– Qui me cherche ? Le rédac' chef ?

– Non, je ne sais pas, je te dis que tu ne seras pas libre ce soir.

Elle était passée me voir deux heures après pour me dire qu'elle avait reçu un appel de son frère, qu'elle ne l'avait pas revu depuis huit ans, et qu'elle avait rendez-vous avec lui le soir même pour une histoire d'héritage.

– Comment as-tu su ? C'est ce qu'avait dit Dara : tu vois.

Oui, sur ce point-là non plus elle ne s'était pas trompée, et quand je lui avais rapporté l'anecdote, elle m'avait dit : “Ce que tu vois pour les autres, garde-le pour toi, tu n'es pas là pour ça. Ce que tu vois pour toi, sers-t'en, ça t'aidera."

Et en effet, cela m'a aidée toute ma vie. »

– Et vous, savez-vous voir au-delà ?

Je ne répondis pas tout de suite, car emportée par son récit, je ne m'attendais pas à ce qu'elle l'interrompe de cette façon.

– Voir au-delà ? Au-delà de quoi ? lui répondis-je.

– Au-delà de vos yeux, savez-vous voir avec votre cœur, avec votre âme, savez-vous voir les signes ?

– Je ne sais pas. J'ai rencontré tant de personnes avec mon métier que je crois avoir développé une sorte d'intuition, mais c'est lié à mon expérience. À force, il y a des comportements que vous pouvez prévoir, des sentiments même.

– Tout le monde peut voir, vous le pouvez aussi, c'est cela « croire en la Magie Sienne ». Enlevez la peur, le jugement, l'ego, enlevez tout ce qui parasite vos pensées, et vous verrez, pour vous-même comme pour les autres. Votre âme vous parle, en permanence, mais vous ne l'écoutez pas, et pourtant elle a les réponses à toutes vos questions. Les signes vous orientent, chaque jour, mais vous ne les voyez pas, et pourtant ils vous indiquent le chemin à suivre. Si vous saviez écouter et voir, vous ne vous tromperiez que rarement. Ce n'est qu'une question de confiance envers vous-même, envers l'univers, car sachez que tout est toujours pour le mieux, même le pire.

Il était curieux d'entendre de sa bouche la réflexion que je m'étais faite intérieurement lorsqu'elle s'était absentée. « Tout est toujours pour le mieux », certes, mais « même le pire », je n'en étais pas sûre. Je lui en fis part.

– Oui, même le pire, reprit-elle, car seule la souffrance nous oblige à apprendre et à nous transformer. La joie nous fige, la souffrance nous anime, car nous cherchons à lui échapper et, par là même, nous nous transformons. Si vous envisagez chaque épreuve de votre vie comme un apprentissage, alors vous verrez qu'il n'y a plus d'épreuve, il n'y a que des leçons. À chaque fois que quelque chose vous dérange, vous peine, vous terrasse même, demandez-vous : que vais-je pouvoir apprendre de cet événement, sur les autres, sur moi-même, sur ce monde ? Et ainsi, vous danserez avec l'univers. Cette magie dont je vous parle est en vous, comme en chacun de nous, il faut juste lui ouvrir la porte, le canal, pour qu'elle parvienne à votre conscience. L'histoire que j'ai vécue est si puissante qu'elle ne m'a pas laissé le choix, mais vous pouvez décider par vous-même de lui frayer un passage. À quoi croyez-vous que servent les livres, les tableaux, la musique ? À nous divertir ? Non, ils sont là pour ouvrir une brèche, pour que nous puissions voir au-delà. Et je vous parle aujourd'hui pour les mêmes raisons. Les parents devraient apprendre cela à leurs enfants, c'est bien plus utile que de leur apprendre à marcher. Ils leur expliquent comment mettre un pied devant l'autre les yeux fermés, alors qu'il suffirait de leur apprendre à voir la lumière pour qu'ils ne se blessent pas. »

À ce moment-là, j'eus une pensée pour ma mère qui m'avait appris bien des choses, mais pas celle-là en effet, car je m'étais cognée à la vie de nombreuses, trop nombreuses fois. Quant à mon père, je ne l'avais jamais connu. Je ne lui avais pas dit, mais nous avions en commun cette absence-là, d'où peut-être la connivence qui s'était installée entre nous.

– À quoi pensez-vous ? me demanda-t-elle alors que j'étais perdue dans cette pensée.

– À ma mère. C'est une femme magnifique, mais je ne l'ai découvert que sur le tard. À mon père aussi, que je n'ai jamais connu. J'ai porté ce manque de lui comme un fardeau, et malgré mes tentatives pour m'en défaire, son absence a été présente dans les bras de chaque homme dont j'ai croisé la route.

– Raison de plus, me dit-elle.

– Raison de plus pour quoi ?

– Pour ouvrir les yeux ! Déjà que vous n'avez pas pu apprendre à marcher droit, vous avez dû tomber souvent.

Oui, c'est vrai, j'étais tombée souvent.

Et aujourd'hui, il me semblait que c'était elle qui me permettait de me relever.

20

TROIS

Que les années n'effacent les gestes de l'amour.

« Comme je vous le disais, tout est toujours pour le mieux dans l'univers, pour l'univers, si vous dansez avec lui… Et c'est ce qui se passa l'été qui suivit.

Je fis trois rencontres qui allaient parachever ce qui s'était amorcé. Avec la perspective qu'offre le temps, je sais aujourd'hui que ces rencontres étaient le fruit de la providence. De toute façon, les personnes qui croisent votre route ne sont jamais là par hasard pour vous, comme vous ne l'êtes pas pour elles. Il y a toujours un sens à leurs paroles, leur présence, leurs actions, qui orienteront votre vie un peu ou radicalement, sans même parfois que vous ne vous en rendiez compte. Et souvent d'ailleurs, ce n'est que bien plus tard que votre conscience parviendra à faire le lien, à construire un pont entre votre route et la leur.

Trois hommes sont ainsi entrés dans ma vie à quelques jours d'intervalle, sans qu'à ce moment-là en effet, je ne puisse faire aucun lien.

Un matin, j'entendis du bruit dans l'appartement au-dessus du mien, des meubles que l'on déplaçait, des objets lourds que l'on posait sur le parquet. Il y avait du va-et-vient dans l'escalier, des hommes se parlaient, et puis le silence revint. Le soir, en rentrant, j'entendis une musique, celle d'un violon ; quelqu'un s'exerçait au-dessus de moi. J'en conclus qu'il devait y avoir un nouveau locataire, et qu'il devait être musicien. Toute la soirée, je l'écoutai jouer. Parfois, il enchaînait son morceau d'une traite, parfois il reprenait inlassablement la même mesure, mais toujours avec virtuosité. Bien que les sons qui me parvenaient soient assourdis par les cloisons, je devinais la pureté, la beauté de ce qu'il produisait avec son instrument. Ce soir-là, je m'endormis au son de son violon, avec l'envie folle de poser mes mains sur mon piano. Car, comme vous le savez, un musicien qui joue en appelle toujours un autre.

C'est ce que je fis dès le lendemain. Sitôt rentrée de mon travail, je lançai mon sac sur mon lit pour me précipiter sur le clavier. J'enchaînai pendant plus d'une heure différents morceaux, et puis je laissai courir mes doigts sans anticipation, m'attachant juste à la musicalité de l'ensemble.

À peine avais-je cessé que le violon du dessus me répondit avec une kyrielle de notes ressemblant à une course folle. Je rétorquai sur le même ton en choisissant une toccata qui semblait mimer une discussion soutenue. Jusque tard dans la nuit, nous avons conversé ainsi, par instruments interposés. Ce fut un moment délicieux.

Pendant les deux jours qui suivirent, il ne joua pas, bien que je l'aie appelé par mon instrument à intervalles réguliers. Le troisième, je l'entendis à nouveau en rentrant chez moi. Il s'exerçait toujours au même répertoire, ce qui me fit penser qu'il devait avoir un public. J'allais lui répondre par un morceau que j'avais récemment travaillé quand j'entendis sonner chez moi.

Il était là, dans l'encadrement de la porte, son violon à la main, et s'il ne l'avait pas tenu, je n'aurais jamais deviné que ce puisse être lui. Petit de taille, il était un peu enveloppé et habillé comme un cow-boy, ce qui ne seyait pas à son âge – il devait avoir plus de 60 ans. Ses cheveux noirs étaient raides et son visage un peu mat.

– Je viens voir la pianiste, dit-il avec un fort accent anglais.

– C'est moi, lui répondis-je par un sourire, un café ?

– Avec plaisir, madame.

Alors qu'il entrait, je lui dis :

– Vous m'avez manqué hier.

– Ah hier, nous avons joué à Pleyel.

Je ne m'étais pas trompée, c'était un virtuose, bien que j'eusse quelque peine à l'imaginer en smoking.

C'est ainsi que commencèrent nos entrevues musicales. Il n'était à Paris que pour quelques mois, car il effectuait un remplacement dans un orchestre renommé. Il jouait une ou deux soirées dans la semaine, et le reste du temps, il s'entraînait. Il était anglais par sa mère, et d'origine indienne par son père, ce qui l'avait fait grandir en marge. La musique était venue répondre à son besoin d'autre et d'ailleurs. Sa vie n'avait été que voyages. Il exécrait les attaches, et n'avait été marié que peu de temps.

Très vite d'ailleurs, le son de son violon n'emplit plus aussi régulièrement l'immeuble, car il aimait les femmes autant que la musique. J'étais parfois étonnée qu'il puisse avoir autant de succès auprès de celles-ci, mais il m'expliqua que c'était son métier qui agissait sur elles comme un aimant. Il lui arrivait d'entretenir plusieurs conquêtes en même temps, ce qui donnait lieu à de terribles quiproquos. Mais étrangement, elles lui pardonnaient toujours. Sa personnalité tout entière inspirait l'indulgence.

Il était fantasque, drôle, et terriblement bavard, mais quand il se mettait à jouer, il se transformait. Ses yeux se fermaient, son visage devenait lisse comme celui d'un enfant, mais ses traits portaient néanmoins la gravité d'un vieillard, ses doigts vibraient sur les cordes avec une intensité qui arrêtait le temps, son violon se mettait à pleurer. Plus rien d'autre n'existait.

À chaque fois qu'il se rendait chez le luthier, il me demandait mon avis sur la sonorité de son instrument, et au fur et à mesure, je perçus des différences, infimes certes, mais bien réelles. Le son pouvait être plus rond, ou plus intense, avec plus d'amplitude, ou légèrement plus aigu. Il travaillait son instrument comme un sculpteur perfectionne son œuvre. Je ne savais pas ces choses-là.

Un jour, il m'invita à venir l'écouter jouer dans une salle parisienne. Je le vis, assis parmi les autres violonistes, au dernier rang. Je l'avais imaginé soliste, et je fus triste pour lui en pensant qu'il ne le serait jamais, son heure de gloire était passée. C'était un jeune homme fringant qui tenait le premier rôle, et il me fut bien sûr impossible de distinguer la musique de mon ami de celle de ses collègues.

Parfois, il m'invitait à partager son repas, car il aimait cuisiner, et je grimpais un étage en espérant qu'il se mettrait à jouer avant la fin du dîner. Ces moments d'exception allégeaient ma peine et magnifiaient mon attente.

Dès lors qu'il n'y avait plus de cloison entre nous, je n'osais plus toucher mon piano en sa présence. Devant tant de talent, je savais que mes doigts étaient trop lourds, et mon répertoire trop limité. Je n'avais jamais joué avec personne, ni devant personne, j'étais trop loin de l'excellence pour cela.

Il mit un certain temps à m'en faire la réflexion.

– Vous ne jouez plus ?

– Je préfère vous écouter.

– Auriez-vous honte ? Un musicien ne doit jamais avoir honte, sinon plus personne ne jouerait !

– Vous jouez avec les plus grands pianistes...

– C'est donc un honneur que je vous fais, *my dear*, vous ne pouvez pas refuser.

Je m'installai au piano avec l'embarras d'un débutant, entamant timidement une sonate sans intérêt.

– La-la-la, ânonna-t-il en se moquant de moi, la-la-la, comme c'est charmant !

Je le fusillai du regard.

– Je sais que vous pouvez jouer autrement. *Come on*, oubliez-moi, faites-moi plaisir.

Je repris avec un peu plus d'entrain un autre morceau, mais tout aussi gauchement, et je ne parvins pas à l'achever.

– Un verre s'impose ! dit-il. Je reviens.

Cette nuit-là, c'est ivres de whisky que nous avons joué des heures ensemble. Désinhibée par l'alcool, je lui offris tout mon répertoire, sur lequel il improvisa allègrement. Il m'apprit que le partage de la musique comptait bien plus encore que la musique elle-même. Nous fîmes quelques soirées mémorables. Petit à petit, il m'entraîna sur des terrains interdits, ceux de Chopin, de Rachmaninov. Ce que j'avais entraperçu toute seule durant ces dernières semaines devenait clair : je pouvais envahir les notes autant qu'elles m'envahissaient, nous pouvions nous unir.

Le deuxième homme apparut à la sortie du journal, un soir. Il était là, sur le trottoir, vieux dans un vieil imperméable, de taille imposante, il se forçait à rester droit. Ses cheveux blancs étaient ramenés en arrière, son visage n'était pas disgracieux, mais il avait un nez assez proéminent.

Il semblait attendre quelqu'un, mais le chercher tout autant, car il dévisageait ceux qui sortaient de l'immeuble. Quelques mois auparavant, je ne l'aurais sans doute pas remarqué, mais à cette période si particulière de ma vie, rien ne m'échappait, ou plutôt, tout m'interpellait.

Je fis mine de ne pas trouver quelque chose dans mon sac, pour voir si son regard était toujours posé sur moi. C'était le cas. Je m'approchai de lui.

– Vous cherchez quelqu'un ?

– Oui, mademoiselle, répondit-il, je cherche la personne qui a écrit ça ! Malgré un léger emportement dans sa voix, son ton avait conservé une certaine douceur.

Il tenait dans sa main une page déchirée de notre journal, où figurait un article critiquant un livre sorti quelques semaines auparavant, article dont j'étais l'auteur.

– C'est moi.

Il parut étonné, car sans doute ne s'attendait-il pas à ma jeunesse, toute relative par rapport à son âge. Rapidement, je me souvins que j'avais fait la critique assez acerbe d'un jeune auteur qui avait été encensé par les médias pour son écriture résolument différente et novatrice. Dans cet article, je fustigeais ce premier ouvrage, en expliquant que si facilité et modernité se conjuguaient au même temps dans notre société, il était bien dommage qu'elles se conjuguent également dans le monde littéraire. Je terminais en insistant sur le fait qu'il ne fallait pas confondre médiocrité et modernisme, assassinant l'auteur en affirmant qu'il ne pouvait en aucun cas être associé à un artiste.

– Vous lui avez fait beaucoup de tort, c'est de mon fils que vous parlez. Qui êtes-vous pour critiquer les auteurs comme ça ?

– Je suis désolée, j'ai écrit ce que je pensais, ni plus ni moins.

– Ni plus ni moins ? Plutôt moins que plus. Vous aimeriez qu'on parle de vous de cette façon ? Enfin, ça ne risque pas d'arriver, vous n'avez jamais rien écrit je présume, à part vos papiers trempés dans le vitriol.

Il s'exprimait bien mais son agitation rendait son souffle plus court. J'eus de la peine pour sa détresse, sa vieillesse, lui sur ce trottoir, moi qui ne savais que faire, que lui répondre, moi qui n'avais jamais rien écrit.

– Que voulez-vous ?

– Je voulais voir celui qui a écrit ce torchon. Je ne pensais pas qu'il aurait le visage d'un ange, mais si vous en avez le visage, vous n'en avez pas la plume.

Je me souviens de cette phrase tant elle était jolie, si jolie qu'il me parut d'emblée sympathique malgré sa colère.

– Je vous offre un café ? me surpris-je à lui proposer.

Il parut d'abord stupéfait, puis accepta. Il avait surtout besoin de parler.

Il m'expliqua que son fils traversait une dépression nerveuse qui avait commencé à la lecture de cet article, après des semaines d'exaltation suite à la sortie de son ouvrage. Il reconnut qu'il avait toujours été cyclothymique, mais que cette fois-ci, il s'inquiétait vraiment, car son état empirait, et nécessiterait sans doute une hospitalisation. Il me dit que cette critique avait jeté une vague de froid sur l'engouement médiatique succédant à la sortie du livre, et que son fils ne l'avait pas supporté.

Je lui dis que je m'en excusais, sincèrement, et que je ne pensais pas que mes écrits puissent avoir un tel impact.

– Mais, vous écrivez bien pour être lue, non ? D'ailleurs, pourquoi écrivez-vous au juste ?

– Parce que je ne sais rien faire d'autre, parce que j'aime ça.

– Et cet article, vous l'aimez ? me dit-il en regardant le morceau de journal qu'il avait posé sur la table.

– J'ai aimé l'écrire, mais je n'aime pas ce qu'il a provoqué.

– Alors à l'avenir, pensez toujours à vos lecteurs, à ce que vous provoquerez en eux par vos écrits, c'est toujours comme ça que j'ai travaillé.

– Vous êtes journaliste ?

– J'étais écrivain. Mon fils a voulu m'imiter, je crois qu'il a toujours fait un complexe vis-à-vis de moi, même quand il était petit, il a toujours cherché à me battre aussi bien avec un ballon qu'avec un stylo dans la main.

– Comment vous appelez-vous ?

Son nom ne me dit rien, j'appris qu'il avait publié trois essais parallèlement à son professorat de philosophie.

– Pourquoi n'écrivez-vous pas autre chose que des articles ?

– Je ne sais pas raconter les histoires, je n'ai pas l'âme d'une romancière.

– Alors, racontez l'Histoire, avec un grand “H”. Enfin, racontez ce que vous voulez, mais ne vous servez plus des autres pour affûter votre plume.

Nous avons échangé nos numéros de téléphone et, quelques jours plus tard, je l'ai appelé pour prendre des nouvelles de son fils. Il a été interné plus de six mois.

Pendant toute cette période, nous nous sommes vus. Il venait me chercher au journal, et nous partions nous asseoir dans un parc ou dans un café. Je décidai de ne plus jamais écrire de critique, et je commençai à rédiger mon premier ouvrage. Je lui fis lire mon premier chapitre qu'il trouva "intéressant", ce qui ne manqua pas de me décevoir.

– Mais pour qui écrivez-vous ? me demanda-t-il.

Je lui racontai brièvement que j'attendais un homme, que j'attendais son retour avec ferveur, et que sans doute j'écrivais pour lui.

– C'est ça qui ne va pas, dit-il. Écrivez pour vous.

Et c'est ce que je fis, après des heures et des heures passées à annoter, raturer et jeter de multiples feuilles blanches. Lorsque je pus rédiger comme il l'avait dit, j'écrivis ma première histoire d'Histoire. Je m'aperçus alors que je pouvais envahir les mots autant qu'ils m'envahissaient, que nous pouvions nous unir.

Le troisième homme, je l'ai rencontré lors de mon premier cours de théâtre. Nous avions le même âge. Il était très grand, brun, élancé, et il plaisait aux femmes qui le regardaient. Mais il semblait sincèrement l'ignorer. Nous formions un couple de scène assez harmonieux. D'emblée le professeur nous associa pour jouer ensemble, ce qui créa entre nous une petite connivence, une connivence qu'il ne chercha néanmoins pas à développer par l'échange de quelques paroles ou d'un sourire.

Je n'ai jamais su pourquoi il était là. Pourtant ça avait été le premier exercice du professeur :

– Vous allez vous présenter : nom, âge, profession, la raison de votre présence ici. Dans ce que vous direz, il y aura au moins deux informations erronées. Personne ne doit savoir lesquelles.

Je me rappelle avoir dit que j'étais infirmière, me rajeunissant un peu, et quand il m'avait demandé pourquoi j'étais là, j'avais répondu : pour être plus proche de celui que j'aime.

Je ne me souviens plus de ce qu'il avait choisi de dire quand il s'était présenté, mais on voyait bien qu'il mentait.

Ce n'est pas qu'il était réservé ou timide, il semblait la plupart du temps tout simplement absent, dans je ne sais quel autre monde, et lorsqu'il en sortait, il lui fallait du temps pour revenir parmi nous. Il parlait toujours très lentement. Durant les premières semaines, nous ne nous sommes quasiment pas parlé, échangeant seulement des mots de scène, qu'il avait parfois du mal à jouer.

Puis un jour, alors que le cours avait été particulièrement difficile, il m'invita à prendre un verre en face du théâtre.

À mon grand étonnement, il fut assez loquace. Il était orphelin, comme moi, ses parents d'origine juive étaient décédés pendant la guerre. Il ne se souvenait de rien. Il avait passé son enfance à la campagne, élevé par un couple d'alcooliques qui ne l'avait pas aidé à grandir. C'est sans doute pour cette raison qu'il semblait toujours perdu.

Il avait fait tous les métiers, puis il était parti dans un kibboutz en Israël, mais il n'avait pas souhaité y rester. Alors il était revenu en France et avait repris ses études tout en faisant de menus travaux pour survivre. Malgré l'obtention de son diplôme, il n'avait jamais trouvé d'emploi autre que déménageur ou serveur.

J'étais étonnée par son courage.

– Et toi, me dit-il ?

Je lui racontai un peu mon histoire, soulignant les similitudes de notre enfance.

Il avait été intrigué par ce que j'avais dit le premier jour concernant l'objet de ma présence en cours.

– C'est vrai ? C'est pour un homme que tu es là ?

– Oui, c'est vrai.

– Je ne crois pas à l'amour, je ne crois pas au couple. Ce ne sont que des schémas, inculqués depuis l'enfance. Les méduses n'ont pas besoin d'être deux pour survivre et les chats ne se marient pas, la nature parle d'elle-même.

Cette discussion nous rapprocha, et notre jeu s'en ressentit.

Peu de temps après, lors d'une visite chez Dara, elle me dit :

– Il y a un homme qui te regarde, il te veut. Un grand brun.

– Tu sais bien, Dara, que c'est impossible, tu sais que je l'attends…

– C'est toi qui dis que c'est impossible. Ça ne changera rien. Il faut t'amuser, chérie, c'est la vie.

– Je n'ai pas envie de m'amuser comme ça.

– Bah, fit-elle en levant les yeux comme elle en avait l'habitude, tu verras, tu "vellas".

Deux semaines après, nous nous sommes donné rendez-vous un dimanche dans un square pour répéter notre texte. Même si nous n'étions que des amateurs, le professeur nous avait fait comprendre qu'il n'était pas là pour perdre son temps, et que nous devions travailler en dehors de son cours pour progresser.

Après deux heures de diction ininterrompue, je lui proposai de venir dîner chez moi. Je savais qu'il avait peu de moyens, et qu'il ne pouvait pas m'inviter au restaurant. Il acheta une bouteille de vin en chemin.

C'est en préparant des pâtes dans ma petite cuisine que mon regard s'attarda sur son bras, musclé, puis sur son torse. Il portait une chemise qu'il avait retroussée, il était bronzé, et semblait détendu, presque charmant. Contre toute attente, j'éprouvai du désir, un désir charnel de le toucher. Mais je n'en fis rien.

Nous avons dîné, parlé, il était tard. Une fois la bouteille finie, il me dit :

– Je rentre chez moi ou je dors avec toi ?

Sans hésiter, je répondis en souriant :

– Tu rentres chez toi !

– Non, je ne crois pas. Va te coucher, éteins, j'arrive.

– Pourquoi ?

– Parce que sinon, tu ne voudras pas. Fais ce que je te dis.

Ce qui arriva cette nuit-là fut incroyable, aussi incroyable que les nuits qui suivirent. Mon corps, qui s'était oublié durant ces longs mois, se réveilla sous ses caresses. Lui qui paraissait être si doux, se révéla particulièrement fougueux dans l'intimité. Il devinait mes désirs bien avant qu'ils ne parviennent à ma conscience.

Insatiable, il me faisait l'amour jusqu'à l'aube, et m'apprit le plaisir comme aucun autre ne l'avait fait.

Il venait le soir, parfois tard, et partait le matin, sans rien demander d'autre qu'un café. Ces parenthèses ne minoraient pas mon attente, ni ma souffrance, mais elles apaisaient mes nuits.

Un jour pourtant, alors que nous avions bu et que nous riions, la délicieuse légèreté de ce moment m'obligea à lui dire que celui que j'attendais allait revenir, et que ce jour-là je ne le verrais plus.

– Tu crois que tu vas t'installer avec lui ? demanda-t-il naïvement, bien que sa naïveté n'en fût pas vraiment.

– Non.

– Alors quoi ? C'est quoi ton plan pour les années à venir ? Tu comptes rester seule toute ta vie ?

– Je ne sais pas.

– Tu comptes te suicider ?

– Je ne sais pas.

Il me prit par les épaules, et me regarda dans les yeux.

– Je ne sais pas qui il est pour toi, mais il faudra bien que tu vives, tu m'entends, il faudra bien que tu vives.

Et il me prit par la main pour me faire l'amour, encore ; repos de mes pensées tourmentées, mon âme au placard. Et je m'aperçus que je pouvais envahir mon corps autant qu'il m'envahissait, que nous pouvions nous unir.

Ainsi, le violoniste, l'écrivain et l'amant me délivrèrent tous trois le même message avant son retour. Car l'été passa, et il revint. »

21

SURSIS

Quand j'étreins l'idée même d'encore
te rencontrer...

« Oui, il était revenu. Un matin, je m'étais éveillée en sursaut, je savais qu'il était là, j'en étais persuadée ; dans mon rêve, je l'avais vu marcher sur le bitume parisien. Je m'étais hâtée jusqu'au café où je l'avais attendu. Et bien sûr, il n'y était pas. Alors je m'étais rendue en bas de chez lui, et j'avais vu sa fenêtre ouverte, les volets repliés. Il était revenu.

J'avais marché dans les rues, ivre de joie à l'idée qu'il soit là.

Il était revenu.

Je savais qu'il ne m'appellerait pas, qu'il passerait un matin au café de l'île pour me voir, que c'est comme ça que nous allions nous retrouver.

Alors j'attendis le lendemain matin, puis le suivant, puis encore le suivant... »

Elle me parla de l'attente, cette longue attente, trop longue, qui épuisait ses rêves. La fatigue, l'espoir qui s'écoulait doucement et suintait de ces jours qui se ressemblaient tous. Matinées douces et porteuses d'une visite qui s'échappait à chaque seconde. Et puis partir, rejoindre le pont encore, tourner la tête une dernière fois. Demain peut-être, des demains qui se succédaient sans fin, des mois entiers faits de demains semblables. Attendre encore...

Parce que de l'autre côté du fleuve, là, il y avait un homme qu'elle connaissait maintenant. Et pendant qu'elle l'attendait, assise parfois, se levant souvent, comptant les secondes, pendant que son visage tournait et se retournait, épiant les pas des marcheurs matinaux, pendant qu'elle portait un café à ses lèvres, pendant que l'eau coulait dans sa gorge, pendant qu'elle se résignait doucement à cette non-venue, il s'éveillait peut-être, il s'éveillait et s'étirait dans ses draps blancs. Ou peut-être dormait-il recroquevillé comme un enfant ? Elle savait désormais comment il dormait. Quand il se levait, ses pas résonnaient dans le long couloir sombre. Ses cheveux étaient un peu emmêlés et tombaient sur sa chemise ouverte. Ses yeux mi-clos souvent fuyaient la lumière. Il marchait en baissant un peu la tête dans ce long couloir. Mais son allure était déjà dansante car il était bienheureux, parfois il sifflait. De l'autre côté du fleuve, il y avait un homme qui s'habillait. Dans cette chambre où les tapis d'Orient étaient accrochés aux murs, où la lumière entrait par hasard sans qu'on l'y invite, il enfilait un pantalon un peu large et boutonnait sa chemise froissée. Dans quelques instants, il allait saisir ses lunettes de soleil, il préférait toujours cacher ses yeux lorsqu'ils étaient grands ouverts. Il jugerait vite, se penchant au balcon de son salon, qu'il faisait encore doux pour cette saison, qu'il n'aurait pas froid ainsi. Il chercherait ses clés sur son bureau en désordre et, d'un pas rapide, se dirigerait vers la double porte rouge. De l'autre côté du fleuve, il y avait un homme qui descendait d'un vieil ascenseur et qui sortait sur le boulevard. Il irait prendre un café là juste en face, peut-être un deuxième. Il n'était pas tard pourtant, mais il était trop tard pour elle.

« J'ai attendu, si vous saviez, les yeux rivés sur le pont, comme je vous parle là. Mon regard, toujours tendu vers ce point, à l'angle. Vous voyez, en face, l'angle du pont. J'attendais qu'il surgisse, que le bas de sa silhouette se dessine sur la pierre. Parfois je me trompais, enfin, je voulais me tromper, parce que je connaissais ses pas, son allure, d'ailleurs je n'ai fait que marcher dans ses pas. Depuis toutes ces années, qu'ai-je fait d'autre ? »

Et son regard était toujours aimanté vers ce point-là. Pendant qu'elle me parlait, j'avais remarqué qu'elle ne posait que rarement les yeux sur moi. Je m'étais dit qu'elle se parlait sans doute à elle-même. J'étais habituée à ce que l'on me parle sans me voir. L'invisibilité faisait partie de ma vie, une raison pour laquelle il m'avait été si agréable d'être dans la lumière. Mais au fond, ce n'est pas la lumière qui révèle la matière, c'est la transparence. Les projecteurs ne m'avaient finalement contentée que très furtivement.

Je m'étais donc trompée depuis le début de nos échanges. Son regard n'était ni perdu, ni vain. Son regard cherchait encore, dans cette brume de novembre, la naissance d'un manteau noir sur des pierres blanches.

« Je me rappelle avoir prié si fort pour sa venue, que lorsqu'il est apparu quelques jours après, j'ai cru être dans un songe. C'était un jour d'automne, comme aujourd'hui, on ne voyait même pas la Seine. Je l'ai vu s'approcher, derrière cette fenêtre. Il m'a souri. Il venait me retrouver.

Il aurait suffi que j'écoute à l'intérieur de moi. Quand j'y parvenais, je savais précisément s'il allait venir me voir, ou pas. Mon cœur ne se trompait jamais, mais ma tête… Vouloir ne change rien. Toute notre vie, nous voulons. L'espoir entretient le feu de notre volonté, alors qu'il n'y a qu'une attitude qui soit juste, c'est accepter. Il faut avoir mon âge pour le comprendre.

Nous nous sommes retrouvés autour d'un café, puis de deux, de trois. Nous avons passé la matinée à parler, tout à la joie de nos retrouvailles. J'ai oublié mon travail, j'ai tout oublié. Il était là et c'était l'essentiel. Il m'a raconté un peu son voyage, ses affaires, les pierres qu'il avait ramenées, mais je sentais qu'il ne me disait pas tout. Je n'étais pas certaine que ce fût le seul but de son voyage. Dans certaines de mes visions, il était en danger, et je tremblais parfois dans mon lit, je tremblais pour sa vie. Mais pour autant, je ne voyais pas l'intérêt de lui poser des questions à ce sujet.

Lui par contre m'en posa de nombreuses, et je fus heureuse de lui raconter ce qu'avaient été ces mois, la tentative de rédaction de mon premier ouvrage, certaines de mes rencontres, tout en omettant mon amant.

Mais il savait tout, il devinait tout.

– Tu as pensé à moi, beaucoup.

– Oui, lui dis-je en le regardant intensément.

– Moi aussi, j'ai pensé à toi, beaucoup. Le corps, ce n'est pas grand-chose… mais l'âme…

– Je sais.

– Je sais que tu sais, et j'en suis heureux. Tu as bien changé, conclut-il avec un sourire.

C'était vrai, sans m'en rendre compte, j'avais déjà beaucoup évolué.

Nous nous sommes quittés ici en début d'après-midi. Il m'a juste dit : “À bientôt.”

Bien sûr, je l'ai attendu encore. Il n'est revenu que la semaine d'après.

Je me souviens de ce matin où je prenais ma douche quand un mot traversa mon esprit : "métamorphose". *Métamorphose, métamorphose*, ce mot ne voulait plus quitter mes pensées, sans pour autant que je lui attribue une signification particulière. Je me préparai en sachant qu'il serait là, qu'il viendrait me rejoindre. J'en avais la quasi-certitude, et je mis un peu plus de temps à m'embellir, me maquiller, m'habiller.

Sur le pas de la porte, alors que j'allais prendre mon sac, je me dirigeai vers ma bibliothèque pour attraper un dictionnaire : "*Métamorphose : transformation, changement d'une forme en une autre.*" Cette définition ne m'interpella pas plus que ça. Et je descendis au café.

Je n'attendis pas plus d'une dizaine de minutes avant de le voir apparaître. Je m'étais installée en terrasse car le temps était encore doux, et il arriva. Il s'assit en face de moi et posa un livre sur la table.

D'un rapide coup d'œil, je vis le titre de ce vieil ouvrage corné : *Les Métamorphoses*.

Suivant mon regard, il me dit :

– J'ai ramené notre vieil ami Ovide, l'acceptez-vous à notre table ?

– Je l'y ai même convié !

Il souriait, lui seul pouvait comprendre le sens de ma phrase.

– Mais je ne saisis pas réellement la portée de ce mot, ajoutai-je.

– Pense à la chenille, à sa transformation.

– Et moi, suis-je une chenille ? demandai-je d'un ton amusé.

– Je vois déjà le bout de tes ailes, mais la métamorphose est un long processus, éreintant, douloureux.

Oui, douloureux. Et encore une fois il partit, après plusieurs heures, sans me proposer de le voir en dehors de ces murs.

Et il revint ainsi, une fois ou deux par semaine durant les trois mois qui suivirent.

Nous partagions des échanges intenses, sur tout et rien, la vie, l'amour, la mort, le serveur qui se penchait avec déférence, la lune. Il venait m'instruire, sans que je m'en rende compte. Mais à part quelques regards, quelques mots, une main sur la mienne parfois, il installait une distance que je n'osais plus combattre.

Un jour, il arriva en conquérant, bombant légèrement le torse, ses boucles brunes en bataille, son pantalon froissé, sa veste déformée par les livres qu'il transportait. Il me rejoignit au bar, et posa sur le comptoir un ouvrage épais et dense.

– Je l'ai relu, toute la nuit. Ce n'est jamais que la cinquième fois.

C'était *Ainsi parlait Zarathoustra* de Nietzsche.

Je pris le livre entre les mains.

– Ouvre-le au hasard, et lis ! Attends, installons-nous derrière, nous serons mieux.

Une fois assise, je fis défiler les pages comme on bat des cartes à jouer, puis je m'arrêtai pour commencer ma lecture au milieu de la page.

– Lis à voix haute !

– “Il ne me ferme pas les yeux, il laisse mon âme en éveil. Il est léger, en vérité, léger comme une plume. Il me persuade, je ne sais comment ; il me touche intérieurement d'une main caressante, il me fait violence. Oui, il me fait violence en sorte que mon âme s'élargit.”

– Continue.

Et je poursuivis pour m'arrêter à la fin de ce paragraphe :

– "Quand cela, puits de l'éternité ! Joyeux et effrayant abîme de midi ! Quand absorberas-tu mon âme en toi ?"

– Bientôt, me dit-il, bientôt.

Puis il se leva et partit.

Un autre matin, il était passé, mais n'était pas resté. Je fumais une cigarette sur le trottoir quand je l'ai vu apparaître, surgissant comme un diable de sa boîte. Les premières fraîcheurs de l'automne se faisaient sentir, bien que le soleil soit toujours là. C'était le jour de Kippour. Je m'en souviens car nous n'étions pas très nombreux au café, et j'ai demandé au serveur pourquoi il y avait si peu de clients. Il m'a répondu : "C'est une fête juive aujourd'hui, le Grand Pardon je crois, un truc comme ça."

Une fête juive… Je ne savais pas grand-chose des fêtes juives, je ne savais pas grand-chose de ma judaïcité, à part qu'elle avait décimé ma famille. Pourtant, j'étais juive, de sang ; étais-je pour autant juive d'âme ?

C'est en poursuivant cette réflexion que je sortis sur la terrasse avec mon café, et qu'il arriva.

J'espérais le voir, bien sûr, mais je n'y croyais pas trop ce jour-là. Pourtant je m'étais apprêtée, maquillée, j'avais envie qu'il me trouve belle, bien que je sache au fond le peu d'importance que cela pouvait avoir. Et dans l'espoir de le croiser, j'avais encore une fois prolongé cette venue matinale un peu plus qu'il ne l'aurait fallu.

Il est arrivé en vélo et en est descendu pour me saluer. Le froid avait fait couler quelques larmes au bord de ses cils. Je le lui ai fait remarquer.

– Quelle importance, ce n'est pas grave, si ?

Il semblait de mauvaise humeur, pressé, préoccupé.

Je l'invitai à se réchauffer à l'intérieur, pensant ainsi prolonger ce moment ne serait-ce qu'un peu.

– Non, je suis pressé, j'ai des affaires à régler. Et toi, tu ne travailles pas ?

Ne sachant que répondre à cette présence tardive, je répondis :

– C'est Kippour aujourd'hui.

Il me regarda d'un air perplexe.

– Eh bien moi, c'est la Sainte-Trinité qui me guide aujourd'hui.

Puis d'un geste leste, il enfourcha son vélo et disparut sans aucun autre commentaire.

L'eau qui perla à mes yeux, quelques instants après, n'avait rien à voir avec le froid matinal. Je restai là, hébétée sur ce trottoir, puis lasse, terriblement lasse. Je partis vers le quai sans régler les trois cafés consommés, et sans même le noter.

Kippour, le Grand Pardon, pourquoi était-il passé aujourd'hui ? Quel était le sens de ses propos ? La Sainte-Trinité ? Faisait-il référence à cette élévation de l'âme qu'il m'avait si longuement expliquée, et dont le Saint-Esprit était pour lui le symbole ?

Peut-être ne s'attendait-il pas à me voir. À cette heure-là, en général, j'étais partie. D'ailleurs, la force me manquait terriblement pour traverser Paris et me rendre au journal.

Il y avait peut-être quelque chose à comprendre dans cette journée, cette journée qui me ramenait à mes origines, si longtemps oubliées. Cette rencontre était-elle un châtiment ?

Cette attente, cette souffrance, cette exaltation, qui me tourmentaient sans cesse venaient-elles me punir de cet oubli à ma mémoire ?

Je descendis sur le quai, alors que le soleil réchauffait doucement la pierre, et tout en fixant la Seine, je m'assis là, au bord de l'eau.

J'attendis, un signe, une pensée. J'attendis une bonne partie de la journée. Je scrutais les passants, les bateaux, le ciel, la forme des nuages pour trouver une réponse. Mais rien ne venait, rien ne se passait. À un moment, je me dis que j'étais sans doute en train de perdre la raison, et qu'il n'y avait que cela à comprendre. Transie, fatiguée, complètement perdue, je rentrai chez moi dans une solitude pire encore. Je pris tous les écrits que j'avais rédigés pour mon premier livre et je les déchirai.

Sans faire le lien sur le moment, deux ou trois jours après, j'en commençai un nouveau sur la Pologne d'avant guerre, sur les ghettos, celui de Varsovie, sur mon histoire, celle que j'avais voulu oublier.

Une autre fois, il me téléphona au journal pour m'informer d'un déplacement qu'il avait la semaine suivante, précisant qu'il ne serait pas là. Je fus si étonnée de cette attention que j'en restai sans voix. Depuis quand me prévenait-il de ses allées et venues ? Je ne savais même pas ce qu'il faisait de ses week-ends, ce qui me peinait atrocement, et me tourmentait sans cesse. Parfois, je voyais mon amant pour me divertir, pour oublier qu'il ne souhaitait pas être à sa place. Je faisais l'amour avec rage, pour évacuer cette tristesse poisseuse par les pores de ma peau, je m'éreintais dans l'étreinte, je me soûlais de sexe. Mais quand j'ouvrais à nouveau les yeux, son image, son odeur, ses mots étaient toujours là, flottant autour de moi. Et heureusement, l'amant partait.

Mais il avait appelé, et je craignais que la raison invoquée ne soit pas véritable.

À ma grande surprise encore, il me demanda de lui décrire ce que je faisais lors de mes cours de théâtre, ce que j'étudiais, ce que je ressentais en montant sur scène.

La conversation se prolongeait et je dus transférer l'appel dans un lieu plus tranquille. Et comme d'habitude, les mots sortirent de ma bouche avec une incroyable volupté, avec une aisance que je n'avais que pour lui. Puis il me posa des questions sur la musique, sur le piano, sur mon écriture. Et là encore, je lui décrivis tout ce qui se produisait en moi avec justesse, sincérité, avec une émotion qui surgissait du tréfonds de mon cœur. Et il me répondait avec l'exactitude de celui qui sait, qui entend des mots qu'il aurait pu prononcer lui-même, qui n'avait pas même besoin de ces mots-là.

En raccrochant, je vis des points lumineux tout autour de moi, intensément lumineux. Il y en avait tant, comme un ciel étoilé. Je me frottai les yeux mais ils ne disparaissaient pas. Ils se mouvaient tout doucement dans l'espace. Je me retournai, il y en avait derrière moi aussi, il y en avait partout. Je crus que j'allais m'évanouir, mais il n'en fut rien. Alors je m'assis pour contempler le spectacle de ces points qui dansaient, certains étaient plus intenses que d'autres. Puis ils se regroupèrent dans une sorte de tourbillon, pour disparaître.

Je n'ai jamais su ce que c'était.

Un jour de novembre, alors qu'il était encore venu ici, je m'enhardis en lui proposant de passer chez moi le samedi suivant. Je voulais lui faire rencontrer mon violoniste, je voulais qu'il entende ce chant sacré, je voulais l'entendre jouer aussi. Je pensais qu'il allait refuser, mais il accepta.

– Viens avec un instrument, ce sera une soirée musicale.

– À quelle heure ?

– Vers 20 heures, ça ira ?

– Je serai là.

Je partis avec ces trois petits mots en tête : “Je serai là.”

Il allait venir, revenir chez moi, enfin. Et il y aurait de la musique, et il y aurait du vin, et il y aurait peut-être de l’amour charnel.

Le samedi suivant, journée interminable, je passai voir Dara en début d’après-midi pour lui annoncer cette formidable nouvelle.

Mais mon état d’exaltation s’éteignit comme une flamme sous un souffle lorsque mon regard croisa ses yeux bleu nuit. »

22

CETTE NUIT-LÀ

Ta bouche comme un archet,
mes lèvres tel un violon.

« En arrivant chez moi, j'avais préparé quelques mets apéritifs, et j'avais bu un peu de vin pour tenter de me calmer.

Les minutes défilaient lentement, mais pourtant trop vite car j'appréhendais autant sa venue que je la souhaitais. Et puis mon ami violoniste était descendu pour me tenir compagnie. Je m'étais assurée de sa présence pratiquement chaque jour, je l'avais presque supplié de ne pas oublier qu'il devait venir ce samedi. Car il était volage et étourdi, je l'avais compris depuis longtemps. Mais mon insistance inhabituelle ne pouvait pas lui échapper. Il avait même sans doute deviné les sentiments que j'entretenais à l'égard de cet homme, et il était là, resplendissant, m'offrant le meilleur de sa forme.

Nous avons conversé, ou plutôt, comme à son habitude, il a parlé, mais ce soir-là je ne l'écoutais pas vraiment, regardant ma montre sans cesse, craignant qu'il ne vienne pas.

– *You are so nervous ! Because of this man ?*

– C'est l'homme le plus important que j'aie jamais rencontré, lui dis-je.

– *Oh, I am shocked, I thought it was me !*

Il m'avait fait rire. Je crois qu'il aurait bien voulu que je fasse partie de ses conquêtes, et il pouvait se montrer charmeur parfois. Mais il savait plus ou moins que j'avais déjà un amant, et il se doutait qu'il était inutile d'insister. Il ne m'avait d'ailleurs jamais mise dans un quelconque embarras.

Et puis on sonna à la porte. Il était là, devant moi, portant une petite valise en cuir noir défraîchie. Il avait fait quelques efforts de présentation, ses vêtements n'étaient pas froissés, il portait de nouvelles chaussures, et ses boucles brillantes s'ordonnaient harmonieusement autour de son visage. De mon côté, j'étais volontairement restée sobre, arborant une tunique gris perle et un jean.

Un jour où il portait un pantalon dans lequel il ne se sentait pas à son aise, nous avions eu une longue conversation sur les vêtements.

– Il y a définitivement des vêtements qui ne veulent pas de nous, avait-il dit. Ce n'est pas la coupe, ce n'est pas l'étoffe, on a beau aimer les regarder, lorsque l'on tente de se les approprier, ils nous rejettent. Et plus on insiste, plus les porter devient désagréable. Tant pis pour eux, ils sont victimes de leur sale caractère, ils finissent oubliés dans un placard. Au fond, c'est peut-être ce qu'ils souhaitent. Ils ne sont pas intéressés par la lumière.

J'avais alors passé mentalement en revue ma garde-robe, cette robe marron que j'avais fini par abandonner, ce pantalon blanc à rayures dans lequel je me sentais inévitablement gauche. Et puis, ses mots, comme toujours, avaient fait leur chemin dans mes pensées. Il ne parlait pas seulement des vêtements, il parlait des hommes.

Il avait apporté son saxophone. Je les ai présentés. Je savais que mon ami lui plairait, son originalité, son esprit fantasque, ses origines lointaines. En quelques minutes, ils se parlaient comme s'ils se connaissaient depuis toujours. J'étais là avec eux, entre eux, heureuse d'avoir provoqué ce joli moment. Je leur servais du vin qu'ils buvaient vite, je buvais aussi, plus enivrée par leur présence que par l'alcool. Ils se posèrent maintes questions, et autant je ne fus pas surprise que mon ami violoniste y réponde, autant je fus sidérée que mon invité tant attendu puisse parler avec autant de facilité de son enfance, de ses parents, de ses activités. Je n'avais jamais osé aborder certains sujets avec lui, et voilà qu'il dévoilait des pans entiers de sa vie sans la moindre retenue. Il aurait sans doute suffi de lui poser ces questions-là. Pourquoi ne l'avais-je pas fait ? Par pudeur plus que par manque d'intérêt, c'était certain.

Il parla de son père, le patriarche, de sa mère effacée, de ses frères si différents. De son enfance, de son adolescence aussi, et je fus ébahie lorsqu'il évoqua une brasserie à la mode à Paris, boulevard Saint-Germain, qu'il avait beaucoup fréquentée la même année que moi lorsque j'avais repris mes études. Nous avions donc déjà dû nous retrouver dans la même pièce, peut-être son regard m'avait-il fixée sans que je m'en aperçoive. Combien de fois nous étions-nous déjà croisés ?

Je lui en fis la réflexion, et il se mit à rire.

– D'où cette impression de déjà-vu, dit-il ironiquement.

Et puis, j'avais demandé au violoniste s'il voulait bien jouer, pour lui, pour moi.

Et comme il aimait que l'on admire son art, il sortit son violon de son écrin dès que je lui en fis la demande.

Après quelques notes d'échauffement et d'accordement, il se mit à jouer, à enchaîner tous ces morceaux que je connaissais désormais par cœur. Mais il jouait encore mieux lorsqu'il avait bu de l'alcool. C'était, comme toujours, un moment de grâce intense, et depuis la première fois où je l'avais écouté, j'avais toujours espéré qu'il puisse l'entendre. Pas une fois je n'avais été bercée par la musique de ce violon sans penser à lui.

Ce soir-là, le violon chanta, pleura et implora, racontant nos étreintes et nos fuites, l'attente et les larmes, les joies furtives qui s'évanouissent avec le temps.

Il l'écoutait, ému, et je le regardais. Il tourna alors son visage vers moi, et ses lèvres dirent imperceptiblement “merci”. Puis, il me regarda intensément, et ses lèvres s'agitèrent à nouveau lentement. J'entendis un murmure : “Toi… Toi…” Puis il baissa les yeux.

Nous l'avons applaudi de tout cœur, et je lui resservis un verre pour lui exprimer ma gratitude.

– *But, you know*, elle joue aussi. L'avez-vous déjà entendue ?

– Jamais, répondit-il en me fixant.

Je déclinai son invitation, agitant mes mains devant moi en signe de négation.

– *I love playing with her !* Allez, venez ma chère, chacun son tour.

Les quelques soirées où nous avions longuement joué ensemble nous avaient rodés, et j'avais désormais quelques morceaux à mon répertoire qui pouvaient accompagner son instrument tout à fait honorablement.

À l'instant où je posai mes mains sur le piano, je sus que je ne m'étais entraînée pendant toutes ces semaines que pour ce moment, pour qu'il nous entende.

Nous lui avons offert un joli récital et je vis dans ses yeux de l'étonnement et de la fierté.

– C'est beau, dit-il lorsque nous nous sommes arrêtés.

Il sortit alors son saxophone, et après quelques essais, nous nous mîmes tous les trois à jouer un air de jazz. Je les accompagnai comme je pouvais, tentant de mettre en avant leurs solos respectifs. Le mélange du violon et du saxophone n'était *a priori* pas évident et il nous fallut un certain temps pour trouver nos marques mais, à la fin, le jazz nous emporta et nous clôturâmes la session dans un grand éclat de rire.

C'était de la joie à l'état pur.

– Mais tu joues du piano toi aussi, lui dis-je enhardie par cette communion festive. Joue pour moi.

Je me levai pour lui laisser ma place.

Il plaqua quelques accords, puis commença à jouer un air de variété connu.

Mais alors que la chanson arrivait à sa fin, ses doigts se mirent à se mouvoir lentement sur les touches. Sans doute composait-il, comme je le faisais désormais si souvent.

Je m'assis alors près de lui, puis posai mes doigts à côté des siens.

Nous avons joué ainsi des heures, jusqu'à l'aube, sans une seule fausse note. Vous qui êtes musicienne, vous saisissez l'improbabilité de ce que je vous raconte, n'est-ce pas ? J'étais dans un état second, j'ai juste entendu vaguement ma porte claquer, en déduisant que mon ami était parti sans vouloir nous déranger. Chaque note, chaque accord qu'il composait trouvait écho dans toutes les notes, tous les accords que je lui offrais. Il me semblait avoir quatre mains. Ce n'était pas de l'anticipation, je ne devinais pas : je savais, et il savait.

Et ce fut si incroyable que nous nous en amusions. Il changeait, ou je changeais brutalement de tonalité pour nous dérouter, mais sans jamais y parvenir puisque l'autre savait, les yeux fermés, avant même que la main ne s'abatte sur les touches, qu'il devait modifier son parcours.

Puis l'aspect ludique de la situation s'effaça, l'unisson de notre musique nous emportant en des contrées lointaines, dans le tourbillon des âmes qui se retrouvent pour se lier à jamais.

Nous avons composé notre dernier accord dans cette parfaite harmonie, puis nous sommes restés silencieux un long moment, assis côte à côte, abasourdis par la magie de ce qui venait de se produire.

Il s'est levé.

– Je pars demain.

– Comment ça ? dis-je alors que mon cœur se serrait déjà à l'idée de cette douloureuse absence.

– Je pars au Kazakhstan.

– Longtemps ?

– Je ne sais pas, je pense, oui.

– Il y a des pierres là-bas ?

– Oui.

Je ne savais plus que dire.

– Je vais y aller, ajouta-t-il doucement.

L'idée qu'il s'en aille me fut insupportable. Je me levai prestement pour me retrouver face à lui.

– Tu… tu veux rester ? arrivai-je à demander mue par cette terrible nouvelle.

Il posa sa main sur mon visage, et me regarda.

– Non, il ne le faut pas et tu le sais. Je veux que tu vives cette fois, je veux que tu vives longtemps. Je veux que ça cesse.

Je ne comprenais pas ce dont il parlait. Je voulais simplement qu'il reste et son refus déchira ma poitrine. *Que ça cesse ?* Qu'entendait-il par là ? Que nous cessions de nous voir ? Comment pouvait-il l'envisager ? Comment cette possibilité était-elle envisageable pour lui alors qu'elle était tout simplement absurde pour moi ? Que, pour moi, cela équivalait à la mort.

Il retira sa main, prit la mallette de cuir noir posée au sol, et se dirigea vers la porte.

Je ne bougeai pas, incapable de faire un seul geste, figée dans ma douleur. Je songeais déjà à la seule issue possible.

J'entendis la porte s'ouvrir.

– Non, tu vivras, dit-il comme on prononce une sentence, devinant une ultime fois mes pensées.

Puis la porte se referma. Il était parti. »

23

DES ESPOIRS

La tristesse et uniquement cela.

« L'hiver arriva tristement. J'écumais mon chagrin chaque jour.

Tous les matins je venais ici, en ayant le sentiment d'avoir rendez-vous avec son souvenir. Je ne l'attendais plus, mais j'espérais encore son retour. Il me semblait désormais que seul l'oubli offrirait un dénouement à cette souffrance, mais je ne savais comment l'invoquer, et j'avais bien compris que le temps ne viendrait pas à mon secours.

Peu à peu, les visions et les rêves qui m'avaient permis de me sentir proche de lui, s'étaient estompés. Il était parti de mon pays des songes aussi. Il m'avait laissée là, seule, désemparée, complètement désorientée.

Dès le lendemain de son départ, je compris que la musique, la lecture, et l'écriture augmentaient ma douleur, car l'exaltation qu'elles produisaient me rapprochait de lui, de son esprit, de ses mots. Je ne pouvais plus poser les doigts sur mon piano sans me souvenir de cette incroyable nuit, je ne pouvais plus lire sans penser à ses ouvrages, je ne pouvais plus écrire sans entendre sa voix.

Je décidai alors de vivre sans notes et sans mots.

Les articles que je produisais étaient dénués de tout affect, sans saveur, ils n'étaient qu'une succession de descriptions.

On m'en fit la réflexion, à plusieurs reprises. Mais je ne m'en souciais guère, je n'avais même pas peur qu'on me licencie. Je ne savais plus pourquoi j'étais sur cette terre.

Je vous l'ai dit, je sais très bien ce que vous ressentez aujourd'hui. Et croyez-moi, l'état dans lequel je me trouvais alors était bien pire.

Mon amie me tint compagnie durant ces longs mois. Mais je n'osais plus évoquer ce que j'avais vécu, ni ce semblant d'espoir qui persistait malgré tout, je ne parlais plus de lui à personne.

Même Dara, à qui je continuais de rendre visite, gardait le silence en ce qui le concernait.

J'étais allée la voir, le dimanche après son départ. J'avais pleuré, beaucoup.

– Il est parti, lui avais-je dit.

– Je sais, chérie.

Elle m'avait consolée, et même si j'avais bu l'un de ses cafés, elle n'avait pas tenté d'y lire quoi que ce soit.

Un jour pourtant, elle me dit :

– Il faudra que tu ailles voir Madeleine, plus tard, tu n'es pas encore prête.

– Qui est Madeleine ?

– Elle voit des choses que je ne sais pas voir. Elle voit les autres vies, ça t'aidera.

Et elle m'avait donné son numéro de téléphone que j'avais conservé dans mon calepin. Mais à ce moment-là, pour être honnête, je me dis que je n'irais jamais lui rendre visite, car j'en avais assez de l'indicible et de l'étrangeté qui avaient envahi ma vie, bien terrestre, elle, et bien insupportable.

Une autre fois, elle me dit :

– Il y aura un homme pour toi, chérie, un homme bien. Il t'aidera, beaucoup.

Ce à quoi je lui avais répondu que sa prédiction était peut-être agréable à entendre, mais que je n'attendais plus rien de la vie, ni des hommes, et surtout pas d'un homme. Et que je ne voyais pas comment cela pourrait être possible, car je ne pouvais appartenir à personne d'autre.

– C'est vrai, répondit-elle, tu peux appartenir à personne d'autre, mais tu peux partager ta route avec un autre. Tu verras, tu "vellas", comme elle disait toujours.

Même mon ami violoniste se tenait à l'écart. Il me proposait de partager son dîner parfois, et il m'arrivait aussi de cuisiner pour lui, mais il comprit, car il avait un esprit avisé, que la musique n'était plus la bienvenue chez moi. Lorsqu'il descendait, il venait sans son violon, lorsque je montais, l'instrument était toujours dans son étui.

Il ne l'évoqua qu'une seule fois.

– On peut fuir la musique, mais elle nous rattrape toujours. C'est un professionnel qui vous le dit !

– Ce n'est pas la musique que je fuis, avais-je répondu.

– Oh, dans ce cas, vous avez juste mis une sourdine !

Il m'avait fait sourire.

L'écrivain, quant à lui, s'enquit de ma progression littéraire en me rendant parfois visite. Je lui mentis en lui expliquant que j'avais pour le moment trop de travail pour me consacrer à mon ouvrage.

– C'est bien dommage, car vous avez une jolie plume.

– Une plume d'ange alors ? lui dis-je sur un ton ironique.

– Une plume qui pourrait permettre à vos lecteurs de s'envoler.

Il était cependant très préoccupé par l'état de son fils, qui ne s'améliorait pas particulièrement, et je sentais que toute son énergie et ses pensées étaient accaparées par cette douloureuse situation. Il avait besoin de se confier à moi, et profitait de nos entrevues pour me demander des conseils, ou pour s'assurer que son comportement envers lui était adéquat.

– J'ai peur qu'il ne commette l'irréparable, m'avait-il confié un jour.

– On ne peut forcer personne à vivre, lui avais-je répondu abruptement, pensant plus à moi-même qu'à son fils et ne mesurant pas la dureté de mon propos. Car il m'arrivait d'être en colère, contre qui, contre quoi, je ne le savais pas, sans doute plus que tout, contre moi-même.

Je m'en voulais de ne pas parvenir à échapper à la pénibilité des jours et des nuits qui se succédaient.

Car mes nuits, elles aussi, étaient devenues pénibles. Mon amant, que j'avais tenu à distance lorsqu'il était revenu, était réapparu petit à petit. Je ne me sentais pas la force de lutter contre sa présence.

Il me permettait de m'enivrer d'un peu d'alcool et de stupre.

Il venait, comme à son habitude, le soir. Nous buvions quelques verres puis nous allions nous coucher. Il me faisait l'amour toujours avec autant de fougue, mais la plupart du temps, je n'arrivais plus à m'abandonner. Il me semblait que le plaisir qu'éprouvait une partie de mon corps ne parvenait jamais à se répandre sur son ensemble. Et cette frustration, une fois l'acte achevé, me minait nuit après nuit. Cet amour sans amour est pire que la solitude, car le corps ne peut jamais convaincre l'esprit, mais ça, vous le savez déjà.

Un jour, il m'aida à acquérir une petite voiture, car j'éprouvais de plus en plus le besoin de m'échapper de la capitale et par là même des souvenirs qu'elle renfermait. À part aux cours de théâtre qui avaient lieu le soir, et dans mon appartement qu'il fréquentait la nuit tombée, nous ne nous rencontrions jamais. Mais il m'avait proposé son aide pour cette acquisition, et je savais qu'une présence masculine dans ce domaine m'aiderait à faire le bon choix.

Il en conclut sans doute qu'il prenait peu à peu part à ma vie, car il commença à s'éterniser le matin, notamment lors des week-ends. J'assistai alors sans réagir à l'invasion progressive de mon appartement et de ma vie, sinon en lui signifiant parfois que j'avais besoin d'aller marcher dans une forêt quelconque, seule, décision qu'il respectait sans sourciller.

Je me demandais s'il avait toujours la même vision du couple et des méduses, mais je n'osais pas lui poser la question, de peur de le voir démolir une théorie qui m'avait sans doute aidée à l'accepter dans ma vie, et dont la déconstruction m'amènerait inévitablement à l'en faire sortir.

Mais pourtant, malgré tous ces efforts, malgré ma hargne, mon désespoir, la lassitude des larmes, mon silence, mon abnégation même, c'était comme si je tentais de refermer une porte, et qu'il avait laissé son pied dans l'entrebâillement, lui, celui qui était parti, mais qui était pourtant toujours là.

Les semaines passèrent ainsi, nous étions en janvier. Je m'étais dit qu'il rentrerait certainement pour les fêtes, mais il ne vint jamais me voir ici, et je m'étais juré de ne plus jamais marcher sous ses fenêtres. »

Elle marqua une courte pause.

Puis elle m'expliqua qu'un jour, c'est en tournant et retournant sur les rues de l'île avec sa voiture, c'est en cherchant une place où la garer, tournant elle aussi sa tête de droite et de gauche pour apercevoir un espace vide entre les véhicules, c'est en tournant son volant à droite qu'elle le vit. Elle vit d'abord son visage, son beau visage, son profil, et la neige tombant sur ses cheveux, la tête un peu penchée pour éviter les flocons encore épars. Et cette vision tant espérée parvint à sa conscience avec un léger décalage, car des mois d'attente se concentrèrent dans ces microsecondes. Mais, alors qu'elle venait à peine de reconnaître le visage de celui qu'elle avait espéré, rêvé, cherché, attendu à en suspendre toutes les heures de tous les jours et semaines, les mois, les années aussi, son regard glissa, dans la même microseconde, des yeux à la main, la main qui s'avance pour saisir une taille, une taille si fine d'un corps marchant à quelques pas d'avance. Et son regard alors remonta sur son regard à lui, ce regard doux, tendre, épris. Le regard de celui qui saisit celle qu'il aime avec la certitude de sentiments réciproques, le regard de celui qui ne se trompe pas à cette microseconde même. Et la voiture tourna à droite malgré elle, emportée dans son élan motorisé. Elle roula encore quelques mètres.

Ne se souciant plus d'avoir à trouver une place autorisée, elle stoppa là, saisie d'abord au cœur par une immense douleur. Le mal fracturait les artères, les muscles, s'insinuait dans son sang. Incapable d'agir, de penser, elle resta assise là à regarder tomber la neige s'agglomérant sur le pare-brise. Elle ne pleura pas à ce moment-là, mais finit par descendre de son véhicule, portée par sa douleur, témoin de cette vision insupportable. Sans doute à ce moment crut-elle échapper à l'horrible spectacle de cette scène hivernale en quittant le fauteuil d'où elle l'avait observée. Elle fit quelques pas et s'engouffra dans le restaurant où elle était attendue. Mais en retirant son manteau, elle sentit que le mal montait dans sa gorge pour atteindre ses yeux, alors elle se précipita sans dire un mot dans les toilettes à l'étage. C'est en courant qu'elle se jeta sur la porte, et malgré la douleur, les larmes naissantes, elle ne put s'empêcher de penser, enfin, que cette scène face à une cuvette émaillée était aussi pathétique que les mois d'espoir absurdes qui l'avaient précédée. Finalement elle pleura, tout en sachant qu'aucun soulagement ne viendrait de cette eau-là non plus. Elle ne pleura donc pas très longtemps.

Elle essuya ses yeux dans le miroir qui lui faisait face, tentant d'enlever le noir qui les cernait.

Puis elle se décida à faire face, épuisée, lasse, vaincue.

En descendant les marches, son mouchoir humide lui échappa. Elle se baissa alors pour le ramasser. Tout en bas, sur le mur, il y avait une empreinte de main grossièrement dessinée dans une teinte ocre. Et sous cette main, un mot, comme la signature de l'artiste qui avait orné les murs de ce petit restaurant rénové. Un mot d'une belle calligraphie qui n'était pas une signature.

« Métamorphose », voilà ce que le peintre avait écrit.

– Oui, métamorphose. Ce restaurant existe toujours, à deux pas d'ici, dans la rue Saint-Louis-en-l'Île, vous irez voir. Ils n'ont jamais repeint, vous pourrez encore lire ce mot sur le mur.

– Encore un signe. Mais vous deviez être... Je ne trouvai pas l'expression exacte.

« Oui, dit-elle en soufflant, les jours et les semaines qui suivirent furent atroces. Bien sûr que de le voir avec une autre femme avait été cruel. Mais ce qui m'était encore plus insupportable, c'était le doute : mon esprit malade avait-il monté cette histoire de toutes pièces ? Avais-je tout simplement aimé quelqu'un qui ne m'avait pas aimée ? Ces interrogations étaient légitimes. J'étais bouleversée depuis des mois, je ne m'appartenais même plus, et je me reconnaissais de moins en moins. Qui étais-je ? Qui était-il ?

C'est dans cet état d'esprit qu'un an jour pour jour après cette impensable rencontre à la croisée de nos chemins, je l'appelai pour lui demander un rendez-vous, un rendez-vous qu'il accepta. »

24

À DIEU

Écoute, je crie encore…

« Nous nous sommes retrouvés dans un café en bas de chez lui une heure après mon appel. Il ne m'avait même pas demandé la raison de cette entrevue. Je lui avais juste dit : “Il faut que je te voie”, et il avait répondu : “D'accord, dans une heure.”

J'étais un peu en avance. Lorsque je m'assis seule à la table, je remarquai que j'étais étonnamment calme, sereine. Je n'attendais rien de cette rencontre, je n'attendais plus rien. J'avais été anéantie par ces longs mois de souffrance. Je voulais juste lui dire ma folie, je voulais qu'il me libère, je voulais qu'il soit devant moi un homme comme un autre qu'il me serait facile d'oublier.

Il arriva à l'heure dite, ses cheveux étaient désormais courts, les boucles brunes avaient disparu. Il avait maigri, ses traits étaient tirés, et malgré son sourire, je perçus une infinie lassitude dans ses yeux sombres. Son allure pourtant était plus soignée. Il portait une écharpe rouge que je ne lui connaissais pas.

Il ne me salua pas, s'assit en face de moi et garda le silence. Il attendait que je parle.

– Tu m'as dit que je devais vivre, mais je n'y parviens pas.

Il ne répondit pas, il me regardait, il savait déjà. Je baissai les yeux.

– Tu… tu as dit que tu voulais que cela cesse, c'est ce que je voudrais aussi.

Il restait muet. J'allai plus avant :

– Peut-être pourrais-tu m'aider ? C'est pour cette raison que je suis là.

Son silence fit taire ma pudeur. Et je poursuivis en lui expliquant comment son image se réinventait sans cesse sous mes yeux depuis le premier jour, la première heure, la première seconde où je l'avais vu, comment le souvenir de lui coulait dans mes veines comme un vin doux, et pourtant parfois si âpre, comment je n'arrivais plus à vivre comme j'avais vécu avant lui, ne sachant cependant pas comment vivre après lui.

Je lui dis mes visions, mes rêves, les signes qui se multipliaient sans cesse. Je lui parlai de l'attente sur l'île chaque matin, et de ma probable démence. Puis je lui dis que j'avais juste envie de mourir pour trouver le repos, enfin.

Lorsque je prononçai mon dernier mot, je fus exténuée mais aussi soulagée d'avoir ancré dans la réalité de ma parole ce qui ne l'avait pas été durant toutes ces années.

J'attendis qu'il parle, à son tour.

– Je sais, c'est une prison.

Oui, voilà, une prison, j'étais emprisonnée, le terme était exact. Mais il ne semblait pas emprisonné, lui, il aimait une autre femme, il poursuivait sa vie.

– Je suis venue chercher la clé, aujourd'hui. L'aurais-tu ?

– J'ai rencontré quelqu'un, murmura-t-il.

– Je sais, je vous ai vus.

– Je sais que tu nous as vus.

Comment, je ne le savais pas, par contre. Car depuis cet épisode infernal, je limitais mes déplacements sur l'île au minimum, je ne me rendais plus ici, j'évitais même de me promener dans la capitale. Je ne voulais plus rien voir, plus le voir, espérant ne jamais revivre cette déchirure.

– Je suis heureux, ajouta-t-il sans que son visage en témoigne. Nous allons sans doute nous marier. D'ailleurs je pense quitter Paris définitivement.

Oui, continue, me disais-je, continue, tu vas me guérir, même si je souffre, tes mots vont me guérir à jamais, comme une ultime intervention chirurgicale.

– Je suis touché que tu aies pu avoir de tels sentiments à mon égard, reprit-il. Mais ça passera, toi aussi tu rencontreras quelqu'un qui te rendra heureuse.

Lors du court silence qui suivit, je répétais intérieurement sa dernière phrase.

– Merci, lui dis-je enfin, merci d'avoir pris un peu de ton temps. Je vais aller mieux maintenant. Nous ne nous reverrons sans doute pas, je te souhaite beaucoup de bonheur dans ta nouvelle vie.

J'avais prononcé ces derniers mots avec conviction. Je souhaitais juste que le traitement soit efficace, je voulais partir, c'en était fini.

Je me levai quand il saisit mon poignet avec force, m'obligeant à me rasseoir.

Stupéfaite, je le regardai sans comprendre son geste, tout en suivant le mouvement qu'il m'obligeait à faire.

– Tu es toujours digne, toujours si digne, dit-il.

– J'ai toujours voulu l'être pour toi.

Son regard se transforma, ses yeux retrouvèrent cette profondeur que je leur connaissais, tout en s'assombrissant.

– Écoute bien ce que je vais te dire, enregistre mentalement chaque mot que je vais prononcer, même si tu ne comprends pas tout aujourd'hui, tu comprendras un jour. Je vais commettre un sacrilège, mais je te l'ai dit, cette fois il faut que tu vives, et c'est pour que tu vives.

J'étais suspendue à ses lèvres, bouleversée par la tournure que prenait cette conversation que j'avais voulue banale, car seule la banalité pouvait me sauver.

Voilà ce qu'il a dit, mot pour mot :

– Je te connais depuis très longtemps, et tu me connais depuis très longtemps. À chaque fois que nos routes se croisent, je te donne la connaissance, et à chaque fois tu en meurs. Cette fois, tu vas vivre. Cette fois, je ne t'aimerai pas. Lorsque nous nous retrouverons, nous serons enfin en paix. Nous ne reviendrons plus. Mais, tu dois parcourir ton chemin, tu vas encore grandir, et surtout tu dois transmettre. N'oublie pas ce mot, tu dois transmettre. Mais tu n'écriras pas sur moi, n'est-ce pas ? Tu portes mon héritage. Tu sauras quoi en faire quand le moment sera venu.

Il a lâché mon poignet, il s'est levé, et sans ajouter un mot, il est parti. Je ne l'ai pas suivi du regard.

Je suis restée assise un bon moment, répétant intérieurement chaque phrase qu'il avait prononcée. Puis j'ai sorti mon agenda pour les noter.

Après quoi, je me suis dit qu'il fallait que je quitte cette île, que je n'avais plus rien à y faire, ni à y trouver.

Étonnamment, ils partirent tous également.

Quelques jours après, le violoniste m'annonça qu'il rentrait provisoirement sur Londres, mais qu'un nouveau contrat l'attendait en Autriche.

– Mozart ! s'exclama-t-il, *Mozart is waiting for me !*

Nous partageâmes notre dernier dîner, et je lui demandai une dernière fois de jouer pour moi.

Il avait attendu patiemment de voir si j'allais lui faire cette requête, après ces semaines où la musique avait été bannie de nos échanges.

– Je n'ai plus rien à fuir, lui dis-je.

– *Good*, me répondit-il.

Il me laissa son adresse à Londres, tout en sachant que seul le hasard nous réunirait à nouveau, s'il devait nous réunir.

Il joua magistralement ce soir-là, ce qui me fit pleurer, car son départ m'attristait.

– Vous êtes un violon ce soir, me dit-il. Trouvez votre archet !

J'adorais cet homme.

Puis ce fut l'écrivain, à qui je laissai plusieurs messages avant qu'enfin il ne me rappelle.

Il avait eu des problèmes cardiaques, la maladie de son fils en était probablement la cause.

Il ne se déplaçait plus beaucoup. Affaibli, il me dit pour la première fois :

– Je suis vieux.

Je proposai de passer le voir, mais il refusa. Sans doute parce que son fils vivait désormais chez lui. J'étais certaine qu'il ne souhaitait pas qu'il eût connaissance de notre amitié, lien qu'il aurait probablement interprété comme une trahison. Je le compris. Avant de raccrocher, il me donna un dernier conseil :

– Éloignez-vous de l'illusoire, allez à l'essentiel. La vieillesse vient sans prévenir. Vous pensez avoir du temps, mais croyez-moi, le sablier gigantesque que vous pensez tenir entre vos mains se révélera ridiculement petit dans quelques années. Écrivez maintenant, écrivez vraiment ! Je serai votre premier lecteur.

Et puis Dara disparut aussi. Un jour que je frappais chez elle comme à mon habitude, personne ne répondit. Elle avait ses habitudes, que je connaissais bien, et à cette heure, elle aurait dû être là. Je repassai le lendemain, mais la porte ne s'ouvrit pas.

J'attendis un peu, comme je l'avais fait la veille, quand j'entendis des bruits de pas dans l'escalier. C'était un locataire qui descendait.

Je l'interrogeai sur l'absence de la gardienne.

– Oh, me dit-il, c'était mercredi je crois, elle a eu une attaque cérébrale. On l'a retrouvée chez elle, inanimée. Ils ont dit qu'elle était restée un bon moment dans le coma avant qu'on ne la trouve. Ils l'ont emmenée à l'hôpital.

– Quel hôpital ? demandai-je haletante.

– Je ne sais pas, mais la dame du premier, elle, doit savoir, c'est elle qui a gardé les clés de la loge.

Je me précipitai au premier, puis à l'hôpital indiqué.

Je la trouvai dans le coma. Cette fois-ci, je pouvais voir qu'elle était âgée, beaucoup plus qu'elle ne le paraissait avec son maquillage. C'était une vieille dame que j'avais devant moi, les yeux clos. Cette image me peina infiniment.

J'allai lui rendre visite plusieurs fois. Puis elle sortit du coma. Mais elle ne reconnaissait plus personne, elle avait même perdu l'usage de la parole. Je lui parlais, j'essayais de provoquer dans ses yeux une lueur, quelle qu'elle soit. Mais son regard restait définitivement vide de toute émotion, de tout sentiment, de tout souvenir, un peu comme ma tante.

Lorsqu'elle fut transférée dans un centre loin de Paris, je perdis sa trace.

Et puis, enfin, il y eut mon amant. Après cet ultime rendez-vous, je l'avais volontairement tenu à distance, invoquant sans cesse des prétextes pour ne pas le voir.

Il m'avait appelée quelques fois, puis n'avait plus insisté. Un jour, il avait néanmoins glissé un mot sous ma porte me demandant la raison de ce silence, et m'assurant de son affection à mon égard.

Je lui envoyai alors cette lettre. »

Elle sortit de l'enveloppe une deuxième feuille qu'elle me tendit.

– Je suis heureuse d'en avoir gardé une copie pour que vous puissiez la lire aujourd'hui.

Je saisis la feuille et je lus :

« Dire que je ne vous ai pas aimé serait cruel, et de la cruauté je n'en veux point.

« Dire que mon cœur n'a pas penché vers le vôtre lors de fugaces moments serait faux, et mentir je ne veux.

Dire que je ne vous ai pas attendu certains matins et de nombreux soirs serait vain, car j'ai vécu l'attente de vos appels avec une certaine ferveur.

Mais de l'amour je ne savais pas grand-chose, de l'épanchement je ne connaissais qu'un mouvement furtif, de l'attente je n'égrenais qu'un chapelet de jours.

Ainsi je me suis trompée, non sur vous mais sur moi-même. Car je reconnais aujourd'hui que l'amour n'est pas illusion.

L'amour s'ancre dans la chair et dans l'âme, et, ainsi, il ne vacille pas, ne s'épanche ni ne penche. L'amour ne s'érode pas dans l'attente car l'attente le nourrit.

On ne pourrait parler d'amour si cet attachement ne vous transformait pas profondément. L'amour est donc cette métamorphose de l'âme et de l'esprit.

Et c'est avec un immense regret que je vous l'écris, vous ne m'avez transformée en rien et je n'ai fait que vous effleurer.

L'amour est sans jugement, il n'évalue pas son objet, il l'admet, l'accepte, lui pardonne déjà ce qu'il ne sera pas. Et je ne crois pas vous avoir pardonné de n'être que ce que mon esprit attendait de vous, pas plus que vous ne m'avez pardonnée de ne pas être conforme à vos attentes.

D'ailleurs, il ne faut pas nous en vouloir, car nous n'avons rien décidé.

Lorsque nous avons joué cette jolie comédie ensemble, nous voulions, car il s'agit bien de volonté, être au plus juste dans nos rôles.

Nous nous sommes astreints à ces dialogues attendus, à ces étreintes charmantes, à ces douces tragédies. Nous avons joué l'illusion avec une passion non contenue, et ce sont bien des frissons qui nous parcouraient quand la justesse s'insinuait dans ces tendres échanges.

Ainsi, vous comprendrez aisément les raisons de cette absence, mais j'accepte avec joie l'affection de vos baisers comme le dernier acte d'une pièce toutefois plaisante. »

Je posai la feuille sur la table en relevant les yeux vers elle. Digne, oui, c'est vrai, voilà ce qu'elle était, digne.

« Et puis, reprit-elle, je suis partie. J'ai quitté l'île, j'ai quitté le journal aussi.

J'avais réussi à mettre de côté quelques économies qui devaient me permettre de vivre un certain temps hors de la capitale.

Il me fallait du temps et de l'espace, il me fallait un ailleurs.

Je suis partie m'installer à la campagne, loin d'ici, sans rien emporter d'autre que mon piano. J'ai loué une maison, une petite maison au milieu des champs.

Et peu à peu, j'ai compris. »

25

ÉLÉVATION

Que ton esprit vagabond me revienne.

« Les premiers mois furent difficiles, très difficiles, car même si j'avais choisi cet isolement, même s'il m'était nécessaire, il n'en était pas moins pénible.

Au début, je ne sus que faire. Son visage, ses mains, ses boucles brunes, ses mots me poursuivaient encore, où que je sois. La quiétude de mes balades solitaires n'y changeait rien. Je le pleurais souvent, il me manquait encore atrocement.

J'étais incapable d'écrire, alors je me mis à lire. Je lus tout ce que la littérature avait à offrir sur le thème de l'amour. Je lus et je relus les classiques, les chefs-d'œuvre du genre et les autres. Je cherchais en fait un écho à ma propre histoire, que je trouvais parfois dans le caractère absolu des personnages et de leur destin, mais sans jamais comprendre ce qui avait pu les animer. Toutes ces histoires d'amours impossibles faisaient trembler mes nuits, mais n'éclairaient pas mes jours.

Après des mois entiers de lecture, je compris que ce n'était pas dans ces ouvrages-là que je trouverais ce que je cherchais.

Je me mis alors en quête d'autres lectures, plus spirituelles.

Les mots qu'il avait prononcés s'entremêlaient dans ma mémoire à ceux de Dara. Que voulaient-ils dire ? Que fallait-il comprendre ?

En me procurant un bottin parisien, je trouvai un libraire près de la gare Saint-Lazare qui semblait avoir une collection d'ouvrages portant sur des thèmes plus variés et moins convenus que ses confrères.

Je le contactai par téléphone pour savoir s'il détenait des ouvrages parlant de l'âme.

– Ce n'est pas ce qui manque ici, me répondit-il. Vous n'avez qu'à passer, vous verrez.

Mais je lui expliquai que je ne pouvais pas me déplacer, bien que ce ne fût pas vrai, et lui demandai de sélectionner pour moi quelques ouvrages qu'il pourrait m'envoyer par la Poste. Je proposai de le régler par avance, y compris pour les frais de port. Pour qu'il me réponde favorablement, je lui précisai que j'étais journaliste et que je souhaitais écrire sur ce qui n'était pas visible, mais néanmoins bien là. Il fut surpris de ma demande mais, touché par mes paroles, il accepta.

J'attendis ce premier envoi avec impatience.

Une belle relation s'instaura entre nous, mois après mois, une relation de confiance, nourrie par son désir et son plaisir de m'instruire, et par ma volonté d'en apprendre toujours plus. Il me fit même parvenir un jour un ouvrage dont il ne lui restait qu'un exemplaire, me demandant de le lui rapporter "en personne" quand je serais de passage dans la capitale, car il souhaitait mettre enfin un visage sur ma voix.

Il m'envoya aussi des lectures que je ne lui avais pas commandées, la Bible, la Kabbale, les Psaumes de David.

Pendant cette première année, je ne fis que lire, sans vraiment comprendre ce que je lisais.

Je n'avais plus que quelques rares contacts avec l'extérieur.

Mon amie m'appelait parfois. Elle me parlait du journal, de la rédaction, des changements qui s'y opéraient, de l'homme qu'elle avait rencontré. Elle me demandait si je comptais revenir un jour “à la civilisation”, et si oui, quand. Ce à quoi je lui répondais que je ne savais pas, car je ne le savais pas. Elle non plus n'était pas parvenue à retrouver Dara.

Mon apparence extérieure ne m'importait plus du tout, et j'avais d'ailleurs du mal à regarder mon visage dans une glace. Je ne me reconnaissais pas. Je me trouvais enlaidie et cette vision m'insupportait de plus en plus. Je décidai d'ôter le miroir de la salle de bains, et celui de l'entrée. Cette maison ne comportait d'ailleurs que quatre petites pièces assez rudimentaires, mais il y avait une cheminée dans le salon, et j'aimais m'y installer à toute heure du jour et de la nuit pour lire.

Lire, lire, je ne faisais que cela. Mon piano resta muet.

Après une année entière à parcourir ces ouvrages, je sentis qu'il fallait que je cesse. J'étais comme assommée par toutes ces connaissances qui parvenaient à mon esprit encombré.

Je me mis alors à écrire, vraiment.

En partant, j'avais pris assez de documentation sur l'histoire de la Pologne lors de la dernière guerre, et sur les années qui avaient encadré cette période noire. Il me fallut, là aussi, une année pour rédiger mon ouvrage, bien qu'il me manquât certaines informations pour pouvoir l'achever.

Oui, encore une année passa dans cet incroyable isolement auquel je m'habituais peu à peu.

Et puis, au début de cette troisième année, je décidai qu'il était temps de passer à l'action.

J'appelai Madeleine, dont j'avais conservé le numéro de téléphone. Elle répondit tout de suite.

– Je vous appelle de la part de Dara, il faudrait que je vous rencontre.

– Je sais qui vous êtes, me répondit-elle, vous avez mis le temps.

Elle me donna son adresse à Paris, et un rendez-vous le lendemain.

Je pris ma voiture, un jour de printemps. Il faisait beau. Je ne savais pas à quoi m'attendre, même si je commençais tout de même à avoir une vague idée de ce dont il serait question. Toutes ces lectures m'avaient mise progressivement sur la voie.

Avant de partir, je téléphonai à mon libraire pour l'informer de ma visite, et du retour de son fameux livre.

Je me rendis dans sa boutique dès mon arrivée à Paris. Ce Paris qui m'avait tant manqué, ces cafés qui me rappelaient son souvenir, ces terrasses où d'autres couples conversaient, comme nous l'avions si souvent fait.

Je n'eus pourtant pas le courage de m'y attabler, de peur de ne plus jamais pouvoir en partir.

Ce libraire était un homme d'une cinquantaine d'années, peut-être moins, et je me l'étais imaginé beaucoup plus farfelu qu'il ne paraissait. Son allure était pour le moins classique. Je l'avais imaginé emmuré dans une minuscule échoppe poussiéreuse, ayant à peine pignon sur rue, où les ouvrages se seraient entassés sur des bibliothèques grimpant jusqu'au plafond. Sa boutique était en fait une librairie très spacieuse et très organisée, où l'on pouvait trouver des livres sur tous les sujets, y compris les plus confidentiels ou controversés. Qu'il s'agisse d'astronomie, de poésie, de spiritualité ou de magie, tous les ouvrages étaient logés à la même enseigne, soigneusement alignés sur les étagères et classés par auteur. La qualité des écrits présentés trahissait l'étendue vertigineuse du savoir du maître des lieux qui, quel que soit le domaine, ne semblait connaître aucune limite.

Le libraire fut content de me rencontrer. Je le fus également, bien que je fusse fortement perturbée par ce retour parisien, et le rendez-vous qui m'attendait une heure après.

Je lui rendis son livre, mais il n'accepta pas ce retour, il m'en fit don. Il y joignit un autre petit ouvrage, très mince, qui s'intitulait *Les Âmes sœurs*.

Alors je sus, une fois encore, que cette rencontre n'était pas le fruit du hasard.

Ce qui se passa ensuite ce jour-là éclaira tout ce que j'avais pu lire. La lumière dont parlait Dara vint enfin, celle qui vous fait comprendre dans votre être tout entier ce qui n'était pourtant qu'une évidence. Comprendre, ce n'est pas réfléchir, c'est au-delà.

Oui, je dois vous le dire, l'âme existe, chaque corps a une âme et nous provenons tous de la même source. Comme le dit ce proverbe musulman : "*Dans un jardin, les fleurs sont multiples mais l'eau est une.*" C'est ce que certains appellent Dieu, et d'autres Allah, mais la dénomination a peu d'importance au fond. Toutes les religions disent la même chose sous une forme différente.

Nous sommes tous l'émanation de cette source d'énergie, et en ce sens, nous sommes tous l'énergie. En d'autres termes, cette source est en chacun de nous et chacun de nous est une part de cette source.

En roduisant nous-mêmes de l'énergie, nous la faisons vivre. C'est ce qui se passe lorsque nous choisissons de nous incarner, nous ne le faisons d'ailleurs pas par hasard.

Nous naissons tous avec une mission prédéterminée, ici, sur cette terre, et cette mission nous est propre. Il n'y a pas de mission plus élevée qu'une autre, car il est aussi important pour cette source de mettre un enfant au monde qui provoquera une nouvelle incarnation, que d'en influencer des milliers d'autres.

Nous devons accomplir cette mission pour produire cette énergie mais également pour élever notre âme, afin qu'elle soit plus lumineuse encore. La vie est l'école de notre âme et, comme je vous le disais, chaque épreuve est une leçon. Mais à chaque fois que vous vous enrichissez d'un apprentissage, vous devez le transmettre pour l'ancrer en vous, et le semer chez d'autres. Transmettre est essentiel car c'est ainsi que circule l'énergie entre les hommes. Tout jugement de l'autre est inutile, chacun tient son livre personnel et doit apprendre ce qui lui manque, et transmettre ce qu'il a appris.

Certains auront une mission plus difficile que d'autres, une vie teintée par la souffrance : ceux-là doivent beaucoup apprendre. Comme le disent les hindous, ce sont de jeunes âmes, et la transformation ne s'opérera que par cette souffrance.

Les êtres qui doivent mener des missions importantes pour l'humanité se sont, quant à eux, déjà beaucoup réincarnés, ils ont une connaissance et une aisance innée du monde, ils savent faire d'instinct beaucoup de choses sur cette terre. Mais il arrive fréquemment que cette mission les dépasse, les engloutisse.

Sachez aussi que cette mission ne s'embarrasse pas du bien-être terrestre. Le but n'est pas d'être heureux, mais d'accomplir ce que l'on est venu faire ici-bas. Et parfois d'ailleurs, il faut de grands malheurs pour nourrir cet accomplissement. Car de l'ombre naît la lumière. C'est ainsi. Lorsque vous faites ce que vous avez à faire, la vie se charge de faciliter les choses pour vous ; lorsque vous vous égarez, vous ne rencontrez qu'adversité pour vous faire retrouver la route qui doit être la vôtre. C'est pourquoi je vous disais qu'il est plus facile de danser sur le chemin que l'univers a tracé pour vous. Il vous faut trouver ce chemin.

Lorsque vous avez fait ce pour quoi vous étiez venu, vous partez, quel que soit votre âge, jeune ou vieux, vous quittez cette terre. La mort n'est pas une fin. C'est un aboutissement et un recommencement. Lorsque vous savez cela, vous n'avez plus peur, de rien, puisque vous n'avez plus peur de la mort.

Lorsque votre mission ne peut s'accomplir, ou n'est pas achevée, vous revenez. Vous vous réincarnez. Pour beaucoup d'entre nous, il faut plusieurs vies.

C'est toute l'allégorie de la résurrection : Jésus revient sur terre car il n'a pas terminé sa mission. C'est ce que dit le Nouveau Testament. C'est ce que disent tous les écrits, d'ailleurs, d'une façon ou d'une autre.

Dans ces réincarnations, vous croisez de nouvelles âmes, mais aussi celles que vous connaissez déjà, celles que vous aimez depuis l'éternité. La mort ne sépare pas, elle réunit. C'est pour cette raison que vous pouvez avoir de grandes connivences très instinctives avec certaines personnes. D'autres vous seront insupportables ou vous feront peur, ne vous y trompez pas. En effet, ces âmes-là ne vous ont pas fait du bien dans vos vies antérieures. Mais elles vous côtoient peut-être pour se racheter, laissez-leur une chance.

Comme je vous le disais, nous provenons tous de la même source et en ce sens nous sommes tous reliés. Je suis une part de vous et vous êtes une part de moi. Si je vous fais du mal, je m'en fais aussi. Si je vous fais du bien, je m'en fais aussi. Et cela n'a rien à voir avec une quelconque morale. D'une façon ou d'une autre, nos impulsions négatives ou positives nous reviennent comme un boomerang, car nous sommes tous reliés, nous ne sommes pas seuls. L'énergie circule entre les âmes, qui produisent elles-mêmes cette énergie pour nourrir la source.

Mais il arrive qu'une âme se scinde en deux lorsqu'elle émane de cette source, à l'origine. C'est ce que l'on appelle "l'âme sœur".

Je vous l'ai dit, ne parlez plus jamais d'âme sœur comme vous le faites. Vous n'y êtes pas du tout.

Toutes les âmes n'ont pas d'âme sœur, mais celles qui en ont une n'en ont que par dessein, et ce dessein malheureusement n'est pas l'accomplissement de l'amour terrestre. Il peut l'être parfois, mais c'est rare, et c'est uniquement pour servir le but ultime.

Le but de la réunion des âmes sœurs sur un plan terrestre n'est que de favoriser l'accès à la lumière des autres âmes, de créer une énergie plus vive, qui à son tour se répercutera sur les autres. Ce n'est rien que cela. Nous ne sommes que les maillons d'une immense chaîne, des vecteurs en quelque sorte. D'ailleurs souvenez-vous que ce qui passe par vous n'est pas vous. Votre ego, s'il devient vanité, est inutile et fait obstruction au passage de cette lumière. Les grands sages l'ont compris, et les hommes de Dieu, quelle que soit leur confession, tentent d'accomplir ce difficile exercice toute leur vie. Ils n'ont plus de nom, de personnalité propre, ils ne doivent plus être qu'un canal relié avec cette source d'amour.

Quand les âmes sœurs s'incarnent ensemble, elles se séparent plus qu'elles ne se retrouvent, et cherchent sur cette terre en permanence la résonance de cet autre. C'est une grande souffrance que d'avoir à se chercher, à se trouver, et souvent à se séparer à nouveau. Mais ça, elles ne le choisissent pas, en tout cas pas ici. Ce n'est pas toujours sur un plan amoureux qu'elles s'unissent, mais c'est celui qui est le plus efficace pour le but recherché, car cet amour-là est puissant pour les hommes.

Lorsque ces âmes se retrouvent sur cette terre, cela provoque une élévation si intense et si rapide que le cours de leur vie s'en trouve bouleversé. Le ciel s'ouvre en quelque sorte, pour rectifier ce qui doit l'être. Mais tout le chemin sera ensuite de créer, de transmettre, de dépasser l'amour terrestre pour comprendre que le véritable amour est universel. Aimer est mille fois plus puissant que d'être aimé, aimer n'appelle aucune réciprocité. Aimer est la lumière.

Je sais que si je vous avais dit tout cela sans vous raconter d'abord mon histoire, mes propos vous auraient semblé tenir de la folie, et je vous aurais approuvée. Car moi-même, je n'étais pas une femme très spirituelle au commencement de cette vie.

Ce que j'ai compris, lorsque j'ai rendu visite à Madeleine, c'est qu'il était cette âme sœur, maintes fois cherchée, trouvée et perdue.

Elle m'a fait revivre certaines scènes de mes existences antérieures, lorsque nous étions dans le désert, comme je vous l'ai dit, il y a très longtemps. À d'autres époques aussi, nous avions chaque fois une apparence et une position différentes. Il a été une femme, j'ai été un homme...

C'étaient des scènes très courtes, seulement des images parfois, mais c'était bien moi et c'était bien lui. Nous avons vécu de nombreuses vies, et notre connaissance du monde était déjà vaste avant même que nous ne revenions sur cette terre. Cependant, à chacune de nos retrouvailles, je mourais. »

– Mais pourquoi mouriez-vous ? lui demandai-je, totalement abasourdie par ce qu'elle me racontait.

« Ce qui compte dans les vies antérieures, ce n'est pas qui vous étiez, mais ce que vous y faisiez. À chaque fois que nous nous retrouvions, il m'aimait physiquement, pour me donner la lumière, la connaissance que je devais transmettre à d'autres. Seulement notre union était trop forte. J'étais aveuglée par cet amour absolu, incapable de faire autre chose que de l'aimer, et donc dans l'impossibilité de remplir ma mission. Ce qui me faisait invariablement mourir. Il le savait, au fond, mais il était jusqu'à cette vie incapable de résister, car l'amour terrestre est un délice pour l'âme, surtout cet amour-là. Et nous l'avons donc maintes fois revécu.

Mais cette fois-ci, nous avons réussi, nous n'avons pas croqué la pomme. Il a résisté, j'ai survécu, et j'ai accompli ma mission. »

– Comment ?

– Je vous le dirai.

Elle marqua une courte pause, puis reprit :

« Déjà, par les livres que j'ai écrits. Mais ce dont je vous parle aujourd'hui, je ne l'ai jamais raconté à personne. Cette femme, Madeleine, s'est révélée être la pièce manquante du puzzle. Une fois notre entrevue terminée, bien que totalement bouleversée par ce qu'elle m'avait fait revivre, je me suis sentie apaisée.

Je suis rentrée dans ma campagne. Pendant les mois qui suivirent, je dus assimiler lentement ce que j'avais découvert. Mais je m'aperçus peu à peu que la musique, la lecture, l'écriture ne provoquaient plus chez moi aucune souffrance.

Je me suis mise en quête d'un éditeur.

Et puis un matin, enfin, je me suis réveillée sereine, heureuse, un sourire sur mes lèvres comme je n'en avais pas eu depuis si longtemps. Je compris qu'il me suffisait de savoir qu'il existait pour être heureuse. Qu'il me fallait juste attendre, mais tout en sachant, cette fois, que je le retrouverais. Et cette attente-là n'était pas une douleur, c'était un accomplissement.

J'avais grandi, beaucoup grandi, mon âme s'était transformée ; je pouvais me servir de mes ailes.

J'étais prête à revenir à la vie, à la ville, et au monde. »

26

VIVRE POURTANT

L'esprit n'est jamais tranquille,
il se glisse entre les devoirs,
Ne trouve de plaisir qu'au futile,
et vient s'achever dans l'espoir.

« Je revins m'installer près de Paris, à Boulogne, dans un tout petit appartement. Ces trois années dans la campagne m'avaient habituée à l'espace et à la verdure. Je trouvai ainsi un compromis qui ne me projetait pas trop dans l'agitation de la capitale.

Et puis, ce fut un choix délibéré que d'éviter certains quartiers, car je ne savais pas où il vivait désormais. D'ailleurs, pendant trente ans, je n'ai pas remis les pieds ni ici, ni sur le boulevard Raspail. »

– Trente ans ? lui dis-je étonnée. Comment avait-elle pu éviter ce quartier durant toutes ces années ?

– Oui, j'ai sillonné Paris, mais je n'ai jamais voulu m'arrêter dans ces quartiers. Je sais, c'est un peu fou, mais je ne parvenais pas à retourner sur l'île.

Elle reprit :

« Malgré tout ce que j'avais découvert, tout ce que j'avais compris, il me fallait maintenant poursuivre ma vie terrestre, et ce fut à nouveau une épreuve, bien que la tristesse m'ait définitivement quittée.

Après quelques semaines, je trouvai un nouveau travail pour un magazine de société assez réputé. Je fus prise à l'essai. Il fallut se réhabituer à la présence permanente des autres, à l'urgence factice des tirages, aux desiderata de ceux qui décidaient.

Je m'y pliai, sachant que je n'avais pas d'autre choix, il fallait bien vivre, encore une fois.

Je fus heureuse de découvrir la nouvelle vie de mon amie, celle qui m'avait accompagnée durant ces jours orageux, sombres, mais aussi si lumineux. Elle s'était mariée, et elle m'invita chez elle un soir, dans son appartement du 16e arrondissement pour me présenter son époux. Il occupait un poste important dans une banque, un type plutôt sympathique et qui lui correspondait bien. Elle avait l'air épanouie, elle avait changé de journal, mais pensait s'arrêter. Elle me fit comprendre qu'elle voulait des enfants. Lorsque je pris congé, elle freina mon départ sur le palier.

– Et toi, ça va ? me demanda-t-elle sur un autre ton car nous étions enfin seules.

– Oui, ça va.

– Tu l'as revu ?

Je ne lui avais plus fait part de mes réflexions sur cette histoire depuis bien longtemps, je ne lui avais plus raconté quoi que ce soit.

– Non, c'est fini maintenant, tu sais, j'ai tourné la page.

Que pouvais-je lui dire d'autre ? Qui pouvait comprendre ?

– Ce serait bien que tu trouves quelqu'un toi aussi. Tu sais, c'est bien d'avoir un partenaire dans sa vie.

C'est bien d'avoir un partenaire dans sa vie. Ces mots me sont restés. C'était cela finalement être en couple, vivre avec quelqu'un, c'était "avoir un partenaire dans sa vie", quelqu'un sur qui l'on pouvait compter, quelqu'un qui vous accompagnait, quelqu'un qui se souciait de vous, et réciproquement.

Je n'avais jamais envisagé l'amour entre deux êtres sous cet angle, mais cette phrase était pleine de bon sens.

Je ne savais pas, par ailleurs, si j'étais capable de vivre une relation de cette nature, mais il me faudrait sans doute essayer.

Et puis, assez vite, mon livre fut édité. Il rencontra un certain succès à cette époque. On n'avait pas encore beaucoup parlé de la Pologne pendant la Seconde Guerre mondiale. Cet ouvrage ouvrit la voie à d'autres. Je fis un certain nombre de conférences en Europe, ce qui me divertit et me donna le sentiment d'accomplir quelque chose d'important pour les autres, et pour ma famille disparue.

Je me mis à rédiger mon second ouvrage dans la foulée. Je savais désormais comment écrire.

Mais je dois vous avouer que la vie, malgré tout, me paraissait fade. Je repensais souvent avec nostalgie à ceux que j'avais connus trois années auparavant et qui m'avaient tant aidée, à ces moments magiques que j'avais partagés avec eux, croyant à ce moment-là que la magie était plus ordinaire.

Ils me manquaient tous maintenant que j'arpentais à nouveau les rues parisiennes et je croyais parfois les reconnaître dans les silhouettes des passants, parce que l'un portait un violon, l'autre un vieil imperméable, ou la troisième des fards outranciers.

Et puis quelques mois plus tard, comme l'avait dit Dara, j'ai rencontré un homme, un "homme bien".

J'avais été seule si longtemps que je ne savais plus comment me comporter avec la gent masculine, mais j'avais écumé cette solitude jusqu'à la lie, et j'avais le désir de plaire à nouveau.

Je le rencontrai lors d'une interview à l'ambassade britannique, il y était l'un des conseillers, en charge notamment des relations presse.

Il me rappela deux jours après notre entrevue pour me proposer un déjeuner. Il était veuf depuis trois ans. C'était un homme élancé, plein d'humour et de délicatesse, avec un léger accent qui ajoutait à son charme. Son physique m'avait plu d'emblée, ses cheveux châtains aux reflets blonds, ses traits fins, sa stature imposante, et ses costumes soignés. Il m'avait séduite rapidement.

Toutefois, je notai que malgré certains tressaillements dans ma poitrine, je gardais une sorte de réserve à son égard. Cette relation, si elle me tentait, ne m'était pas vitale. Je compris que je n'aimerais plus jamais un homme comme je l'avais aimé, et j'eus peur de ne pas savoir comment aimer d'une autre façon.

C'était un homme intelligent, et je crois qu'il le comprit assez rapidement.

De déjeuners en dîners, nous nous sommes fréquentés.

Et puis il m'a proposé de vivre avec lui, et j'ai accepté, car les moments passés en sa présence étaient doux et agréables. »

Elle marqua un temps d'arrêt. Sa voix était à nouveau devenue plus monocorde. S'était-elle ennuyée avec cet homme ? Je repensais à l'autre, à sa moitié d'âme qui se baladait alors sur la terre, et qui devait lui manquer, si cruellement lui manquer parfois, malgré sa résignation et sa compréhension de cette inextricable situation.

La phrase sortit d'elle-même, sans que je la maîtrise, car elle patientait au bord de mes lèvres depuis un moment :

– Et vous ne l'avez jamais revu ?

Elle me regarda, à nouveau émue, et reprit :

« Si, une fois. J'évitais certains quartiers, mais je sortis un jour du musée du Louvre assez épuisée. Juste en face, il y avait ce café du Palais-Royal où nous nous étions assis. Une table en terrasse était libre. La même… Je me dis à ce moment-là qu'il était temps d'affronter mes souvenirs. C'était quelques mois après cette nouvelle rencontre. Évidemment, je m'efforçai de concentrer mon attention sur les passants, alors que toutes mes pensées auraient voulu se fondre encore dans ce moment passé avec lui.

Je ressentis d'abord des fourmillements désagréables dans ma poitrine, qui se transformèrent peu à peu en une douleur sourde. Je décidai d'ignorer mon corps, mais le mal s'amplifia, ce qui m'obligea à me pencher en avant.

Et puis je le vis, à quelques mètres. Il était de dos mais je le reconnus tout de suite. Devant lui, il y avait une poussette ; et il s'était arrêté pour donner quelque chose à l'enfant, son enfant.

Malgré toutes les émotions diverses qui traversèrent mon être à ce moment-là et l'incongruité de cette vision qui me fit d'abord penser que j'étais victime d'une hallucination, je me levai et fis quelques pas pour me retrouver à sa hauteur. L'enfant était blond, il devait avoir plus de deux ans, et il me sembla que c'était une fille.

Mes yeux restèrent fixés sur ce petit être dont la présence me paraissait improbable. D'un coup, je sentis son regard sur moi. Il m'avait vue, lui aussi.

Je pris alors une décision qui fut l'une des plus difficiles de ma vie.

Je ne le regardai pas. Je ne voulais pas croiser ses yeux, je ne voulais pas voir son visage.

Je tournai la tête volontairement, et j'avançai d'un pas rapide. Le mal dans ma poitrine s'était atténué, ce qui me permit d'accélérer mon pas comme je le souhaitais.

Je savais qu'il me suivait du regard, figé comme j'aurais pu l'être, mais je ne faillis pas, et je m'enfuis dans une rue perpendiculaire dès que je le pus.

Par cet acte, je savais qu'il comprendrait que j'avais fait le chemin qu'il m'avait demandé de faire, que j'avais compris la signification des mots qu'il avait prononcés. Par cet acte, je nous épargnais des mois, des années et peut-être encore une vie d'errance. Par cet acte, je préservais ma vie terrestre, celui que j'y avais rencontré, celui qui m'attendait le soir avec un éternel sourire et des mots tendres. »

27

VIVRE LONGTEMPS

Je suis venue te voir.

« Nous nous sommes mariés quelques mois plus tard, et contre toute attente, je suis tombée enceinte. J'ai un fils, vous savez. »

Un fils ? Je n'arrivais pas à l'imaginer mère, moi qui ne l'avais visualisée que femme durant ces dernières heures.

– C'est un homme formidable aujourd'hui. Il est médecin dans l'humanitaire. Il voyage beaucoup, je ne le vois pas souvent mais il m'appelle plusieurs fois par semaine. C'est quelqu'un à part. Vous verrez quand vous le rencontrerez.

– Oui, lui dis-je avec sincérité, j'aimerais bien le connaître.

Elle sourit et ajouta :

– Oui, vous le verrez bientôt.

Puis elle baissa la tête en souriant.

– Il m'a apporté tant de joies. Nous sommes partis peu après sa naissance. Avec mon mari, nous avons vécu un peu partout sur cette planète : États-Unis, Afrique, Asie… J'ai découvert d'autres cultures, d'autres îles. Vivre loin d'ici m'a aidée à laisser le passé derrière moi, même si l'ailleurs n'est jamais résolutif. Nous avons eu de bons moments, d'autres plus difficiles. Malgré la douceur de notre existence, l'opulence dans laquelle nous avons vécu, les découvertes, les fêtes multiples, cela n'a pas toujours été facile. Au fil des années, je l'ai aimé. Mais je n'ai jamais vraiment su comment vivre un quotidien somme toute banal comparé à ce que j'avais traversé. L'écriture m'a beaucoup aidée, j'ai continué à publier divers ouvrages.

Elle hésita quelques instants.

– Il n'y a pas eu un seul jour où je n'ai pensé à lui, pas un seul.

Elle avait dit cette phrase en souriant encore, sans doute parce que ça n'avait pas toujours été le cas.

– Mon époux est décédé, il y a quatre ans. Et je suis revenue m'installer sur l'île peu de temps après. Beaucoup de choses ont changé ici, mais ce café est toujours là.

– Et vous ne l'avez jamais recroisé, vous n'avez jamais eu de ses nouvelles depuis ? lui demandai-je en connaissant déjà sa réponse.

– Non.

– Mais dans ce cas, vous ne savez pas s'il est toujours en vie.

– Il l'est.

– Comment le savez-vous ?

– Je le sais, dit-elle en regardant au-dehors. Et dans la nuit, elle fixait encore le pont éclairé.

Elle poursuivit :

– Il va revenir, bientôt. »

28

PRINTEMPS

Un jour, au bord de la Seine,
j'ai noyé ma peine.

« Je dois vous laisser maintenant. »

Voilà ce qu'elle avait dit, tout simplement, en se levant.

– Merci, lui avais-je répondu aussi naturellement.

Nous nous sommes serré la main sur le trottoir. Elle semblait épuisée, mais elle rayonnait toujours, et nos yeux clairs se croisèrent une dernière fois ce jour, dans une mutuelle compréhension.

Il était minuit, le café fermait. Le dernier serveur empilait les chaises sur la terrasse. Je suivis sa silhouette jusqu'à l'angle de la rue où elle disparut.

Minuit. Nous avions passé toute notre journée ensemble, elle m'avait parlé pendant des heures.

Je rentrai chez moi dans l'obscurité en longeant la Seine, presque titubante. J'avais écouté des centaines de personnes me raconter leur histoire, mais je n'avais rien entendu de tel, jamais.

Dans les rues désertes de l'île, je croyais voir leurs ombres à tous les deux se réunissant à chaque angle.

Bien que fatiguée par ces longues heures passées à écouter son histoire, je fus incapable de trouver le sommeil cette nuit-là. Ses paroles résonnaient en moi inlassablement. Je les imaginais, unis, beaux de cet amour absolu qui ne faillit jamais. Mon mariage en était bien loin, Simon aussi.

Et puis je repensai à ses propos sur les âmes et la mission qui leur était réservée. Quelle était la mienne ? Moi aussi, j'étais là pour transmettre, c'est ce que j'avais toujours fait, et c'est ce que je faisais encore aujourd'hui devant des milliers de personnes. Elle avait dit que le chemin était facilité lorsque l'on empruntait celui qui servait cette mission. Et c'est ce qui s'était produit.

Je n'avais pas cherché à être médiatisée, on était venu me solliciter, et peu à peu, on m'avait installée à cette place sans que je m'impose par moi-même. Souvent, je me demandais même comment j'étais arrivée là. Que ferais-je après cela ? Comment allait se poursuivre ce chemin ?

Elle avait dit aussi que ceux qui avaient une mission importante, destinée à éclairer de nombreux êtres, avaient des vies difficiles.

Il en était ainsi du présentateur. Grâce à ses émissions durant les nombreuses années où il les avait animées et produites, combien de personnes avait-il éclairées ? Des millions sans doute, sans le savoir, pensant ne servir que sa propre cause. Et pourtant. Il avait permis à des enfants trisomiques et orphelins de trouver un foyer, il avait éveillé les consciences sur le sujet des sans-abri. Grâce à lui et malgré lui, des parents avaient trouvé le courage de parler à leurs enfants, des maris à leurs femmes, des médecins à leurs patients. Et c'était vrai, sa vie n'était que difficulté et douleur. Il souffrait, suffoquait même sous le poids de cette mission si lourde à porter. Je le voyais tenter de l'oublier dans l'alcool et les drogues, sans jamais y parvenir, mu par cette force qui l'obligeait à se surpasser, à aller toujours plus loin, pour servir l'accomplissement de ce qu'il devait faire, de ce qu'il était venu faire ici. Je me demandais combien de temps il vivrait ainsi sur cette terre, sans savoir alors que sa vie serait écourtée.

Et puis, je me demandais ce que j'avais bien pu faire, moi, dans une autre vie. Quelle était la mission que je n'avais pas réussi à mener à bien, ou que je n'avais pas encore totalement achevée, puisque j'étais encore là ? Allais-je y parvenir cette fois-ci ? Selon elle, j'avais choisi mon incarnation pour m'élever, pour transmettre. J'avais donc choisi de grandir sans père, choisi de m'allier à un homme qui me délaisserait. Il était évident que je n'aurais jamais été aussi convaincante dans mes propos si j'avais vécu une enfance et une vie de couple paisibles. Aurais-je pu communiquer la même émotion ? Certainement pas.

Cette vision de ma vie comme une succession de choix et d'épreuves pour apprendre, m'élever, généra en moi un grand apaisement presque instantané. Il n'y avait plus d'injustice ou de mauvaise étoile, il n'y avait plus qu'un chemin, celui où je devais apprendre à danser avec l'univers.

Et il en était ainsi de tous ceux qui m'entouraient, tous ceux que j'aimais, que j'avais aimés, que j'avais côtoyés. Je nous imaginais tous avec notre livre à la main, tentant d'apprendre nos leçons de vie, si personnelles. Comment avais-je pu les juger ? Ils se trompaient souvent, tout comme moi je m'étais trompée, puisqu'il fallait en passer par là pour apprendre, pour grandir, pour élargir notre cœur. Il était temps que j'élargisse le mien.

Enfin, je m'interrogeai sur l'existence d'une âme sœur qui m'attendait peut-être quelque part. Mais la définition qu'elle m'en avait faite ne m'attirait pas tellement : il semblait que ces âmes-là souffrent beaucoup. Pourtant, comme elle l'avait dit, la mission ne s'embarrassait pas du bonheur terrestre, et peut-être avais-je déjà choisi là-haut.

Après toutes ces interrogations qui me tinrent éveillée toute la nuit, je pris une douche et me préparai un café. J'appréhendais d'allumer mon téléphone, qui comportait – c'était certain – d'innombrables messages, devant aller de l'énervement à l'inquiétude.

Durant les trois jours qui suivirent, je dus travailler, beaucoup. Je passais au café quelques minutes le matin, espérant l'apercevoir, mais elle n'y était pas et je ne pouvais pas l'attendre.

Je repris le chemin du plateau télévisuel, mais lorsque je descendis au sous-sol pour la première fois après cette incroyable journée, je sentis que quelque chose avait changé, imperceptiblement, et pourtant de façon majeure.

Il me semblait enfin savoir pourquoi je venais ici, quel était mon rôle sur cette terre. Je devais parler, parler d'amour, pour que d'autres m'entendent, et parlent d'amour, à leur tour. Je n'étais qu'un instrument à étincelles, dans cette chaîne infinie, un instrument qui avait un peu plus de travail pour le moment. C'était tout, pas plus que cela. Elle avait dit : « Ce qui passe par vous n'est pas vous », et je comprenais le sens de ses propos. Mon ego ne me servait qu'à être sur un plan terrestre. Qui j'étais dans cette vie-là, au fond, importait peu ; ce que j'y faisais était en revanche essentiel.

Je regardais aussi tous ceux qui m'entouraient, qui s'agitaient pour que l'étincelle puisse se produire. Je voyais toutes ces âmes travailler à l'unisson dans un seul but, générer de la lumière, une lumière qui n'était pas seulement celle des projecteurs.

Cette vision de mon travail et des êtres qui m'entouraient transforma mes propos à l'antenne.

Je me mis à parler d'amour comme je ne l'avais jamais fait, oubliant les théories et les certitudes illusoires, pour ne me concentrer que sur l'essentiel, le passage de cette lumière.

Le présentateur en fut d'ailleurs un peu surpris, et ainsi commença notre rapprochement amical.

Il m'apparut aussi que, lorsque je n'aurais plus rien à transmettre ici, il faudrait que je trouve un autre canal, ou plutôt qu'un autre canal s'imposerait. Et que ce jour-là, il me faudrait oublier la peur, la peur de mourir, puisque nous trouvons dans la mort la paix ou le recommencement. Toutes les peurs nous ramènent à celle-ci : elles nous entravent alors que la mort est inéluctable, et que c'est peut-être la vie, comme elle l'avait dit, sous une autre forme. Si nous choisissions notre vie, peut-être choisissions-nous également notre mort, pour retrouver de l'autre côté ceux que nous aimions.

La vie m'apparut alors comme une grande pièce de théâtre où nous déterminions nos rôles et nos partenaires avant d'entrer en scène, et la mort, comme la fin d'une représentation. Mais notre âme, elle, perdurait, souveraine de nos incarnations.

Durant ces trois jours intenses, c'est donc la perception de mon existence tout entière qui se modifia peu à peu. Puis vint le week-end, et avec lui revint Simon.

Là aussi, j'eus une autre lecture de mes expériences amoureuses.

Avec mon ex-mari, nous nous étions mutuellement aidés à grandir, à accomplir ce que nous étions venus faire ici. Mais nous avions été au bout de ce chemin-là ensemble, et, dans sa clairvoyance, il l'avait su bien avant moi. Il lui fallait une autre âme pour l'accompagner désormais. Il m'en fallait une autre aussi, et, je le savais intimement, ce n'était pas Simon.

La peine s'envola comme une nappe que l'on retire d'un coup sec. Je ressentis pour lui une infinie reconnaissance, celle de m'avoir accompagnée avec tout son amour durant ces dernières années, de m'avoir aidée à faire ce que je faisais aujourd'hui. Sans doute l'avions-nous décidé bien avant de venir ici.

Et puis je donnai rendez-vous à Simon. Je lui expliquai que nous ne pouvions pas poursuivre ainsi une relation qui n'avait pas de sens, et qui nous blessait plus qu'elle ne nous soignait, que nous avions autre chose à vivre, et lui, et moi. Enfin, je lui dis qu'il ne fallait pas avoir peur de la solitude, car la solitude n'existait pas. Nous n'étions jamais seuls dans l'univers.

Je m'endormis le dimanche soir en me demandant quels étaient les signes que je n'avais pas voulu voir jusqu'à présent, et quels seraient ceux qui m'apparaîtraient désormais. J'allais vivre, à partir de ce jour, les yeux grands ouverts.

Et lorsque le lundi matin arriva, je me levai d'un bond. Je n'avais qu'une envie, la retrouver. Retrouver cette femme pour lui dire tout le bien que ses paroles avaient engendré en moi, pour la remercier encore du temps qu'elle m'avait donné, des messages qui s'étaient révélés à moi pour désormais vivre ma vie, celle que je devais accomplir.

Je voulais tout simplement lui dire que ce matin de septembre était pour moi comme un printemps.

29

NI CE JOUR-LÀ, NI LES AUTRES

Toujours mes yeux te chercheront.

Mais elle n'était pas là.

Je l'attendis plus d'une heure assise sur mon tabouret devant le bar, elle ne venait pas. Le serveur n'était pas celui qui était habituellement là le matin, et je n'osai pas lui demander s'il avait vu cette femme. Je n'osai pas la lui décrire. Je m'aperçus aussi que je ne connaissais pas son nom. De façon improbable, je connaissais sa vie, son intimité, ses convictions, mais je ne connaissais pas son nom.

Le lendemain, elle ne vint pas non plus, et le garçon qui aurait pu me renseigner était également absent. Il y avait un inconnu derrière le bar. Je m'enhardis alors et lui demandai quand son collègue reprendrait son service matinal.

– Jeudi, me dit-il. On va se partager les matins dans la semaine. Comme ça, on peut dormir un peu. Surtout l'hiver, parce que…

Je ne l'écoutais plus. Je sentais bien qu'il voulait poursuivre cette conversation plus avant, mais je n'en avais pas le cœur. J'eus, à ce moment, un pressentiment qui ne me quitta plus.

J'attendis le mercredi aussi vainement que les jours précédents.

Puis le jeudi, je fus heureuse de retrouver celui que je connaissais derrière le comptoir.

Il fallait que je sache s'il l'avait vue, et dans mon empressement à obtenir une réponse à cette question, j'en oubliai toute réserve.

– Vous savez, la dernière fois, j'ai parlé toute une journée avec une femme d'un certain âge qui vient souvent ici, vous vous en souvenez ?

– Ah oui, je m'en souviens. Je n'avais jamais vu personne se parler aussi longtemps. Mais je suis parti, moi, après. Ça a duré jusqu'à quelle heure, votre conversation ?

– Jusqu'à la fermeture.

– Eh bien, fit-il presque admiratif, c'est que vous en aviez des trucs à vous dire ! Mais vous n'avez pas commandé grand-chose. C'est bien parce qu'on vous connaît qu'on vous a laissé la table comme ça.

– Est-ce que vous l'avez revue après ?

– Le lendemain, oui, mais elle est venue plus tard. Vous n'êtes plus là, vous, à cette heure.

– À quelle heure ?

– C'était avant le service du midi, je dirais 11 heures ou 11 h 30. Elle s'est assise à sa place habituelle, là où vous étiez. Elle aime bien regarder le pont et la Seine, il faut dire que la vue…

– Et elle est revenue depuis ?

– Non, d'ailleurs elle n'est pas restée longtemps.

Pourquoi n'était-elle pas revenue ? J'avais peur qu'il lui soit arrivé quelque chose. Peut-être que ces heures à me parler l'avaient épuisée. Elle n'était plus très jeune après tout.

De lui-même, le garçon poursuivit :

– En fait, elle est restée peut-être une vingtaine de minutes. Et puis elle s'est levée. C'est marrant parce qu'il y avait un homme qui l'attendait sur le trottoir. Il a garé sa vieille Mercedes juste devant la terrasse, et quand il en est sorti, je me suis dit qu'il était trop vieux pour conduire. Déjà qu'il avait du mal à marcher…

Tout mon être se figea.

– Il était comment ?

– Ben, je vous dis, super vieux. Je ne sais pas. Il avait les cheveux blancs. Il était habillé en noir, je me souviens.

– Des boucles ? Il avait les cheveux longs ?

– Oui, pourquoi ? Vous le connaissez ?

– Un peu, lui dis-je pour qu'il poursuive son récit, et après ?

– Je ne sais pas, elle est sortie d'ici, elle ne m'a même pas salué. Bon ceci dit, elle est un peu bizarre cette femme quand même, non ? Enfin, je ne sais pas, vous la connaissez mieux que moi… Enfin bref, elle est sortie, il lui a ouvert la portière de sa voiture, elle s'y est installée et puis ils sont partis. On ne devrait pas laisser les gens conduire à cet âge, quand même…

Je l'interrompis sans me soucier d'une quelconque politesse.

– Vous savez où elle habite ?

– Non, pourquoi ? Elle ne vous l'a pas dit ?

– Non. Est-ce que vous connaissez quelqu'un qui lui est proche sur l'île ?

– Ben, je vois pas. Elle était plutôt solitaire la dame. Ah si, il y a cette fille qui tient la galerie sur la rue Saint-Louis, un peu plus bas.

Des galeries, il y en avait plusieurs dans cette rue-là.

– Laquelle ?

– Celle qui a les cheveux très courts. Elle a des vues de Paris.

– Merci !

Je posai quelques pièces sur le comptoir puis partis presque en courant dans la rue principale de l'île. Je parcourus du regard toutes les échoppes, ne voulant pas avoir à revenir sur mes pas. Et plus bas, je la trouvai. C'était la seule en effet qui exposait des tableaux représentant des ponts parisiens, beaucoup de ses toiles magnifiaient l'île.

Mais la galerie était fermée. Elle n'ouvrait qu'à midi.

Je ne me sentis pas la force de partir travailler.

Les informations que je venais d'entendre m'avaient bouleversée. Était-il possible qu'il soit venu la chercher, ainsi qu'elle l'avait prédit ?

Ne sachant où aller, j'entrai dans l'église Saint-Louis-en-l'Île, comme elle l'avait fait, des années auparavant.

L'église était déserte, et l'orgue ne jouait pas ce jour-là.

Je m'assis en me demandant comment elle avait prié, et comment il fallait prier.

Je ne pensais qu'à elle, qu'à lui, que j'imaginais tour à tour jeune, puis vieux. Je voulais prier pour eux. Mais je finis par prier pour moi. Je voulais tant le connaître maintenant, je voulais voir son visage, ses yeux et ses mains dont elle m'avait parlé avec une émotion si vive. Je voulais les voir ensemble, preuve tangible de cet amour absolu.

De très longues minutes passèrent, pendant lesquelles il me sembla être un peu plus proche de l'univers et de ses desseins. Peut-être les lieux de culte avaient-ils pour vocation de nous faire entrapercevoir cette source de vie qui nous reliait tous les uns aux autres ?

Puis je me levai et j'allumai un cierge, pour leur donner un peu de ma lumière, et peut-être aussi pour éclairer leur route jusqu'à la mienne.

J'attendis l'ouverture de la galerie assise sur les marches extérieures de l'église, et le moment venu, je me dirigeai vers l'endroit que j'avais repéré.

C'était une femme aux cheveux courts en effet qui tenait la galerie. Elle fut surprise de mon approche alors qu'elle introduisait ses clés dans la serrure de sa porte vitrée, mais elle était naturellement avenante. Son petit basset évoluait en liberté autour d'elle.

– Pardonnez-moi de vous déranger. On m'a dit que vous connaissiez une femme, d'un certain âge… Et je tentai de lui en faire une description la plus précise possible.

– Oh oui, me répondit-elle en entrant dans sa galerie, quelle triste histoire !

– Triste ?

– Venez, dit-elle.

Je la suivis dans une petite pièce où les toiles étaient exposées jusqu'au plafond. Elle alluma différentes lumières qui les firent revivre instantanément, et poursuivit :

– Ils m'ont dit qu'elle était morte la semaine dernière. Ils ont retrouvé son corps dans une voiture à une cinquantaine de kilomètres d'ici, en pleine campagne. Il paraît qu'ils ont eu du mal à l'identifier. Le véhicule est rentré dans un arbre à plus de deux cents kilomètres à l'heure, il a littéralement explosé. Apparemment, ce n'est pas elle qui conduisait, ils ont retrouvé le corps d'un homme aussi.

Je gardai le silence, terrassée par cette nouvelle. Elle reprit :

– La police est venue faire une enquête, dans l'hôtel là, à côté. Ils sont passés me voir pour me poser des questions, mais je n'ai pas pu leur dire grand-chose. Il paraît que juste avant l'accident, elle y a loué une chambre avec un vieux monsieur. Ils sont restés quelques heures et puis ils sont partis. Ça devait être lui qui conduisait la voiture…

Elle s'arrêta, perdue dans ses pensées.

– Je ne sais pas, reprit-elle, je l'aimais bien. Tout ça me paraît franchement étrange, je l'ai toujours vue seule ici.

– Vous la connaissiez bien ? lui demandai-je, le sourire aux lèvres.

– Non, pas vraiment, mais elle avait toujours un mot gentil pour moi quand elle passait. Elle aimait bien mes tableaux.

Et pendant qu'elle me parlait, son petit chien sympathique reniflait mon pantalon.

– Arrête Bob ! lui ordonna-t-elle. Et vous, vous la connaissiez ?

– Oui, lui répondis-je, oui, je la connaissais.

Je pris congé et je partis arpenter les rues de l'île, jetant un œil au passage à la porte de cet hôtel où ils s'étaient retrouvés, une dernière fois, avant de s'unir pour toujours.

Et je souris en pensant qu'ils avaient pu enfin s'aimer, de cet amour charnel « qui est un délice pour l'âme », avant de quitter cette terre.

Et le lendemain, par la Poste, je reçus cette lettre.

30

LE SECRET DES AMANTS

« Comme je suis heureuse d'avoir pu vous connaître avant ce dernier voyage. Quelle joie cela a été pour moi de vous regarder, de vous parler. Car vous avez la profondeur de ses yeux, et la beauté de ses mains.
Oui, cet homme était votre père. Vous étiez cet enfant blond dans la poussette. J'ai toujours su que vous viendriez un jour, je vous ai attendue, et je vous ai reconnue.

De votre histoire, je ne sais pas grand-chose. Votre père a quitté la France un peu plus de deux ans après votre naissance. Je sais maintenant qu'il y est revenu quelques fois pour vous apercevoir. Je sais par contre que vous ne l'avez jamais connu. J'espère vous en avoir fait une description qui vous permettra de mieux vous comprendre, et de vous aimer, enfin.

Car il est une âme extraordinaire, pour moi, qu'elle le soit aussi pour vous.

Soyez sereine, parfois les morts nous protègent plus qu'ils n'ont su le faire de leur vivant.

Il sera toujours là pour vous.

Appelez-le, et il viendra.

Priez-le, et il exaucera.

Nous sommes enfin réunis dans l'éternité, grâce à vous car vous êtes notre libération. Avant que nous ne puissions trouver la paix, il fallait que je vous transmette son héritage, la lumière. Il ne pouvait pas le faire à ma place, et il ne pouvait en être autrement.

Faites-en bon usage ; s'il m'a interdit d'écrire notre histoire, c'est parce que c'est à vous que revient cette charge.

Trouvez les mots justes pour que ceux qui vous lisent sachent l'essentiel, le reste suivra. C'est à vous de transmettre désormais.

Je vous souhaite le meilleur.

Je vous souhaite l'amour vrai.

Je vous souhaite la transformation de votre âme par l'amour, de votre père, de ceux qui vous sont chers, d'un homme qui viendra croiser votre route, très bientôt.

Car vous verrez, les âmes se retrouvent toujours quelque part… »

Les carnets de Myriam

Il y aura des matins et des étés,
Des orages et des flammes,
D'autres yeux, d'autres corps,
Des « je t'aime » donnés,
Et puis des hivers calmes.

Chaque heure accomplira sa tâche
Sur ton image imprécise,
Et ma douleur qui se cache
Restera insoumise.

Séparés nous resterons là
Dans notre pénible mémoire,
Mais je n'oublierai jamais
Notre histoire.

*

Il me faut tout détruire,
Sentiments et souvenirs,
Même en mourant un peu.

Même en mourant vraiment,
Qu'importe puisque le temps
Accomplira pour nous

Cette tâche cruelle,
Par un ultime appel,
Quand répondra notre âme.

C'est pourquoi je décide,
Décrétant l'homicide,
De ma sombre mémoire

Qu'il me faut tout écrire.

*

J'ai connu des hivers calmes et des matins brûlants,
Des sourires forcés, des absences cruelles,
Des amours blessés, des attentes rebelles,
Et des remords teintés par le soleil levant.

J'ai connu des étés, j'ai connu des orages
Quand par les mots, lassée, je regardais le ciel
Croyant trouver refuge en l'azur éternel
Mais revenant sans cesse aux mêmes paysages.

J'ai connu des regards, des jamais, des toujours,
Les chaînes du temps qui blessent quand je voulais partir.
Et mon cœur fatigué, sur la vie s'assoupir,
Quand lassée, seule, vaincue, j'espérais des retours.

Et puis je t'ai connu, à l'aube de ces jours blêmes.
Sans te chercher vraiment, bateau guettant son port
Et pour la première fois je le dis sans effort
J'espère un avenir, je veux y croire, je t'aime.

*

L'espoir n'est qu'une falaise, suivie d'un précipice.
Où l'on y prend chemin et brutalement y glisse,

Où l'on y prend les routes détournées et sans fin,
Nous menant au hasard planant sur nos desseins.

*

Âme perdue
Âme moitié
Âme appelée
Âme attendue
Âme sans issue
Âme criée
Âme pleurée
Âme souveraine
Âme en peine
Âme espérée
Âme retrouvée
Mon âme seule
Mon âme sœur
Mon âme aimée

*

Pas dans la pluie
Qui passent et repassent
À l'infini.
Je sens que tu ne viendras pas
Ne viendras plus
N'est jamais venu d'ailleurs.

Lasse d'entendre ces pas
Qui ne sont pas les tiens
Mais j'étreins
L'espoir
De notre amour
Ce triste jour
À ces bruits reste sourd.

Je sais déjà
De source sûre
Que l'eau ne pourra combler
La fêlure de ce soir d'avril,
Que le cœur est fébrile,
Qu'il vaudrait mieux rentrer.

Demain peut-être, sûrement,
Pas, dans la pluie noire
J'entends marcher l'espoir
Mais rien
Que des individus, trottoirs.

Pas dans la pluie
Qui passent et repassent
À l'infini.
C'est lui.

*

Les amours sans espoir sont des amours ultimes.
Ils nous tuent, nous font vivre en brisant l'avenir.
Chacune de nos pensées est un peu comme un crime,
Un délit pour celui qui n'arrive à les fuir.

Les amours sans espoir sont des amours sans fin,
Car ils restent vivants, à jamais assouvis,
Et demeurent malgré nous sans scrupule aucun
Avec le temps, gravés dans notre cœur puni.

*

Tout passe, tout casse, tout lasse,
Et en ta parole l'espace
Des mots que ta bouche dessine
Je sens que déjà tu signes

L'arrêt d'amour, l'arrêt d'aimer
Qui vise à me faire t'oublier.

*

J'ai l'amertume d'un bois
Où ma main vagabonde
N'a trouvé de refuge
Qu'en un doux subterfuge
D'une amitié féconde
À défaut d'un émoi.

J'ai l'amertume d'une pluie
Où mes lèvres mouillées
Cherchaient en vain les tiennes
Qui jamais ne m'étreignent
Qu'en paroles mêlées
D'un indicible oubli.

J'ai l'amertume d'un ciel
Où mes yeux se posèrent
Révélant aux nuages
L'esquisse de ton visage
Caressant mes paupières
De désirs pluriels.

*

Absence

Sourde mais si loquace,
Mon corps la respire lentement.
Elle s'éloigne mais ne passe
Pour autant.

Je la hais, elle m'aime, je l'amuse,
Car autre choix ne m'est permis,

Mais quand secrètement je l'abuse,
Elle rit.

Pourtant j'ai bien essayé
De m'en faire une compagne.
Mais d'un plus fort, ami ne naît
Sans hargne.

Alors nous vivons en silence,
Mes fuites et nos retrouvailles,
Et de notre union naît un feu
De paille.

*

En voyant défiler les heures sans retour
J'espère ultimement une dernière parole,
Une rencontre absurde
Ou l'oubli de l'amour,
Une carte d'avenir qui sera mon symbole.

*

Que les années n'effacent les gestes de l'amour,
Qu'il est doux quand ton corps à mon corps s'entoure,
Que tes bras se referment aussi parfaitement,
Sans espace et sans terme dans la courbe du temps.

*

Quand j'étreins l'idée même d'encore te rencontrer,
Mon plaisir se fane, inéluctablement.
Je pense à ce moment, peut-être le dernier,
Je bannis l'avenir, et je caresse le temps.

*

Ta bouche comme un archet
Mes lèvres tel un violon.
Mais tes doigts ne parcourent plus
Mon corps blanc,
Sans doute une autre âme nue
Les entend.
Car la musique s'est tue,
Silence qui me ronge
Et m'emporte en des songes
Où tu n'es plus.

*

Écoute, je crie encore,
Et sur mon corps se pâme,
La solitude et ses baisers,
Surgissant de ton âme.

*

Que ton esprit vagabond me revienne,
Que ta bouche cherche mes lèvres,
Que ton souffle passe sur mes yeux,
Que tes mains à mes doigts s'unissent,
Que ton corps épouse ma chaleur,
Que tes rêves aux miens s'entremêlent,
Que tes cheveux caressent mon visage,
Que tes jambes scandent mes pas,
Que ton odeur se mêle à mon parfum,
Que tes matins appellent mes nuits,
Que ton cœur se repose en mon sein,
Que ton âme trouve mon esprit,
Que nos âmes à jamais s'unissent,
Que nos êtres à jamais s'esquissent.

*

Je suis venue te voir,
J'ai cherché ton visage,
Ma main s'est étendue sur le sable et la pierre.
Et je me suis assise,
Comme ton enfant sage,
Mes larmes coulant sur la terre.

*

La tristesse et uniquement cela,
La tristesse qui a pris pour nom toi.
Tout soleil a son ombre pour chaque jour venu,
Toute image est ternie par ma joie qui n'est plus.

*

Toujours mes yeux te chercheront,
À travers les boucles brunes,
Des passants inconnus.

Toujours mes yeux caresseront
Les parcelles de bitume
Des souvenirs de rues.

Toujours ma tête tournera,
Pour deviner dans une allure,
Ce qui faisait danser tes pas.

Toujours mon oreille attentive,
Cherchera dans chaque murmure,
La résonance de ta voix.

*

Épilogue

« L'âme sœur »…

Comme il est étrange d'utiliser si souvent un terme, sans se poser la question de sa signification profonde. À ce jour, aucun ouvrage n'évoque le sujet. Dans le langage courant, le concept désigne une compatibilité parfaite entre deux personnes, qu'elle soit d'ordre amoureuse, amicale ou sexuelle. Mais l'utilisation même de ces deux mots accolés évoque une union spirituelle qui dépasse le sens commun : deux âmes issues d'une même origine, séparées, et qui essayeraient sans cesse de se retrouver, prédestinées même à se rencontrer.

L'idée est romantique, il faut bien l'avouer, l'idée est belle. Il y aurait donc une âme, une personne avec laquelle l'entente serait parfaite, et voilà qu'en la trouvant nous serions enfin comblés, heureux et apaisés sur le plan amoureux.

C'est pourtant plus qu'une idée, ce concept appartient depuis longtemps à notre inconscient collectif.

La légende d'Isis et Osiris, par exemple, y faisait déjà référence, car ces deux amants sont d'abord frère et sœur, issus de la même cellule, avant d'être mari et femme. Le sens de ce mythe est précisément l'évolution des âmes, leur retour au divin, leur reconstitution après le démembrement et leur complète fusion. Isis, déesse de l'amour et de la fertilité, s'unit à Osiris, le gardien des âmes et de la vie dans l'au-delà. Quand Osiris est tué et découpé en morceaux par son frère Seth, Isis le reconstitue et reste à jamais fidèle à son amant désormais passé dans l'autre monde.

De même, dans *Le Banquet*, Platon raconte qu'il existait des créatures à la fois mâle et femelle, ayant quatre pieds, quatre mains, deux têtes : **les androgynes**. Ces êtres étaient si puissants qu'ils tentèrent de combattre les dieux.

Zeus décida donc de les couper en deux, mais quand ces hommes primitifs furent dédoublés, ils regrettèrent tant leur moitié qu'ils tentèrent sans cesse de la rejoindre. Ces deux êtres en s'enlaçant cherchaient à ne former qu'un à nouveau.

Zeus eut alors pitié d'eux et leur fabriqua des organes de reproduction pour qu'ils puissent engendrer. Et depuis ces temps anciens, nous n'aurions d'autre quête que de retrouver cette moitié et de s'unir à elle.

N'est-ce pas d'ailleurs le but de l'acte sexuel, où deux corps tentent de n'en former qu'un ?

Dans **la Bible** également, la traduction même des Écritures évoque cette idée à demi-mot. La femme n'aurait ainsi pas été créée avec une côte de l'homme, mais avec un côté, une moitié.

Dans **la religion juive**, cette notion d'âme sœur est présente dans la tradition qui veut que quarante-six jours après la conception d'un garçon, Dieu désigne celle à qui il est destiné : on la nomme « bashert », c'est-à-dire « destin ».

Plus proches de nous, **les contes** comme *Cendrillon* ou la *Belle au bois dormant* véhiculent le même concept. Il n'y a qu'une princesse pour sauver le prince, un unique prince pour venir au secours de la princesse, ils doivent se trouver et s'unir malgré les obstacles car ils sont prédestinés.

Mais la prédestination des âmes implique une croyance spirituelle – et non religieuse –, celle de l'existence de l'âme indépendamment de la vie terrestre, de sa survivance, voire de sa réincarnation.

Edgar Cayce, l'un des plus grands mystiques américains du début du XXᵉ siècle surnommé le « prophète dormant », évoqua plus concrètement la notion d'âmes sœurs, ou plutôt d'« âmes jumelles », comme il aimait les appeler.

Selon lui, ce terme caractériserait deux personnes dont les âmes proviendraient de la scission originelle d'une seule et même âme. D'après Cayce, les âmes jumelles n'en sont pas identiques pour autant et ne s'incarnent pas nécessairement à une même époque.

En outre, peu de personnes posséderaient une âme jumelle. Ces âmes seraient en général unies par un idéal et un objectif communs. Elles se retrouveraient donc le plus souvent, non pour vivre une idylle, mais pour réaliser une tâche donnée ou accomplir une œuvre importante.

Elles exerceraient ainsi une profonde influence l'une sur l'autre à travers le temps.

Marie-Lise Labonté, psychothérapeute très inspirée par la spiritualité, et auteure de nombreux ouvrages, reprend des propos assez semblables :

« Lorsque l'âme sœur primordiale s'incarne, elle transporte un karma important et elle vient retrouver son autre moitié qui est là, qui l'attend ou qui viendra plus tard. Cependant, ces retrouvailles ne sont pas un conte de fées. Lorsque deux âmes sœurs primordiales se retrouvent, elles retrouvent certes le sentiment d'existence, mais aussi l'initiation débute. Et nous disons bien : initiation. Elles sont entraînées dans une désintoxication très profonde, une purification et ce afin qu'elles puissent se rejoindre et à nouveau fusionner, devenir une sur terre. »

Les âmes sœurs se retrouveraient donc pour créer, pour générer une lumière qui éclairerait les autres. Qu'en est-il pour les amants mythiques qui ne cessent d'exercer sur nous une certaine fascination ?

Héloïse et Abélard, par exemple, sont des êtres bien réels, et non des personnages de fiction. Né vers 1079, professeur réputé de philosophie et de théologie, Abélard séduit et épouse en secret son élève Héloïse. L'oncle d'Héloïse, opposé à cette union, fait émasculer Abélard et envoie sa nièce dans un couvent. Si leur passion est aujourd'hui célèbre, c'est grâce aux milliers de lettres qu'Héloïse va continuer d'échanger avec Abélard jusqu'à sa mort, une correspondance remarquable à la fois par l'amour qu'elle ne cesse de lui porter et par l'élévation spirituelle dont cette religieuse devenue abbesse saura faire preuve.

Dante et Béatrice sont également des personnages réels. Dante a magnifié leur amour à travers ses œuvres, un amour qui durera de leur enfance à la fin de leur vie. Dans *La Divine Comédie*, la mort ne les sépare pas : Béatrice est la clé qui ouvre à Dante la porte de chaque monde (enfer, purgatoire) pour le mener jusqu'à l'entrée du paradis. Elle incarne la lumière, la beauté qui lui permet d'atteindre Dieu et d'aller au-delà de la mort.

Plus proches de nous, certains couples ont marqué les esprits, de par leurs créations, mais aussi de par ce lien quasi indéfectible qui les a unis tout au long de leur vie : Pierre et Marie Curie, Jean-Louis

Barrault et Madeleine Renaud, Jean Tinguely et Niki de Saint Phalle et bien d'autres encore.

Que dire également des propos tenus par Jean Cocteau au sujet de Jean Marais : « Peu à peu je savais, je te reconnaissais. Et j'ai compris que je naissais » ; et de la réponse de ce dernier : « J'ai vécu vingt-quatre ans avant de naître », Cocteau ayant dessiné Marais bien avant leur rencontre ?

Tous ces couples ont brillé, ont généré une lumière qui a en effet éclairé puissamment leur époque.

Il serait difficile d'affirmer ou d'infirmer que les âmes sœurs existent, mais envisager l'éventualité que ce mythe puisse être une réalité permet de comprendre différemment certains amours.

Néanmoins, la vision romantique que nous prêtons à ce concept semble très erronée. Car si j'ai rencontré quelques âmes sœurs qui avaient eu le bonheur de se trouver, et de rester ensemble, produisant autour d'eux cette lumière particulière pour éclairer leur entourage, j'en ai rencontré d'autres qui se sont unies puis perdues.

Dans tous les témoignages que j'ai pu recevoir, certaines **caractéristiques communes** pouvaient faire penser qu'il s'agissait de cette relation unique, et non d'une histoire d'amour plus classique.

Tout d'abord, cette **reconnaissance immédiate de l'autre**, indépendamment de l'attraction physique, quels que soient son sexe ou son apparence. Cette impression de déjà-vu, ou de « déjà-connu », de rencontrer celui ou celle qui a toujours été attendu. Cette première rencontre est souvent vécue comme un choc qui dépasse le coup de foudre, car c'est un choc qui perdure.

S’ensuit un **envahissement de la pensée**, et une envie irrépressible d’être en présence de l’autre, une envie si forte qu’elle ne s’embarrasse plus d’aucune entrave, d’aucun code social. Les comportements sont transformés avec une telle amplitude que bien souvent la personne ne se reconnaît plus. D’une façon générale, il y a une véritable **perte de repères**, le monde ne semble plus être le même.

Et puis des **manifestations extraordinaires inexpliquées** sur-viennent : télépathie, rêves prémonitoires ou avec visualisation de l’autre, sorties hors du corps, comme si le champ de la conscience s’élargissait.

Il arrive bien souvent que l’un des deux amants ne soit pas prêt à vivre une telle relation, qu’il la fuie, ou que cette union ne puisse s’inscrire dans le quotidien.

Alors s’installe la peine, l’impossible oubli.

J’ai ainsi rencontré des âmes déboussolées, tourmentées, que personne ne semblait comprendre. Le supplice de ne pas pouvoir partager cette vie-là les rendait malades, au sens figuré comme au propre : cancer, dépression, addictions, errances diverses…

Pourtant la peine n’est que la première étape de cette longue transformation amorcée par cette rencontre. Et c’est en acceptant cette métamorphose que le chemin s’éclaire, car le but est sans doute là, dans cet élargissement de l’âme.

Notre passage sur cette terre est bref, et notre bien-être y est souvent illusoire.

Alors existe-t-il un ailleurs où les âmes se rejoignent pour l’éternité ?

Peut-être…

Postface

Je suis heureuse que la version collector de ce roman vous soit parvenue. Les illustrations poétiques qui accompagnent le texte nous projettent dans ce Paris romantique qui m'est si cher.

Si je m'étais doutée, en commençant la rédaction de ce livre, que l'écriture ne me quitterait plus, que les mots continueraient à couler dans un flot incessant…

Si je m'étais doutée qu'il traverserait les frontières, voyageant dans de nombreux pays…

Si je m'étais doutée qu'il rencontrerait son public des années après avoir été édité, mystère improbable et inexplicable, le propulsant dans les meilleures ventes de littérature…

Et pourtant, si je suis en joie de savoir que ces mots vous ont trouvés, je ne parviens pas à m'attribuer le succès de mes écrits. Hier, comme aujourd'hui, les phrases qui s'échappent de ma plume ne semblent pas m'appartenir. Comme guidée, dans une sorte d'état second un peu fiévreux que je reconnais bien aujourd'hui, les chapitres s'enchaînent, et à travers eux et les personnages qui les animent, des messages se diffusent.

En ce sens, ce roman, comme tous ceux qui ont suivi, est un roman initiatique, dont le propos consiste à faire un premier pas vers le chemin qui mène à l'essence de ce que vous êtes.

Vous m'avez adressé ces dernières années des milliers de lettres, de mails, de commentaires, de témoignages, pour lesquels il m'importe avant tout de vous remercier. Sachez que je les ai tous lus, même si parfois j'ai eu peine à y répondre.

Grâce aux réseaux sociaux, cette histoire vous a touchés quels que soient votre âge et votre vécu, formidable diffusion intergénérationnelle qui me ravit, magie du livre qui se transmet, qui s'offre, dont on partage le secret entre lecteurs.

Certains d'entre vous m'ont signifié que j'avais écrit leur histoire, que grâce à ces lignes ils ne se pensaient plus fous – soulagement d'être enfin compris. D'autres, que des larmes avaient coulé entre les pages…

Merci encore.

Vous avez été également si nombreux à me poser des questions sur l'après… Après ces rencontres d'âmes, si percutantes, comment appréhender l'existence, l'amour, le monde ?

La réponse à cette question ne peut tenir en quelques lignes…

Car chaque parcours est différent, unique, surtout lorsque l'on évoque des notions spirituelles, sacrées, invisibles. C'est pour cette raison que je n'ai jamais voulu conceptualiser à travers un essai ce que l'on entend par âmes sœurs ou flammes jumelles. Ce roman reste une proposition, un regard un peu décalé sur ces unions qui viennent heurter nos vies.

Je l'ai écrit avec la même sincérité que celle qui m'anime en m'adressant à vous aujourd'hui. Le chemin que l'on fait vers soi, vers l'essence même de ce que nous sommes, vers notre âme, est long. Il dure tant qu'un souffle de vie nous traverse. Ces rencontres ne nous laissent pas d'autre choix que de retrouver cette route, et le virage est souvent difficile, souffrant la plupart du temps, c'est une leçon.

Il n'y a d'ailleurs pas de plus grand apprentissage que lorsque nous sommes ébranlés dans nos certitudes. Et l'amour, quel que soit son objet, a ce pouvoir unique de nous obliger à les dépasser.

En ce sens, aimer c'est transcender notre ego, notre petit individu limité dans ses croyances, sa propre préservation, sa vision parcellaire. C'est venir toucher au cœur de soi une lumière vive et puissante, qui, lorsqu'elle rayonne, illumine le monde par ses éclairs furtifs.

Indépendamment du religieux, l'amour révèle cette part de sacré en nous, fait de nos êtres plus qu'une organisation matérielle de cellules en nous conférant ce supplément d'âme.

Et dans ces rencontres bouleversantes, où la complétude infinie pulvérise l'ego, la conscience se révèle dans toute sa dimension spirituelle. En s'apercevant qu'elle n'est rien, elle devient tout…

La grande écrivaine Christiane Singer décrit très bien dans son livre *Une passion : entre ciel et chair* cet incroyable amour entre Héloïse et Abélard, les menant tous deux au sacré.

Comme elle le précise, c'est avoir « le goût de Dieu sur la langue, et pour qui a eu le goût de Dieu sur la langue, tout a pour toujours le goût de Dieu ».

Souvent, dans vos messages, vous m'avez demandé : « Vais-je le ou la revoir ? Allons-nous nous unir de nouveau ? Comment est-il possible que nous ne soyons pas ensemble dans cette vie-là ? »

Certains d'entre vous se sont même demandé s'ils allaient survivre à cette séparation, les plongeant dans une mélancolie infinie.

J'ai compris votre inquiétude et votre souffrance pour l'avoir vécue. Mais ma réponse a toujours été la même : d'une part, la puissance de ces connexions n'est pas viable durablement dans nos vies humaines, l'état extatique qu'elles entraînent ne peut s'éterniser. Et d'autre part, ne regardez pas à l'extérieur, regardez à l'intérieur de vous. Éloignez-vous de la peine, de la lamentation qui feront frein à votre évolution pour vous concentrer sur votre bouleversement intime dont vous commencez à peine à prendre la mesure.

« *Ta lumière révèle ma lumière, c'est en te cherchant que je me suis trouvée.* »

Rencontrer l'âme sœur, c'est reconnaître cette part de sacré en soi, qui se reflète dans les yeux de l'autre. Cet autre agit comme un révélateur de votre propre essence, il n'est là que pour cela.

Ce vécu est comparable aux Expériences de mort imminente (EMI), qui transcendent ceux qui sont passés de l'autre côté du voile, les propulsant en quelques instants dans une compréhension du monde et de leur nature terrestre élargie et divine.

Ensuite… ce sera à vous de faire votre chemin, entre éblouissements et désespérances.

Pour autant, il n'y aura pas d'Eldorado, pas de fin terrestre à ce parcours.

Parce que le plus difficile dans l'élévation spirituelle, c'est de redescendre, d'être là, incarné, profondément humain et humaniste. C'est de prendre soin de son prochain, de rayonner ici, et non dans des sphères artificiellement spirituelles où l'ego déguisé joue au gourou.

Dans notre société occidentale, où le bien-être est érigé en dogme, où l'on cherche des réponses rapides à notre mal-être, des recettes simples et efficaces, le parcours initiatique que j'évoque ici est contre-intuitif.

Il parle de tomber et de se relever encore, de croire construire pour tout détruire, de penser atteindre un but qui se dérobe à peine est-il effleuré.

Il parle de leçons dont le niveau de difficulté augmente à mesure que la marche s'amplifie.

Combien de fois ai-je cru atteindre une forme de Nirvana pour m'apercevoir rapidement que la montagne à gravir devant moi était plus haute que la précédente ?

Et dans quel but, me demanderez-vous ?

Le terrassement de l'ego, qui, lorsqu'il s'éclaircit par instants, lorsqu'il devient moins opaque, offre une vision du monde dont la lumière de l'amour éblouit chaque parcelle de vivant. Ce « goût de Dieu », qu'évoque Christiane Singer, vient nous cueillir lors de moments improbables.

Brèves illuminations, où la beauté étincelante explose dans chaque brin d'herbe, dans chaque visage, dans chaque souffle d'air. Et puis l'ego revient, parce qu'il nous est aussi indispensable que limitant, nous enfermant dans nos pensées, nos désirs, nos manques.

Le soleil disparaît entre deux nuages, la béatitude s'éloigne, certes, mais cette vie terrestre peu à peu se modifie à mesure que le regard que l'on y porte devient plus clair.

Dans ces étonnants parcours, une fois la peine dépassée, nombre d'entre vous m'avez écrit avoir changé de travail, de maison, d'entourage, délaissant cette posture individuelle nous amenant tous à nous demander ce que nous pouvons prendre de ce monde, pour nous interroger sur que ce que nous avons à lui donner.

Cette question me semble aujourd'hui plus que jamais essentielle, existentielle même.

Passant outre la puissance de l'intelligence artificielle, la cruauté des guerres, le péril de la polarisation et donc de la division, l'amour, sous toutes ses formes, nous unit, réveille nos âmes endormies.

Retrouver le chemin qui mène à soi, quel que soit votre vécu, c'est retrouver le chemin vers notre humanité.

À quoi sert notre transformation si nous ne pouvons la mettre au service d'autrui, si elle ne s'exprime pas dans une main tendue, un sourire, une conscience que, dans celui qui me fait face, existe une part de moi ?

C'est pour cette raison que je poursuis l'écriture, ou que, plus justement, elle me poursuit.

L'amour est la lumière, seul l'amour nous sauvera face aux ténèbres qui nous menacent aujourd'hui plus que jamais.

Et s'il est venu vous toucher au travers de ces lignes, alors vous en êtes les porteurs éternels, que sa lumière rayonne à travers vous…

Sabrina Philippe

Remerciements

Merci à Jean-Luc Delarue qui m'a tant appris, où qu'il soit aujourd'hui...
Merci aux messagères de ce livre, Agnès Delevingne, Stéphanie Honoré, Stéphanie Ricordel.
Merci à Lionel A. pour son amour et son soutien.
Merci à ceux qui ont éclairé ma route, Stéphane Allix et l'INREES, Ali S. et tous les autres.
Et enfin, merci à celui sans qui cet ouvrage n'aurait pas existé...

Les Éditions Points s'engagent pour la protection de l'environnement et une production européenne responsable

Ce livre a été imprimé en Europe, sur un papier certifié issu de forêts gérées durablement, chez un imprimeur labellisé Imprim'Vert, marque créée en partenariat avec l'Agence de l'eau, l'ADEME (Agence de l'environnement et de la maîtrise de l'énergie) et l'UNIIC (Union nationale des industries de l'impression et de la communication).

La marque Imprim'Vert apporte trois garanties essentielles :

- La suppression totale de l'utilisation de produits toxiques
- La sécurisation des stockages de produits et de déchets dangereux
- La collecte et le traitement de produits dangereux

RÉALISATION : NORD COMPO À VILLENEUVE-D'ASCQ
IMPRESSION : IMPRIMERIE ROTOLITO
DÉPÔT LÉGAL : NOVEMBRE 2025. N° 159306
IMPRIMÉ EN ITALIE